【下册】

我见月光

Moon

怀南小山——著

四川文艺出版社

大鱼

有爱的青春陪伴者

下

册

第十五章 / 天生一对

是当局者迷吧。

1

节目的策划做好，新的制片人姓欧阳，孟贞介绍给大家认识，在茶楼见过一回。

他们的节目招揽了来自五湖四海的曲艺人。秦见月在欧阳老师谈策划的时候，只坐在一旁安静地听，这个正儿八经有过经验的制片团队，看起来着实比上回那个彭总要靠谱一些，在欧阳的吹嘘之下，她预感到这个节目的规模还是比较大的。

或许是遭过一劫磋磨，或许因为这是天降馅饼一夕之间变成为她量身定制的奖赏，秦见月没了先前那股新鲜又热情的劲儿。

那天过后尚未回家，她就忍不住发消息给程榆礼。有一些话当面讲显得矫情，她选择用文字转述。

秦见月：今天见到了欧阳老师，他还挺专业的，谢谢你给我们这个机会呀。不过我还是想说，如果是给我一个人的，我一定不会要的。我只是不想让大家的努力白费。

程榆礼只发了三个字：我知道。

秦见月：嗯嗯。

秦见月：[猫猫抱抱.jpg]

程榆礼：[猫猫亲亲.gif]

秦见月笑起来，酸酸的心情又稀释在这温暖的白开水中。

"你在高兴什么啊，秦见月？"

在一旁开车的齐羽恬瞄着旁边嘴巴都咧到耳后根的某些人，不屑地开口。

秦见月藏好手机，笑意羞涩。

"好羡慕哦，结婚都快一年了还天天热恋期。"

"嗯？"秦见月无辜地说，"也还好吧。"

齐羽恬用嘲笑语气学她说话："也、还、好、吧。"

秦见月跟着齐羽恬回家。

作为节目首位不收取任何出场费的特邀嘉宾，齐羽恬这段时间一直跟他们一起在排练。她家离剧场近些，十几分钟的车程。趁着程榆礼在外地出差，秦见月跟着齐羽恬回来联络联络姐妹感情。

齐羽恬挑了一部偶像剧打算看，秦见月抱着枕头坐在沙发上，齐羽恬严肃地捏着一个山楂片的袋口检测卡路里。

"那个，我想问你一个问题。"秦见月的声音从身后弱弱地传来。

"问。"查完数据，只在濒临超标的范围，零食袋被齐羽恬放心地撕开。

秦见月说："就是，你如果以后有结婚的可能，会不会找一个没钱的老公啊？"

齐羽恬说："丑的我都能接受，没钱不行！"

秦见月欲言又止，抱着自己膝盖，半天只呆呆地"哦"了一声。

齐羽恬神秘兮兮地凑过来，说："怎么，男神要破产了？你终于发现，你其实爱的是他的钱？要不要考虑争一下财产？美滋滋地离婚去另觅新欢？"

秦见月十足无语："……什么呀，你的脑洞也太大了。"

齐羽恬咀嚼着山楂片："什么情况，说给我听听。"

"我就随便一问。"

"不可能，你肯定有事儿。"

秦见月不吭声地盯着电视里男主角的脸，在齐羽恬的逼问下，半天开口说了句："如果你都这么想的话，那……"

"那什么？"

"那程榆礼会不会也觉得不行啊？"

"那他就不会娶你。你这什么破问题。"

嗯……好像也是。

秦见月的下巴被齐羽恬挑过去，她问："你因为家境被刁难了？遇到恶婆婆了？他父母不是在国外吗？还是他爷爷奶奶？哥哥嫂嫂？"

秦见月不置可否地垂眸："不是的，不是恶婆婆。他妈妈还挺好的，还送我礼物。就是我觉得……我有时觉得我们差距不是一般的大。我感觉我真的好没用啊。"

"谁说你没用！"齐羽恬拧着她的脸，气愤模样，"谁说的？"

秦见月声音低低的："就是，没什么出息，也不会挣钱。"

齐羽恬审视她半天，认真说道："我现在也严肃地问你一个问题，你当时为什么嫁给他？"

秦见月不假思索："因为很喜欢啊。"

"那他为什么娶你？"

程榆礼为什么娶她呢？秦见月很少去思考这件事，她一直知道他们的感情天平是不平衡的。

那时在妈妈菜馆被求婚，她问了句——"那如果我不答应，你又急着结婚，是不是就要去找别人了？"

他的回答是：也没有更喜欢的了。

可以是她，但也不是非她不可。

因为家里给他安排的大小姐让他不满意，在此契机之下，他们阴错阳差结了婚。远不同于，她为了"特别特别特别喜欢"而做出的盲目选择。她不是被坚定选择的那一个。

她在想齐羽恬的这个问题的答案——为什么娶她？是因为他不想娶白雪。

不可否认，程榆礼对她很好，但那只是好意，是希望她灵魂自由，希望她勇敢的好意。

她甚至不敢去想他们之间是否有爱，因为她太怯懦，她不能细想。被满足就好了，拥有那么多的好意就够了，还想那些做什么呢？

秦见月告诉齐羽恬，他们结婚前一天晚上，妈妈告诉她她不配。对于秦漪这一辈有过经历的人而言，他们更愿意在事情没有发生之前，竭力地阻止开导，但倘若阻止失效，一旦小辈结了婚，成了家，那就得过且过，将就着过，忍耐着过，不要再有什么幺蛾子了。

可是年轻人啊，都有一种不撞南墙不回头的勇气。

秦见月怎么可能拒绝程榆礼呢？

她此刻慢慢确信，妈妈的劝诫是忠言逆耳。

秦见月抱着膝盖，陷入沉思，好久没有说话。

齐羽恬也没再问，她看了一集电视剧，就开始拿着遥控器快速快进，很是浮躁。

秦见月忍不住好奇问："中间你都看过了吗？"

"没有。"齐羽恬皱着眉看电视，飞快拖拉着进度条，一本正经道，"我只是想看他为爱发疯。"

"……"她不理解这奇怪的脑回路。

几天后回到家里，出差多时的程榆礼总算回来。

秦见月见楼上楼下的灯亮着，思念催快她的步伐，刚从接送上下班的商务车上下来，就飞快往里面跑。听见咕噜在汪汪迎出来的叫声，她敷衍地揉了一下它的脑袋。

里面的两个男人闻声，也一起偏头看向窗外。

在那一刻，秦见月笑容滞住，脚步也不由得停下。

她看着他们往日温馨的餐桌上摆着几道家常菜，程榆礼懒散地靠在椅子上，穿一件质地绵软的衬衣，袖口卷起，纤长的指夹着一根烟，轻轻抖落烟灰，那双温淡的眼便匿于雾气之中。

他对面的男人，她有过一面之缘，是夏霁的父亲，他的夏叔叔。

秦见月出现在了一个不上不下的时间点。

她心生尴尬，便没着急进去。

她走到"爸爸"给"儿子"精心布置的狗窝前，给咕噜喂了一点儿粮。正在练牙齿的咕噜叼着一只黄澄澄的"小鸡仔"，甩来甩去，玩兴当头。闻到粮食的气味，它兴奋地冲着秦见月奔过来，将脑袋搁在她蹲下的膝头狂蹭两把，才埋首进食。

"小鸡仔"是程榆礼给它买来的小玩具，他生怕狗狗平时在家无人陪伴会得情绪病，不知道从哪里搞来一堆小玩意来给它做伴。

拧一下发条，"小鸡仔"就迈开爪子，哒哒哒地开始绕圈跑路。

吃着狗粮的咕噜听见动静，"啪"一下扑过来，按住了兜圈的玩具。

"今天录制了吗？"

秦见月回眸，程榆礼款步而来，手插在棉麻的黑色休闲裤裤袋里，逆着夜色，发梢在晚风中轻柔飘逸，温和低淡的声线顺风而来。

"还没有呢，在彩排。"

"排得怎么样？"在她跟前蹲下，他的衣襟有股烟草香，双眼没什么情绪看着她，开场白一定是细致周到的问询。

"挺好的呀，没什么问题。"

程榆礼"嗯"了一声，问她："吃饭没？要不要一起——"

"吃过了。"

他没再接茬儿，用长指拨她的发到耳后，露出女人纯美无辜的一张脸。秦见月杏眼微敛，用口型问他："有客人啊？"

程榆礼低沉说："是夏叔叔。过来打个招呼？"

秦见月犹豫说："你们谈正经事吗？我加入会不会不太好？"

他说："没什么不好。"

两人正窃窃在这儿商量，夏桥已经披上外套走了出来，他手中提一只公文包，步伐迈得微急。他微笑看着程榆礼，说："小礼，正好我还有些家事，要不今天就聊到这里，详细的内容你好好考虑考虑，改天有空再谈。"

程榆礼起身送客。

秦见月也跟着站起来，礼貌地说句："夏叔叔再见。"

夏桥也抬一下手道别，又忍不住说一句客气的："上回没仔细看，小丫头跟你果然是很般配。郎才女貌。"这话是对程榆礼说的。

程榆礼笑一下，看着秦见月，眼神不无宠溺。

"对了，画展庆功宴记得来。"夏桥勾着唇，指了指秦见月，"带上小丫头一起。"

程榆礼点头说："一定。"

看着夏桥身影转而离去，家中这两人稍稍松弛下一些。程榆礼又蹲下，拧了"小鸡仔"的发条，让它的脚丫子哒哒哒开始拍地，咕噜将它擒住，叼住它甩来甩去。

夏桥跟程榆礼的往来是从程榆礼注册公司起恢复的。

夏家跟程家是世交，程榆礼自儿时起认识夏桥，且将夏桥当作他心目中最标准的骨干精英形象，斯文体面又不失气度，连对待小辈都足够耐心。夏桥能记住每个小孩的长处与脾性，精准地用不同礼品将他们哄得心服口服，即便一帮只会吵闹的小孩并不让自己获益。这样的人很聪明，他有一方宽阔胸襟，筹谋有度，看起来是比程榆礼的爸爸、爷爷更为高级的企业家。

程榆礼敬佩他，也敬重他。

可惜命中唯一一件憾事，夏桥中年丧妻，后来许久没再续弦，直到前两年才又寻得伴侣。

他女儿夏霁的性格也是从母亲病逝开始发生转变，往一种极度边缘的人格上面靠拢。

程榆礼对夏家的事情知晓不多，他秉承不做深究的姿态。自打高中毕业，夏霁随她父亲出国，姓夏这一家人便几乎从他的生活圈里消失，只偶尔听一听小道传闻。

直到前一段时间，夏桥联系到程榆礼。夏桥得知程榆礼有做无人机的意图，声称在国外培养了一支团队，问程榆礼愿不愿意接受与他合作。

那阵子恰好程榆礼这边合伙人出了乱子，一块好饼放到他面前，他也没有拒绝的道理。

夏桥无疑是一个很优质的前辈，他能投其所好给程榆礼带来他想要的东西。

但程榆礼也不是没有顾虑，天下没有免费的午餐。

送完客，慢吞吞迈开步子跟在秦见月身后，他仔细思索方才和夏桥在餐桌上关于工作的攀谈。对方字里行间的精明让他敏锐地发觉夏桥原来也会有心术不正的时刻。

程榆礼这些日子以来逐渐习惯了商人的身份，他发现夏桥确实如他认知中一般，是一个高级的企业家。但这里的高级，不再令人崇尚。

抛去了长辈的身份，二人以男人和男人的姿态对谈，许多精致利己的主意不再能够被藏住。

程榆礼高兴得太早，夏桥或许不是一个合格的商业伙伴。

他还需要考量。

思考完毕，家门被关上。偌大的别墅里只剩他与见月，以及餐桌上一堆残羹冷炙。

秦见月闻着气味过去："咦，你不是最讨厌皮蛋吗？"

程榆礼说："夏叔叔爱吃。"

她好奇道："居然这么了如指掌？这就叫知己知彼，百战百胜吗？"

他失笑："什么知己知彼？又不是仇人，小时候常聚在一起而已。"

秦见月指着一桌菜，说："劳你下厨做了这么多了，不累吗？"

程榆礼不以为意，漫不经心地回答："诚意的体现。"

他回到客厅沙发，随手播放一部电影。龙标被拓在荧幕上，号声刺耳，程榆礼看得不过心。

秦见月忽又问道："程榆礼，你现在不怕我吃醋了吗？"

"吃什么醋？"他一时没反应过来。

"漂亮的女同学呀。"她学他腔调，"小时候常聚在一起的那种。"

程榆礼看着秦见月的眼，他没那么多心思再去猜测她的想法，只笃定地说了句："大可放心，我一向公私分明。"

秦见月又问："你需要夏叔叔帮忙吗？"

沉吟许久，程榆礼淡道："未必。"

没听见她吭声，程榆礼微微偏头看去。秦见月在看电影，眼神倒是专注，就是不知道心里头又在犹疑什么。他用手指蹭蹭她的颊，无端地好奇起来："在想什么？"

"在想一个深奥的问题。"秦见月思索片刻，认真开口问道，"假如我不是秦见月，你会对我这么好吗？"

程榆礼略感意外地扬一下唇角："不是秦见月，那你是谁？"

她说："任何可以和你结为夫妻的女人。"

"任何？"程榆礼听笑了，"任何又是指哪一些？我看起来就这么不挑？"

秦见月嘟囔嘴巴，故意找碴儿的语气："你挑吗？你挑什么了？我看你这婚结得挺随意。"

好一个婚结得随意。谁会乐意被讽刺？

男人的手臂收紧，圈住她纤弱的腰肢，紧到秦见月心跳到嗓子眼。他用惩罚眼神凝视过去，视线平静无波，看上去里边似乎有条凶猛暗河。

程榆礼慢条斯理地重复一遍："你问我挑什么？"

秦见月被他盯得不免又有几分腼与怵，不敢看他眼睛。

但程榆礼坚持地捏住她的下巴，目光紧锁："行，现在告诉你，我挑什么。"

和话声同时落下，是他纤长的指，指腹搓揉在她蜜桃色的唇，从一边唇角起，揉搓到另一边唇角。摩挲完两个来回，他镇静严肃道："首先，是这里。"

秦见月被他蹭得唇线发痒，微微轻抿，但指腹的战场已经悄无声息被扩大。

"其次……"他指骨微折，轻飘飘掠过她洁白的肩颈和锁骨，"是这里。"

秦见月躺在沙发上，衣物在她不安地蜷动下各处皱起，腰肢微摆。

"再次……慢慢发现，这儿也不错。"

他的声音悠然冷凝，而秦见月一张小脸却烫得不像话，长发都散乱坠在地上，他见状，还耐心地腾出一手替她躬身拾起。

一边是风度有加的关切，一边是肆无忌惮的侵占。

"最后，"男人垂眸望去，后话被秦见月刻意地堵在耳朵外面，只看他叫人浮想联翩的口型……

很快，她捂耳朵的手被他掰开。她听见他似笑非笑地说一声："结合在一起，就是万里挑一。"

与台词一同到来的，是防不胜防的占有。他的一语双关，让她分不清这是哪一层意思。

好好的一个哲思话题，被他不怀好意的作为搅得心如乱麻，遑论思考，连理智都不复存在。

她合着眼，一切风浪停歇下来之后，窗外淅淅沥沥，春雨落地声变得格外响亮。

"秦见月，你要是实在想不通就认命吧。"程榆礼也歇了一两分钟，又忍不住懒散地开口打趣她，"人人都说，我们两个天生一对。"

她不禁无奈嗔道："程榆礼，你真是浑蛋啊。"

他觉得好笑，悠悠说："稀奇了，你还是第一个骂我浑蛋的女人。"

"因为只有我才知道你！背地里是什么样！"秦见月用拳头敲他

的肩。

胶片电影还在慢吞吞地播放，画面上的黑斑闪烁跳跃。地面棉麻的长裤与女性内衣缠乱交叠，氤氲的水汽爬在客厅的窗棂，像在窥看旖旎景象的小虫。

程榆礼握住她紧拧的拳，宣告胜利一般，浅浅一笑。

他也不恼，餍足过后，便纵容她的气焰，又认真地替她擦拭身前潮气，担心她在换季受寒。

想起什么，程榆礼开口问道："对了，哪天录完节目？"

"下周就录了。"秦见月没什么力气。她只觉得程榆礼在抱着她，便不再艰难支起身体，整个人架在他的身上，耳垂贴住他结实精壮的胸肌，听他有条不紊的心跳。

好不公平，怎么有人无时无刻不这样风平浪静？

想不通，她抬起下巴，在他颈间猛咬一口。

程榆礼没计较，只用手轻轻抵着她的唇角："录完跟我去酒会。"

"什么酒会？"

"夏叔叔的妻子办完一个画展，庆祝圆满结束。"

秦见月蔫在一瞬间，她嘟囔说："又是夏叔叔。"

程榆礼轻笑一声，没有接话的打算，他平静起身，收拾凌乱地面。

秦见月再一次故意找碴儿似的说："我猜猜看，你到底是想给夏叔叔一个面子，还是想会会你的小青梅呀？"

这无理取闹的语气，让她软柔口气说出，竟也一点儿不刺人。

程榆礼将拾起地面衬衣，手顿住一瞬，衣服又被丢回地面。他幽幽开口建议道："要是觉得我给得不够，可以直说。"

"……"

她起身窜逃："困了困了，睡觉去啦。"

看着她的背影，程榆礼无奈一笑，款步跟上。

2

秦见月是被捉弄醒的，男人垂眸看她，狭长精致的双目微侧，长睫之下笑意温淡："睡得还好？"

"手……"秦见月从梦中浑浑醒来，下意识去抠着他的手指，含糊说，"程榆礼，你的手……"

他说："提醒一下懒虫，上早班不要睡过了。"

秦见月忸怩地侧身："你故意的。"

程榆礼从容不迫，说："对，我故意的。"

揉了半天，终于放过她，他问："还困吗？"

她噌地坐起来看他："不能更清醒了！"

秦见月瞅着他，愠气未消，脸颊淡粉，怒嗔："我还在做梦呢，就被你弄醒了。下回也要用这招对付你，叫你尝尝被人捉弄的滋味。"

程榆礼眉眼弯弯："求之不得。"

"……你真是，没有羞耻心的。"

他起身，慢条斯理地更衣，问她说："做了什么梦？"

秦见月回忆一番："我梦到你有一个初恋，她对你余情未了，来恐吓我，叫我把你让给她。"

"然后？"程榆礼对她的梦境颇感兴趣，问她，"你怎么做决定？"

"我这不是还没来得及做决定就醒了嘛。"

他但笑不语。

秦见月猜测着，嘀咕说："日有所思夜有所梦，有可能是白天担忧过度了。"

他淡声说："担忧什么，我的初恋就是你。"

在他身后，他看不到她的脸上漾起一个暖洋洋的笑。

镜前，程榆礼正在系衬衣的扣子，一颗一颗扣上去，到最上面还多出来一个，才发现系错，他一点儿也不急躁，解开重新系。秦见月凑到他的身前，看着他脖子上那颗被她恶意吮出来的印子，后悔不迭说，"呀，好像亲狠了。"

程榆礼微微侧过头，看着夸张的草莓印，只微笑说："爱的勋章。"

不巧的一件事，节目录制跟酒会撞在了同一天。白天工作，晚上还要加班去给他的夏叔叔送祝福。

他们戏班彩排了一周有余，在现场休息室碰到了各路艺人，唯独三春班几个小孩待的是 VIP 房间，隔壁是姗姗来迟的齐羽恬，她带来了一群在场外呐喊的粉丝。

秦见月不是抛头露面的个性，她就安静地跟在孟贞后面，没有节目录制的经验，老师做什么她就跟着做什么。然而没料到，制片人欧阳老师竟还特地来后台关照了她一下，给她带了一杯咖啡。

　　秦见月见状，尴尬不已。旁人都没有，她怎能吃独食，忙推脱："我一会儿要唱曲，不能乱喝的。"

　　欧阳把咖啡搁下，拍下她的肩说："等会儿有几个艺统的小美女过来，她们懂规矩，吩咐就行，有什么不适应就说。"

　　方便是给她了，但秦见月只会觉得烫手，脸色便更局促。她点一点头："嗯。"没有多说。

　　很快来了两个艺统组的女孩，跟着秦见月的这一位活络得很，进来就大方地喊她："哈喽，见月老师好，我叫小云。"

　　见月老师……好奇怪，没有人这样称呼过她。秦见月抿唇浅笑，招呼："你好。"

　　秦见月悄悄给齐羽恬发消息：你来了吗？

　　齐羽恬没有及时回复。

　　小云给秦见月塞了一个橘子，自己也拿了一个在剥。她一边跟秦见月闲聊，一边指着旁边的长长的紫金冠花翎，说："这个头冠好漂亮。"

　　秦见月给她解释："这是王昭君戴的。"

　　"咦，你要唱的是王昭君吗？"

　　秦见月点点头，又摇摇头："是之一。我们在新创作的故事里把很多经典故事里的人物都串联了在一起，比如我唱的是王昭君，我们组还有青衣和唱武生的小弟弟。"

　　小云似懂非懂地点头："这么多人物啊，会不会很乱啊？"

　　"我们一开始也考虑到这个问题，但是后来大家在排的过程中也不断地做改动。不过也很难说最后呈现出来的舞台效果会不会让人满意。"

　　小云敷衍地说了句"哦哦"，而后便没再问，低头回手机上的消息。

　　秦见月的表达欲也减弱下去，她沉默地剥起橘子，吃到嘴里先是酸，后是甜。

　　下午才轮到他们京剧组录制，她在此刻显得无所事事。又过了会儿，忽闻外面一阵动静。

　　室内几个人都抬头看向门口，有人跑进来，阴恻恻说了句什么，几个艺统窃窃私语起来——

"真的假的？他来了吗？我超喜欢他的颜！"

"真的是真的，有粉丝看到了。"

"他车就停大门口，不信自己去看。"

哗啦——

有人掀帘子去取证。

"哪里啊哪里啊？"好几颗脑袋一起凑过去。

"他跟齐羽恬是真的吗？我嗑死了！"

"……"

秦见月游离于八卦之外，她悄悄地问小云："你知道洗手间在哪里吗？"

小云说："出去右拐走到头，我领你过去吧？"

秦见月摆手："不用，我自己去就好。"

"哦，好的，好的。你有什么问题随时联系我。"

她点头："好。"

从厕所隔间出来，秦见月在镜前洗手。

水流声混杂着门外的攀谈，人多难免口杂，由远及近，八卦的交流落入她的耳中。秦见月抽回手，自动感应的出口便停止出水，只有滴答滴答的脆响。

她瞄一眼进来的两个女孩，她们戴了精美的爱豆周边头饰。是齐羽恬的粉丝。

粉丝甲："我怎么感觉这节目好无聊啊，一脸'扑相'。"

粉丝乙："就是啊，本来现在就没什么人听戏。不扑才怪。"

粉丝甲："垃圾公司怎么竟给恬恬接这种资源啊。"

粉丝乙："无聊归无聊，但是这个节目团队很强的好吧。灯光什么的都是国内顶级，你自己去搜一下，一般选秀都请不到的。"

粉丝甲："真的假的？"

粉丝乙："我听说啊，是一个公子哥给他老婆定制的节目。他老婆是戏曲演员，就是恬恬上回发的那个你记得吗？"

粉丝甲："怪不得，那这样子就说得通了。我想起古代有个皇帝，哪个朝代来着，烽火戏诸侯那个——欸不对，也不能这么说。"

粉丝乙："那还是不一样的，人家自己的老婆自己宠。我要是有钱我给恬恬一年一部大女主剧。嘿嘿。"

秦见月用干纸巾慢吞吞地擦着掌心残余的水分，擦了很久，纸巾被搓成黏稠的长条，黏在她的手背。

两人离开后，她还久久站在洗手池边。她手背湿冷，骨节泛红，只能互相揉捏着，找到一点儿温度。

节目单被她们丢在门口的垃圾桶里，嵌在盖口，节目名《遇伶》二字是请来书法大师手写的毛笔字体，缀着两张脸谱，做得很到位精致。

第一次看到时，她惊喜地觉得好用心。如今字体隐没在这暗处，倒叫她感到几分砭骨的冷意。

门外是一条室内长廊，没什么人，秦见月迈步往回走。

路过一个昏暗的安全出口，一道人影引她望过去一眼。在转角处，仔细看，其实是两个人，因男人太过高大，几乎整个挡住了他身前的女孩，女孩被堵在逼仄的墙角。

还真什么新鲜事都让她撞上了。

钟杨很难得穿了件正装，冷色丝绒西服，站得松弛纨绔，长腿被规矩的西裤裹着，削弱他骨子里的玩世不恭与桀骜。齐羽恬看起来是被他强行堵在角落的。

不细看还真的会以为他们是不是在做什么不为人知的勾当。

一个想走，一个堵着不让。晦暗的角落，不明的牵扯。他们的僵持离秦见月很远，她自然听不见交谈的声音。

最终，是齐羽恬伸手推了钟杨一把，眼尖地看过来："见月！"

她一会儿要表演的是古典舞节目，提着纤薄的白裙，晃着肩朝秦见月跑过来，露出如蒙大赦的眼神。而不等秦见月开口，齐羽恬扯着她的胳膊领着她飞快地往前走。

拐到无人之处，齐羽恬才泄气地吁一声。

"他特地来找你吗？"秦见月也不免八卦一回。

齐羽恬回头看一眼，确认人没跟上来，她皱眉说："他来跟我解释他前女友的事。谁要听啊，莫名其妙。"

"前女友怎么了？是那个法国人？"

"对啊，他说那个女孩年纪太小了，他没碰过她。"

秦见月："啊？看起来确实挺小的，那他干吗追人家呢？"

齐羽恬小声道："他说是那个女孩子追的他。因为他去外面比赛，那女孩缠他缠到国内，他就答应了。所以呢？他来者不拒关我什么事啊？莫名其妙地跟我说这些。"

良久，秦见月一语道破："他是怕你吃醋。"

齐羽恬愣一下，撇撇嘴："谁知道啊，真奇怪。"

嘴上这样奚落着，她耳根子倒是微妙地红了起来。

齐羽恬这几年在演艺圈摸爬滚打已经有了前辈姿态，她能驾轻就熟应付媒体和镜头，已经鲜再显露出稚嫩的一面，或者大可以说，她不再有稚嫩的一面。

她长了一张萌妹的脸，想法却是成熟的。

比如那一天秦见月说，她希望可以理智爱人，齐羽恬却说，不理智的爱更轻松。

齐羽恬在感情里常有一些圆滑观点。

唯有此刻，秦见月从她身上见到最初那张羞赧的脸，满是纯粹又简单直白的喜欢。初见的时候，她跟他讲话都不好意思，还要叫人递送字条。

那时她们涉世未深，虔诚地信奉一见钟情。爱人在雾里，她们抽丝剥茧，计算着进退，等待着春天。

哪有爱是理智的呢？这也许就是所谓的当局者迷吧。

齐羽恬的舞蹈在开场，她是第一个上场去录的。在顶级大牛的灯光之下，舞台中央的女孩像一朵翩跹变幻的云。

她穿华丽锦绣的汉服，在舞台上飘逸地旋转。钟杨长身鹤立在舞台之下，他站的位置最靠前，抬头静静地看。台上灯光浮于他的肩膀。没有导演敢叫他往后退，他们只好把镜头往前推。

秦见月混在一群热闹的粉丝中间，恍惚想起某一年学校艺术节的舞台。没有借到漂亮的服装，齐羽恬穿着校服轻装上阵。

他因为太调皮被班主任拎到眼皮子底下来看演出，坐在角落里懒倦地玩着手游。听到一茬一茬男孩子的呼声，他才好奇地抬头看了下舞台，跟着，视线便再没从台上挪下去。

秦见月余光里是出神的钟杨，耳边是热烈掌声，眼前是旋转不停的少女。

秦见月莫名欣慰地笑了起来，想着，不枉她这支舞是想跳给他看的初心。

这么久过去，一切都能重叠上。时光会让很多东西变质，但它放过了最洁净的青春底色。

很晚才结束。录完第一期节目，疲惫不堪，秦见月腰酸背痛，舒展一下筋骨，唱了太多遍，嗓子都冒烟了。她没精打采地跟着孟贞和南钰往外面走，在录制场地的门口，遥遥就看见钟杨在那儿站着。

夜已经黑了，他形单影只，显得几分寂寥。

"她已经走了。"秦见月过去，好心提醒一句。

钟杨闻声，回眸看她，语调轻扬说："等你呢，嫂子。"

秦见月愣愣地眨巴眨巴眼睛。

见她错愕，他问："不是去夏家？"

"嗯嗯，去的。"秦见月想了想，纳闷道，"你今天来就是接我过去吗？"

钟杨说："顺道。"他掂一下车钥匙，往前走。

秦见月冲着老师挥了挥手，示意让她们先走，用眼神送走孟贞和南钰，而后快速跟上钟杨的步伐。

"程榆礼说有人顺路带我过去，原来就是你呀。"

他笑了声："革命一块砖，哪里需要哪里搬。"

秦见月嘀咕一句："我还想说要不要换件衣服呢。"

钟杨偏头打量她一番，秦见月穿了件淡紫色长裙，发尾在夜风中微扬，典雅里又不失柔美。他说了句："挺美的这不是？"

尽管听起来几分敷衍，秦见月还是信了他的话，心头有种被夸奖的欣喜。不过她今天为了出行方便，穿的是双运动鞋，看起来多有不搭。秦见月给程榆礼发条消息，刚打下"能不能帮我带双鞋啊"，转念又怕他劳碌，于是将字删掉。

"坐前面吧。"钟杨叫住了手已经搭在门把的秦见月。

她同意，上车后系上安全带。

"你跟夏霁不是有矛盾吗？我以为你不会去。"

"咔哒"一声，安全带扣紧，秦见月的手顿住，因他这一句轻描淡写的话，脊背微不可察地绷紧。钟杨说完，并无察觉地调整着被人碰歪的后视镜。见她久未吭声，他看过来一眼："我记错了，不是你？"

秦见月抿了抿唇，淡道："是的。"

一直以来，她用回忆做布景，上演一出出独角戏，与自己斗智斗勇，五味杂陈、喜怒哀乐自己吞。

直到某天，误闯进来一个戏外的观众。

这不再是她可以个人操控调度的一场戏。尽管他的参与属于百分百的意外，但这一刻起，她变得被动。

"是高中的事情，你还记得呢？"她问。

钟杨微一沉吟，吐出四个字："有点儿印象。"

秦见月勉力微笑："嗯，我上一次说想感谢你，其实就是这件事。"

"谢我就不必了，过去这么久了。"他看着前面开车，不咸不淡地开口说，"你倒是比我想象的大方一点儿。"

秦见月搁在膝头的指紧紧蜷起，语气却轻柔："因为她不记得我了。"

钟杨说："正常，她得罪的人多。"

她低着头，轻轻"嗯"了一声。

"程榆礼呢？"

她一愣："……什么？"

"没告诉他？"

"……"

他轻哂："你也真是能憋。"

秦见月想了想，说："就是觉得，没有说的必要吧。你也说了都过去了。我们几乎不谈论过去。"

她话音刚落，车开到前面红绿灯路口，突然，一辆跑车"嗡"一声飞驰而过，钟杨为了避让，下意识地踩了急刹。

这下好了，跟在后面的轿车"砰"一下追上来，是顷刻要把车子撞得四分五裂的震感。钟杨骂了句脏话，旋即推门下车。

秦见月惊魂未定，还没反应过来发生了什么。她看着车窗里映出的迈巴赫，微微一怔。

那一边，下车交涉的人是阿宾。

阿宾讪笑道："哎呀，是钟先生。"

钟杨的怒火一下被浇灭，原来是老熟人。他径直走到后面，敲敲后车窗，戏谑道："什么态度？下车赔钱。"

车窗被慢悠悠降下，程榆礼看着他，笑得轻淡。

程榆礼还没开口揶揄，另一边的女人已经气势汹汹地下来，夏霁凑到钟杨的车前，指指点点说："不就一破奔驰吗？能值多少钱啊？"

钟杨看着她，哼笑一声："还真是冤家路窄。"

第十六章 / 那些过往

一触即发。

1

这天的情况说来话长，许多计划生变。

秦见月录制节目，程榆礼理应去现场关照一下，但他上午在公司忙完，赶去录制现场的中途又接到父母的电话。他们要回南洋，叫程榆礼一定过去送行。程榆礼知道这是在有意差遣他，他也没有大逆不道到这点儿情面都不给，便顺从去送。

他妈难得收起心眼，没提秦见月，没提秦家的事。

于是，这事好似就这么过去了。

二人临行前，程维才开口通知他一声："预计下半年回国。跟两家小公司在谈收购的事了。"

他没多说什么，简单交代了家里企业的形势。这意味着什么呢？他们可以回到程家，有效地发挥他们根深蒂固的掌控欲，程榆礼心里门儿清。

程榆礼应一声，没多问。

送走父母，程榆礼为难于两件事。他应该去看表演，但又惦记着要给秦见月买双鞋，且想法强烈。恰在这时看见钟杨发了条朋友圈，是一个女孩跳舞的视频。程榆礼不关心花蝴蝶的行踪，但他看到了钟杨发的定位。

程榆礼给他发去消息，问：你在现场？

钟杨：在。

程榆礼：捎一下见月，我有点儿事。

钟杨：嗯。

程榆礼极少上街购物，遑论往返于女士鞋柜。他立在柜前深思熟虑，认真挑选的身影成为全场焦点。程榆礼早就习惯了被注视，无视周边的数双眼睛，只愁于挑不到合适的鞋配她。

阿宾跟在身边做参谋。

"这双好不好看？"程榆礼拎起一双黑色的经典款，心中在默想见月的脚型，她的足弓是一道浑然天成的美弧，纤瘦小巧，纯白骨感，附着着青筋淡痕。脚趾不着色，偶尔涂一层薄薄护甲油。

他一边想象，一边用指腹轻轻摩挲着里边的材质，硬硬的，微微硌手，他担心会不会磨脚。

阿宾摸着下巴，给出实质性建议："黑色不太符合太太的气质。"

"她是什么气质？"程榆礼看阿宾一眼，浅浅勾起唇角，想听一听称赞。

"就是，很古典，又很清纯，给人的感觉就像……就像……"阿宾憋了半天找不到形容词，陡然有种在考试的谨慎忐忑。他憋红了脸，为难地看程榆礼。

"像什么？"程榆礼轻轻放下高跟鞋，不依不饶地问。

"就是像很干净的水，山林里的溪水，很自然，温温柔柔的，还是下午的时候，水被太阳晒得有点儿暖洋洋的。"

这命题作文，可把阿宾难倒了，他绞尽脑汁，展现自己为数不多的文学素养。

程榆礼淡笑着，满意点头。

阿宾如释重负。

程榆礼又问："那你觉得，什么颜色合适？"

"她今天穿什么颜色裙子？"

"紫色。"

"我觉得……"

阿宾话没说完，程榆礼指一下鞋柜："你去挑一双吧。36码。"

他吩咐完，去一旁沙发很悠闲地坐下了。

阿宾："……"

程榆礼看着右前方的落地镜，有两三个来往试鞋的人，他看着，想象着她们脚上的新鞋适不适合见月，但没见到和她相似的脚。片刻后，意识到失礼，他挪开眼。

压力给到了阿宾，程榆礼就心静下来许多。他合着眸，浅浅休憩。

没多久，耳边传来鼓噪的喧嚷。女人的声音很耳熟，让他唯恐避之不及。程榆礼倏地睁眼，瞥向外面。

夏霁挽着沈净繁，突发奇想："哎，奶奶，我给您买双鞋吧。"

稀奇事，竟有人能把沈净繁骗出来逛街。更稀奇的是，身后还跟着程乾。夏霁这让人匪夷所思的社交能力不免让程榆礼诧异。

沈净繁还拄着拐，慢吞吞走进来，里外瞅一瞅，难为情说："嗨哟，这都是小姑娘穿的鞋，你去给你自己买。"

夏霁伸着脑袋往里面看了看，试图找到中老年人的鞋柜，霍然眼一亮，嚷道："程榆礼！怎么在这儿也能碰到你啊？"

二老闻声，也一同看来。

程榆礼还维持着那闲散坐姿，见人奔过来，他也没起身。

夏霁说："太有缘了吧！我带爷爷奶奶出来玩，爷爷说想买件衬衣今晚穿。"

程榆礼"嗯"了声，礼貌接茬问道："买好了？"

夏霁说："刚刚结束。"

沈净繁也轻飘飘地迈过来了："给月月买鞋呢？什么样儿的？给我看看。"

程榆礼微微颔首，冲着阿宾的方向："还在挑。"

过了会儿，阿宾总算慢吞吞挑出来一双鞋。是很淡的粉紫色，鞋跟七八厘米高度，鞋面缀着不张扬的细闪，踝骨处绑带轻细，两三圈，气质内敛而含蓄，不失恬淡柔美。

阿宾一回头见众人都在，谨慎地一一打过招呼，又把鞋交给程榆礼："我猜太太应该喜欢这一款的。"

程榆礼轻揉着干净鞋面，笑说："眼光果然比我高不少。"

沈净繁接过去细看，点头说："这鞋不错。阿宾心倒是细，今后交个女朋友可要享你的福了。"

阿宾嘿嘿一笑，害臊地抓抓脸。

"程榆礼你真是好男人，还亲自给你老婆挑鞋啊！"夏霁也凑热闹，伸手就要接过去看。

不喜欢这轮流观赏的架势，程榆礼无情地夺走高跟鞋，交给店员："装一下吧。"

夏霁尴尬地收回手："啧，小气鬼。"

从店里出来，两个人的轻松闲暇变成五个人的拖拖沓沓。

程榆礼率着阿宾走在前面，他步子不自觉加快，很快让程乾给吼住："程榆礼。"

老爷子这么一喊，他不得不逗留下来片刻。夏霁搀着二老慢慢悠悠走在后面，他没有抛开礼数自私离场的道理。

到地下停车场，程乾顺口抛出个馊主意："你带着小九。"

程榆礼想都没想："不合适。"

"怎么不合适？一共两辆车，加上司机，我们这车里要挤四个人，你倒是清净。"

程榆礼皮笑肉不笑道："来时不也挤了吗？怎么一见到我就挤不了了？"

他这话很无礼，触怒了程乾，程乾声音拔高："你像话吗？！"

观战的沈净繁"哎哎"两声，出来解了个围："带上就带上吧。"她拍拍程榆礼的肩，"反正就捎一段路，多大点事儿？怎么跟你爷爷似的这么倔？"

夏霁闷哼一声："人家不想带我呀，算了，我不要坐他的车。"

程榆礼睨向她，眼神里是少见的锐利针对，好像在说：你知道就好。

夏霁气得暗暗咬牙。

程乾是个硬骨头，这一两年间，程榆礼又是退婚，又是闪婚，又是在外面开公司，又是不要孩子，本就没一件破事是顺他心意，怒气值慢慢被积攒到最大程度，于是逮着一件小事就较上劲了："程榆礼！看来是我太纵容你了！"

程乾说着，粗暴地扯开程榆礼的车门，指指夏霁，又指指车里："你进去。"

夏霁这边也还在跟程榆礼较着劲，她本就不是个当工具人的性子，梗着脖子不肯动。

程乾怒道："进去！"

这一嗓子把夏霁吼怕了，夏霁闷闷哼了一声，钻进车里。

程榆礼站着没动。

阿宾担惊受怕的神色，不想参与战争，便悄咪咪上了车。

程乾盯着他孙子绷得板直的身子，怒极反笑："我还治不了你了是吧？"他说着要去夺沈净繁手里的拐。

沈净繁忙把拐掖着："使不得使不得使不得！"

"你给我！"

"不能！孩子都多大了！"

僵持之际，一侧有人看过来。

沈净繁也恼了，戳他腿一下："行了程乾，非在这儿闹是吧！丢人现眼！"

程乾是个好面子的，让人这么一盯，也顿时觉得有辱名门做派。他扶着车，抚着胸口，缓了缓气。

沈净繁拄着拐杖，走到程榆礼跟前："你也是，非在这儿跟你爷爷过不去。这点儿小事有什么不能，你从前也不这样啊。"

她纳闷于程榆礼身上罕见的执拗，只好轻抚他的肩背安慰，低语道："有什么账，咱们回家再算。"

程榆礼很少失控，即便身处眼下剑拔弩张时刻，他也只是紧紧锁着眉，手在口袋里攥成拳。

半晌，他回到车上。

车厢里弥漫着女人的香。

"砰"的一声，车门被关上。

阿宾瑟瑟发抖问："程先生，那咱们现在……"

程榆礼淡道："走吧。"

车子开进了夜色，霓虹在春夜的枝丫里摇晃。程榆礼叫阿宾开快些，很快将二老的车甩在后边。

又过很久，各自平静下来，夏霁问了句："你打算什么时候把我加回来？"

程榆礼刚整理好情绪，又听见她十年如一日刺耳的声音，心里只觉得烦躁，想让她"闭嘴"，但最后那一点儿兜住情绪的风度还是叫他保持了理智，他待人从不冒失。

夏霁见他不答，又不依不饶地问："程榆礼，你删我多少次了你自己还记得吗？就不能站在别人的角度想想吗？我一次一次热脸贴冷屁股能好受吗？"

程榆礼置若罔闻，不为所动。

删多少次，确实不记得了。最早是在高中，那时事情还没有那么严重，他不是树敌的性格，同旁人连争执都很少发生。

有一段时间，夏霁开始在他的空间写留言，从简单傻气的非主流句子渐渐变得露骨。

有人看见，跑过来问他是不是在和夏霁交往。

他那时不怎么用这些花里胡哨的东西，留言板下的内容很夸张，每天都有不同女孩来留言，甚至还有较劲的嫌疑，比谁留得多，种种层出不穷的烦扰让他将空间对外关闭了。

有他号码的夏霁的骚扰便延伸到他们的聊天框。

终于有一天，他忍不住把她拉黑。那一瞬间，整个世界清净下来，原来和人切断联系的感觉也很舒畅。

再后来，她锲而不舍，想方设法加上他。只要她能保持安静，他便不排斥他们之间维持这种普通的同学关系。

几个月前，他收到她发来的一个小视频。是在一个酒店的露天泳池，一对情侣样的男女缠在一起热吻。

夏霁说：想跟你试试。

程榆礼二话没说，再次拉黑。

并不愧疚，只觉得愉快。

这大致是发生在去年冬天的时候。后来没过多久迎来新年，程乾找过一回见月，颐指气使让她想一想她能为程家带来一些什么。又过一阵子，爷爷也找了他。

程乾的想法让程榆礼觉得万分诧异。

程乾认为程榆礼当初退了白家的婚是因为不喜欢白雪，如今有更好的替上，没用的就不要了。程乾没有直截了当告诉程榆礼，哪个是"更好的"，哪个是"没用的"，但这话听得他心力交瘁。为自己的人生做决断是一件太难的事，至少，在程家是。

程榆礼的脾气也是从那时忍到了现在。

想起太多事，他又头痛欲裂。

夏霁在一旁还催："你聋了吗？为什么不说话？"

程榆礼揉一揉眉心，沉声开口说了句："你想做第三者？"

她愕然一怔。

开车的阿宾都吓得方向盘一滑，赶紧调整。

程榆礼的声音不咸不淡，继续说："找错人了。"

夏霁说："能不能别讲话这么难听？做朋友都不行了？"

他睨一眼过去："我缺你一个朋友？"

夏霁咬咬牙，不忿地问："你到底为什么对我这么冷漠啊？"

他不再留情面："因为你很吵。"

夏霁深吸一口气，声音也沉了下来："我不知道你怎么跟秦见月好上的，但为了你好，我必须告诉你一件事。我一直觉得她很眼熟，后来终于想起来了，我的确在三中的时候就认识她了，她根本就不是你认识的楚楚可怜的样子，她还打过我，你根本想象不到！"

闻言，程榆礼眼尾一扬："打你？"

"是啊，"夏霁眼神笃定地看着他，眸间还泛起点潮气，"不可思议吧？"

程榆礼看着她，眼中平静无波。

少顷，他忽然轻笑一声。

她愣住："你笑什么？"

他悠悠道："挺好，替天行道了。"

夏霁的拳已然攥紧，而后她尚未出声，忽然间，"砰"的一声。

追尾事故就这么猝不及防地发生了。

程榆礼抬眸看去，这才发现前面的是钟杨的车，他如蒙大赦掀了下唇角。外面的男人叩了叩车窗，说了句什么赔钱不赔钱的，夏霁已经迫不及待下车要找人理论。

她指着钟杨的车说："不就一破奔驰吗？能值多少钱啊？"

程榆礼往后看去，秦见月穿一件单薄的长裙，手指交叉在一起。可能是有点儿冷，她微微缩着肩，抿着唇，没什么表情地看着夏霁。

两辆车贴在一起，横在十字路口，好在没撞出什么大事。

钟杨绕到车那边去跟夏霁理论。

程榆礼把车门打开，给秦见月腾出地方："进来。"

秦见月又看一眼程榆礼。

他说："愣什么，上车。"

她进退维谷，迈一迈腿又缩回去："我坐钟杨的车好了，不要挤在一起，这样方便一点儿。"

钟杨这时走过来，扶着窗框折身，冲程榆礼说："怎么回事儿啊这位爷，这女的说不肯赔钱，还诋毁我的车。真不赔我可不答应，想逃也晚了，我就赖这儿了啊。"

他装腔作势，拍了几张照，拍拍秦见月的肩："人证，物证。"

程榆礼笑着，"正好，赔你一个美女。"

"美女？"

程榆礼看一眼夏霁，又给他使了个眼色。

钟杨心领神会，没辙地叹息一声，又伸手指他一下，警告道："行吧程榆礼，你给我等着。"

然后夏霁就被钟杨扯着领子扔进车里了，她再怎么叫嚣也没用。

秦见月回到程榆礼的车上。

程榆礼淡淡开口，问阿宾："没什么大事儿吧？"

"没事儿，咱车结实得很。"

他应了声："那回头再去修。"

"好。"

重新出发，车里的气味没散。程榆礼把车窗全打开，又要防着见月着凉，给她披上西服。没一会儿，外面混着花香的春风就钻进来，冲淡了里面的香水味。

这次没再憋着心里不快，好半天，秦见月嘟囔一句："你怎么跟她在一起啊？"

"是在外面碰上了。"

"以后别让别的女人坐你的车。"

他温和地笑，柔声说："好。"

嗯？就这么简单？

她点点头，揉揉手。

又过好半天，秦见月还是忍不住："哎呀，你这样显得我多无理取闹似的。"

他微微偏头，眼神长在她身上："那我怎么说？"

秦见月说："你应该跟我计较一下。坐车怎么了？又不是什么大事！你别这么小心眼！然后你这理直气壮的态度就显得我特别委屈，我就很伤心地闷着头，也不说话，很可怜的样子。过了一会儿，你终于在沉默中发现了自己的错误，主动来哄我。"

程榆礼轻笑出声，配合她表演："坐车怎么了？又不是什么大事，别这么小心眼。"

秦见月闷下头，不说话，很可怜的样子。

少顷，听见程榆礼和前面的人说："阿宾，递一下。"

搁在副驾的纸袋被送过来，程榆礼放腿上慢悠悠地拆。秦见月偷瞄过去，赫然见到一双闪亮的高跟鞋躺在里面。

她忍不住惊喜地问："你为我买的吗？"

程榆礼仔细地拆开包装盒，笑着说："给公主买的。"

"哪个公主啊？"

"我家的公主。"

鞋子被取出，搁下。

"真好看，我喜欢这个颜色。"

程榆礼如实说："我眼光差，其实是阿宾挑的。"

秦见月忙说："谢谢阿宾。"

阿宾："客气客气。"

秦见月在车里把鞋换上，果然很衬她。她满心欢喜地左看右看，像淘到快乐的小朋友。

程榆礼宠溺地看她："公主还满意？"

秦见月笑着看他："满意！"

2

一波三折，车子总算开到了夏家的酒庄。

经程榆礼介绍，酒庄的主人就是夏桥的现任妻子，一名年轻的知名画家，名叫陈柳然。

陈柳然短发，高个，瘦得像竿。她穿着丝绸的阔腿裤和短上衣，腰肢纤细，手臂细长，手插在兜里——很酷。

夏霁贴过去和陈柳然说话，亲密姿态，两人的外形很难让人判断出是母女还是姐妹。

酒庄在半山腰，弯曲的桌面被点缀得宛如精致银河，长桌的尽头是悬崖，晚间看过去只一片蒙蒙的黑，什么也不清楚。

香槟灌满酒杯，摆成精致的一排。

商界名流齐聚一堂。

程榆礼一贯闲散，找了个空座就拉着秦见月坐下了，在人堆里瞅了一圈，没跟人打招呼。秦见月好奇地问："你不要去打个招呼吗？"

程榆礼淡淡说道："都是派不上用场的人。"

秦见月点头，深谙他在人际交往上也采取节能策略。

程榆礼正在低头给钟杨发消息：你没来？

钟杨：托您的福，修车。

程榆礼失笑，给他发了个红包。他没收。

忽地，秦见月看见有人过来，她捏一下程榆礼的腕，小声道："夏叔叔来啦。"

程榆礼将手机揣进裤兜，起身迎人。秦见月看着他嘴角的笑意，心中猝然出现一丝不为人知的别扭。

夏桥走到近前，拍了拍程榆礼的肩，又看向秦见月，寒暄一句："这裙子很衬你。"

秦见月微笑道谢。

她轻轻地牵了一下程榆礼的衣袖，凑到他耳边说："我想去一下洗手间。"

程榆礼说："我带你过去。"

"不用，你告诉我在哪儿就行。"

他略一犹豫，想着夏桥在跟前又走不开，便抬手给她指了路。

秦见月懂事地自行离开。

她往洗手间的方向去，其实在百无聊赖地闲逛。在偌大的庄园远眺，走在西式宫廷的长廊，看着墙面上镶嵌着无数随便抠下一粒她都买不起的钻。

她偷摸地想，可能秦家上下十代也买不起这样的庄园吧。

在爸爸过世之前，秦见月是过过一些好日子的。爸爸在外交部工作，母亲出身梨园世家。家境算不上殷实富贵，却也不错。倘若父母亲齐心协力努努力，也能幻想在燕城新城的地段买下一套不错的公寓。

这就是秦家能够努力到的财富的终点。

和眼下这一些是完全不一样的。秦见月此刻宛如置身九重天的幻境，财富堆砌起来的云海让她无比眩晕。

她是刘姥姥进大观园，脚踩不到实处，步伐都在飘。

转角处，一个端着香槟杯的长裙女孩正扭头与人说话，侧过身来便措手不及地撞上秦见月，幸好杯子里的酒水只是溅出来几滴。

过来的两个人，是夏霁和她的昔日同门刘晏洺。

撞上秦见月的这个叫刘晏洺，她微一缩腕，"啧"了一声，抬头看秦见月，表情错愕。

看起来她比夏霁的记忆力好很多。

"秦见月？"

夏霁也迈步走到前面来，冷笑一声说："秦见月啊，果然是你。我居然心那么大，之前还把你给忘了。看来还是你这名字太难听了。"

露天的长廊，头顶的火树银花在她们之间投下一片金色的影子，微微摇晃，在秦见月粉紫色的鞋尖之前，变成一道划分泾渭的小桥。

夏霁往前迈一步，踩在那道"桥梁"上："怎么摆平程榆礼的？"

刘晏洺错愕道："她就是程榆礼的——"

夏霁摆了下手，叫刘晏洺别说，看来这话于她很刺耳。

秦见月没有什么表情，面色平静地看着夏霁："是他追的我。"

夏霁失笑："他在你梦里追的你？"

秦见月微微笑一下："你追不到的人来追我了，不敢相信是吧？你要是真的想知道大可去问他，酸我也没用。"

夏霁抱起手臂，居高临下地看着见月。

这样的姿态，曾经让秦见月胆寒生畏，不敢抬头看。但秦见月此刻却从容地看她，只觉得其实也没有那么可怕。她那双凌厉的眼里，在欺辱别人的时候，只剩下空洞的情感与无尽的可悲。

"酸你？酸你要靠男人才能进这个酒庄的大门吗？"

"是，我没有酒庄，可是我有你得不到的东西。"秦见月勉力笑着，语调讽刺，"是谁天天把男人挂嘴边？为了男人要死要活，你这样男人是不会稀罕你的。"

刘晏洺替夏霁出气道："不就嫁了豪门吗？你到底在狂什么啊？"

秦见月一低头，就看到夏霁攥紧裙摆的拳头。

"夏霁，"秦见月没理会刘晏洺，渐渐敛了笑意，语调微冷，"你这样的人真的很可悲。后来他告诉我，他很喜欢我给他做的标本，是被人弄丢了。你说当时喜欢他的人那么多，为什么偏偏是我被你针对呢？"

秦见月看着她，一字一顿说道："因为他很喜欢我送给他的礼物，对吗？"

"闭嘴！"夏霁双目微瞪，说着便抬手要打秦见月。明明也是二十多岁的人了，恶习一点儿不改。

幸好，她被旁边的刘晏洺拦下。

秦见月为她这行为忍不住笑了下："你现在打我，受伤的是我，丢的是谁的脸？

"你爸爸、你后妈的面子还能撑得住吗？

"你以为你还能像在学校里一样一手遮天吗？"

夏霁失控地大吼一声："闭嘴！你给我闭嘴！滚！"

秦见月继续道："我有底气不是因为我嫁了豪门。人是会长大的，但是你不会。"

"滚出去！你给我滚出去！"

夏霁捂着太阳穴，莫名其妙就蹲地恸哭起来。

刘晏洺安抚着她："还好吧小九，你没事吧？"

她一边说，一边在小包里翻什么东西，被紧急取出来的是一个药瓶。刘晏洺要把药送到夏霁口中，却被夏霁推搡开，药撒了一地。刘晏洺又狼狈去捡拾："你别这样，把药吃了。"

"你也给我滚！"夏霁说着，站起来，往她的好姐妹背上踹了一脚后便跑了。

刘晏洺被夏霁踢倒在地，神色是说不清的郁闷。

她一副有气没处撒的样子，便也跟着瞪一眼秦见月，拾了药瓶趔趄着跟上。

外面春雷滚滚，天际憋着一场雨。一触即发的过往悬在她的身体里，秦见月看着那两个人离去的背影，安静地站在长廊尽头，微冷的春夜里，不知站了多久。几道电闪雷鸣之后，顷刻间，瓢泼的雨水落下，打在她盖着一层薄纱的肩头。

她忽然想到，那几天也下了雨。

恍如隔世的那几天，雨水未歇。

秦见月一夜不睡，顽固地制作着一朵月见草的标本。那是在某博物杂志上看到的，杂志里写道：月见草象征着暗恋，花语是默默的爱。

五月的尾巴，热夏快要到来，毕业季面临着分别。而那一年的毕业季，要分别的是她和程榆礼。

分别，听起来像发生在男主角和女主角之间。有的是撕心裂肺的痛，有的是阴雨绵绵的愁。

他们之间会是怎么样呢？他们之间应该……就差认识了。

秦见月的桌面上摆了一堆月见草，她看着手机上搜索界面显示的制作流程：压花、贴上薄膜、等待风干。

等不及，就放在取暖器下面烤。

烤着烤着，她昏昏欲睡，做了个美梦。她唇角弯弯，一觉醒来。天啊！烤得薄膜都变黑了。

她欲哭无泪，总算放弃这一招，又重复前面的步骤。她不再急于求成，而是慢慢等候。把标本晾在天窗下边，几天后，粉白色的小花终于定了型。她将它装在透明小袋里面，又觉得不够隆重，取出来，找了一个精美的信封，装进去。

在上面工工整整写上"高三（10）班程榆礼 收"。

她将信封放在心口，自在畅快地幻想着，他收到会是什么反应呢？

秦见月早早地打探过，他的同桌是一个小胖墩，也是程榆礼的一号"守门员"，会替他拒绝女生的好意，对她们说：程榆礼不收礼物。

可能，它根本就不会顺利地过小胖墩那一关。

也有可能，它和其他别的礼物一样，被程榆礼丢进柜子里，再也不会被取出来。

再有可能……嗯，好像也没别的可能了。

无论如何，给他看一眼。

他能看一眼也是好的。

她选择在体育课结束的课间过来，便于蹲到人。

秦见月的眼前是高三（10）班教室门口的走廊，她站在这里感受着他平日的宽阔视线，原来从这里可以看到体育馆和乒乓球场。

墙面上的教室铭牌掉了一点儿漆。从窗户外面去看座位的布局，他在最后一排。黑板上写着高考倒计时，没多少天了。

对不常来的地方会有强烈的陌生感。

但这陌生又不那么陌生，因为是他每天会走的路。

她从别的视角也暗暗打量过、熟悉过。

秦见月志忑着，心脏小鹿乱撞，一遍一遍打着腹稿，不停地顺着刘海，时不时拿出小镜子照一下，掀开嘴唇，生怕牙套上沾了菜叶。

"学长你好，我是高一的，我叫秦见月，看见的见，月亮的月。这是我给你做的小礼物，小礼物……小礼物……呃，祝你……祝你前程似锦，毕业快乐……"

看时间，再看楼梯口。

已经有不少她眼熟的他的同学回来了。不知道体育课做了什么运动，个个热得汗流浃背。

"学长你好，我是高一的，我叫……我叫……"秦见月痛苦地捶一下脑壳，也不至于紧张到这个地步吧……

算了，精简一下祝福好了。

"学长你好，这是我的礼物。毕业快乐！"

这样就简单多啦！

秦见月咧开嘴巴笑了一笑，嘴角僵硬。恰好这时，从东边楼梯口的方向，走来她的"男主角"。她紧急地按下起飞的刘海。

程榆礼穿件校服白 T，手里拿着一个矿泉水瓶，仰头在喝，喉结轻滚了两圈。他步子迈得不急，但腿长就走得快，脚下生风，没几步就到了她跟前。

秦见月一时又慌张，心中多虑道，他会不会觉得很奇怪啊？

突然一个人出现会把他吓到吗？

她猛然一侧身，这短暂的怯懦和迟疑让她丢掉了上前说话的最好良机。

程榆礼就这么目不斜视地往前走着。

秦见月再看过去时，他已经越过她，快到教室的后门。

"程……"

她想叫住他，但声音格外弱小。她想上前跟他说话，脚却被坚固地钉在地上。

遗憾的惆怅代替了满心期待，看着他纤白的脖颈与小臂，看着他修长的指和校服之下紧绷的脊背。

当他近在咫尺，一切却仍然那么遥远。

原来即便打了一万遍腹稿，事到临头还是说不出口。

即便幻想了一万遍和他从容交谈的场面，还是会连最后一步往前跨的勇气都瞬间丧失。他的身上仿佛有一层无形结界，那份干净美好，是她不敢轻易靠近、轻易触碰的。

因为人眼无法直视夺目的光。

她精打细算的"初见"就在她的迟疑里失之交臂。

秦见月泄气地蹲在地上，用手指反复地搓揉着信封。到底该怎么样才能拥有足够多的勇敢呢？她怎么可以这么胆小。

他进到教室，隔一堵墙，她便更不会绕过"重峦叠嶂"去和他交流了。

"同学，"秦见月拉过他们班级里一个斯斯文文的女孩，"麻烦帮我把这个交给程榆礼。谢谢。"

"哦哦，好的。"

女同学进了教室，喊了一声在后排翻卷子的少年："程榆礼！"

他抬起头："嗯？"

女生把信封放在他的桌上，指了指外面："有人叫我给你的。"

程榆礼顺势往外面看，而秦见月同时怯懦地将脑袋缩回墙后，躲开他们直接的对视。

教室里，信封被拆开。

教室外面，女孩呆呆站在角落里，不知道在等候什么，分明注定是等不到答复的。

程榆礼拆得慢条斯理，略感好奇，撑开信封口往里面看了看，很快、倒出来一则精美的标本。

手掌大小的标本，上面贴着两朵粉白色的小花，他不太懂花的种类，叫不出名，只觉得做得很可爱，一片花瓣被摆得歪斜，似乎隔着这小东西便能看到送礼之人的一点儿伤心和泄气。

程榆礼微微牵了牵嘴角，打开手机相机拍了张照。

放下标本，他拿起信封，又看到上面写着"高三（10）班程榆礼 收"。

他翻到信封背面，没有找到署名，不过有一句很可爱的括弧——

（这是月见草）。

是女孩子的乖巧字体。

他又往外面看一眼，确认走廊上没有人。

同桌胖墩过来："什么东西？"

程榆礼说："月见草。"他把标本举起来放到阳光下面，细心观赏一番。

胖墩赞道："哇，自己做的？牛啊！谁送的啊？"

他淡淡地说："不知道啊。"

这是和玉器、项链等昂贵的珠宝不一样的，一份世上独一无二的礼物。

很可惜，它没有署名。

程榆礼将它夹在课本里，下一秒被偷看到的几个男生起了哄："藏什么呢？拿出来看看。"

程榆礼笑得无奈："没什么。"

已经有放肆的人去翻他的书，程榆礼也没拦着。

课间快要结束，英语老师踩着高跟鞋的声音渐近。

听见教室里的骚动，已经打算落寞离开的秦见月又忍不住探头看去，她看见少年那双眼睛，含着一点儿无可奈何的笑意，冲着门口几个围在一起的男生说了句："行了啊，快拿回来，别让老师看见。"

哒哒哒！哒哒哒！

高跟鞋止步于后门口。

英语老师戴着小蜜蜂，尖锐地说一声："看什么好东西呢？也给我看看。"

"没……没什么，没什么。"几个男孩慌乱地抬眼。

扩音器发出"刺啦"一声刺耳的啸叫，英语老师低头烦躁地整理绑带。

趁乱，标本被人嗖一下丢出教室门，飘转着飞到走廊上。

"背单词呢背单词呢。"男生油嘴滑舌地指给她看课本，"abandon、abandon，放弃、放弃！"

班里发出哄笑声。

上课铃响了，从办公室和厕所出来的同学为了赶上课堂飞快地狂奔起来，没人看到孤零零躺在走廊中间的标本。

等到人潮散尽，后门被关上。高三（10）班朗读课文的声音传来。

秦见月在原地停滞许久，才慢吞吞地走过去，拾起地上的标本，她擦一擦上面乱糟糟的脚印，但擦不干净。

视线慢慢地糊成一团。

她没有想到的是，还有一种可能，是礼物会被用无情的方式退还。

她擦着掉下来的眼泪，不看路就往前飞奔。跑过隔壁班的教室后门，猛然撞上走出来的少女。

是他的绯闻女友，夏霁，她身上带着刺鼻浓香。秦见月抬头看她，失神地说了句"对不起"，又加快步子往楼下跑。

夏霁一脸无语地看着秦见月跑远的背影，正要去办公室叫迟到的老师，就看到程榆礼从教室里走出来，他往廊间的地面上看了看，似乎在找什么。

夏霁立刻便换上一副娇俏神情，关切询问："你找什么？"

程榆礼头没抬，只在地面和墙角间细心地找寻着，淡淡答道："一个标本，你看到没？"

夏霁一愣，恍惚记起刚才那个女孩手里拿的东西。

她藏起眼中的错愕，微笑道："没有，是什么东西？"

"礼物。"

"不会是喜欢的女生送的吧？"

程榆礼发觉标本不在走廊，终于放弃。他抬头看一眼夏霁，还是忍下了翻白眼的冲动，推门走回了教室。

第十七章 / 光与深渊

不再期待拨云见月。

1

程榆礼问那边闹腾的男生要东西，得到的回答是丢了。他便只能回到教室继续上课。

英语课课后，程榆礼捏着信封去一个女孩桌前："陈思佳。"

"啊？"埋头背书的女孩抬头看他。

少年举起信笺，问她道："这是谁送的？你见到了吗？"

"我不认识，看起来蛮小的，可能是学妹。"

"没有说她叫什么？"

陈思佳摇头。

程榆礼默然站了会儿，又回到自己座位上。

信封被放进书包，胖墩问他："怎么回事？让他们传没了？"

"嗯。"他淡淡应一声，眉头轻皱。

那天回到家里，秦见月趴在桌前，觉得不舒服，说不上哪里不舒服，头疼心也疼。过完劳动节的假期，天气已经相当炎热，她没有打开风扇和空调，窗户里透进来一点儿微乎其微的风，老房子外面蝉鸣不止，她被闷得后颈冒出一片汗涔涔的湿气。

秦见月就这么忍着热，将脸埋在臂弯里，露出两只眼睛，呆滞无神。

眼前是正在准备订正的月考的卷子，她用红笔写了个"订"，笔触在冒号上晕开。

写不下去。

她噌地坐直了身子，打开日记本，把那片标本塞进去，哐一声将它们扔进垃圾桶。

不喜欢了，什么烂人！

她要奋发图强！只有学习才不会背叛她！

秦见月咬着牙精心做题，从没有一刻学得比眼下更认真。抱着强烈的信念感，她狂写了两个小时。

而后，卷子做完，紧绷的情绪又慢慢开始崩盘。

她撑着脑袋逼迫自己不往旁边去看，心乱如麻，又忍不住瞥过去，垃圾桶里的日记本还在"懂事"地躺着。

她没出息地捡回来。

从哪天开始写的呢？

那天他在台上演讲。

程榆礼。原来你叫程榆礼啊。都说人如其名，好像是真的。因为你看起来确实很有礼貌……

今天下了好大的雨，搞得我有一点儿烦躁。如果还有一个让我非去学校不可的动力，那一定是你。虽然我很讨厌下雨，但想到我们相逢在雨天，它好像也不是那么不可接受。我总想起你为我撑伞。只要是和你有关，讨厌的东西也变得浪漫……

你说天底下怎么有物理这种变态的东西啊。我又挂科了，考了一个惨无人道的分数。我考试的时候在想，如果是你你一定会分分钟解出来吧。学神程榆礼，明天还有一科让我窒息的化学，你保佑保佑我吧！大家都在拜孔子，可是孔子也只会之乎者也啊！我知道，拜你一定行！

cyl，我打扰到你了吗？我甚至不明白该不该道歉，为冒失地闯进你的地盘，还是为我的偷偷喜欢，为我没有资格接近你的陌生人身份。

对不起……

　　我重整旗鼓了，程榆礼。还是想喜欢你，还是忍不住喜欢你。哪怕有那么一天，我的自尊勇气都被耗尽。只要你站在我身边，你看我一眼，或者不看，我只是在汹涌的人潮里，闻到你身上的气味，听到你讲话的声音，你对我的吸引力就会卷土重来，我就会觉得一切美好，一切光明。

　　……

　　字里行间的酸涩让她眼眶泛潮。

　　秦见月默默翻了一会儿，把本子合上，嵌进书堆里。

　　舍不得。

　　舍不得什么呢？是他，还是一厢情愿的她自己？

　　第二天回到学校，秦见月情绪不佳。齐羽恬问她："下课去书店吗？"

　　秦见月摇头，不想碰见他。

　　"那去超市？"

　　她闷闷想了想："好。"

　　秦见月没有想买的东西，她只是陪伴齐羽恬。齐羽恬最近有点儿无聊，因为钟杨不在，她的话都变少。他要去外地参加什么训练，秦见月没有接触过"电竞"的概念，不懂他们这一行的规划，只觉得打游戏也能打成职业，好厉害的样子。

　　她那时不知道，有许多的分道扬镳就在他们每天乏善可陈的日子里悄然发生了。

　　在小卖部排队结账，秦见月在前，齐羽恬在后。

　　忽然有两个人蹿到秦见月的前面，秦见月愣了下。被插队当然生气，她正准备说话，前面的女孩侧过脸来跟同伴说笑，与此同时，齐羽恬也拉住了她。

　　齐羽恬悄声说："夏霁，别惹。"

　　秦见月抬起的眼皮又缓缓垂下去。

　　夏霁敛了笑意，看着身后这个瘦小的学妹。

　　秦见月长睫轻扇，密密匝匝地盖住那双柔软的瞳，又不经意流露出一点儿纯净。眼下长了一颗不细看会被忽视的小痣。

夏霁就这么看了她很久。秦见月没有留意到她的注视，直到前面收银员说了句："后面的人往前走啊。"

两人同时抬头看去。

夏霁没再盯着秦见月，往桌上丢了两包零食。

付完钱从超市出来，齐羽恬挽着秦见月往教室走。两人都没说话，因为后面跟着两个学姐。奇怪的是，夏霁和她的同伴并没有回高三的教学楼，而是慢吞吞地跟在她们身后。在秦见月进了教室之后，夏霁又从另一侧楼梯口绕了下去。

秦见月心有疑惑，她胆子小，担心是不是那天撞到夏霁被记仇了。

三天后，她的疑心得到了印证。

秦见月在课间活动结束后往楼上走。混乱的楼道里浮着一层黏糊糊的水汽，人贴着人，像置身于一个巨型蒸笼中。脚步迈出去半天，才有空地让她踏下。

突然，她的鞋后跟被人踩到，整只鞋就这么倏地脱落。

秦见月惯性往前，导致她的鞋落在身后滚滚人潮之中。

她惊恐地回头，生怕鞋子被踢到远处，且下意识看一眼是谁踩到她的鞋，而她抬眼瞬间，等来的不是道歉，而是一句谩骂——

"丑八怪。"

秦见月骇然，看着夏霁那双皮笑肉不笑的眼……是在骂她吗？

算了，捡鞋要紧。

她扶着扶手，一只脚悬空，逆着人潮去找鞋。

鞋子被路过的同学无意间踢到墙角，秦见月好容易挤过去，正要躬身去捡。

一个女孩先她一步，一只漂亮的手指勾住她的鞋带，往五楼楼道的窗口那么轻松一甩。

这人是夏霁的朋友。夏霁还在楼梯上站着，见状笑弯了眼，说："快点走啊刘晏洺，把你的手洗一下，晦气死了！"

刘晏洺看一眼秦见月，做出呕吐的姿态，转身飞快地跑走。

秦见月还没有反应过来发生了什么，只呆呆地往楼下看去，鞋躺在草坪里。

她一只脚站不动，于是那只无处安放的裸脚还是放下，就这样踩在洇湿脏乱的地面上。

很快，人潮疏散。在秦见月艰难地往下挪步的时候，碰到了钟杨的同桌小步。

他看到光着脚的秦见月，好奇道："欸，你的鞋呢？"

秦见月指了指下面："被……"她不知道怎么开口解释，她的鞋被人丢下去了，好荒唐的一件事。

好在小步没多问，看一眼下面，忙说："掉下去了？你别动，就在这儿，我去帮你捡。"

"谢谢。"

捡回来的鞋脏兮兮的，秦见月去厕所简单清洗了一下鞋面。

为什么会这样呢？

她当然想不通，也不会知道。是因为高三那边在传一件事，程榆礼在找一个植物标本找了两三天，说是当时被人丢在走廊上了，他心里觉得东西必然不会这么凭空消失，肯定是让人藏起来了，于是有心无心找了几遭，还留了张照片到处问。

夏霁也看到了，在他手机相册里的，那个学妹送的礼物。

高三的消息离秦见月隔世之远。

她只记得那一段时间，她万分惧怕走出教室门，在操场、食堂、教学楼大厅，任何一个碰到夏霁的地方，都会迎来一句尖酸的"丑八怪"。

第一次被人取外号，是这样几个字。

她意识到了一件事，她成了别人的眼中钉。

放学值日，秦见月去倒垃圾。夏霁和她的几个同学背着书包在去垃圾场的路上晃荡，秦见月见状，头一埋，打算绕开，却被拦住。

率先走过来的人是刘晏洺，她弯腰看向不适的秦见月，故作惊讶道："我的天，我还没见过我们学校有这么丑的女的。"

秦见月看到从后面慢慢现身的那个妆容精致的人，夏霁脸上带着热烈的笑，眼神却冰凉砭骨。

夏霁冷讽一声："长这么丑也配喜欢阿礼，快拿把镜子给她照照。"

听到"阿礼"这两个字，秦见月再多么坚持紧绷的背脊也一寸一寸软弱了下来。

刘晏洺随即上前："做的什么丑东西也敢送，人家看你一眼了吗？"

"怎么可能啊？这不扔地上了吗？"

"笑死人了，脸皮怎么这么厚。"

秦见月惊道："你们怎么知道……"

恍然想起，那一回被夏霁勒令学狗叫的男生。秦见月渐渐收声，她不知道自己即将面临什么，只觉得惶恐、委屈、悲愤。所有的情绪一应涌上，她害怕得双腿发软。

就在此刻恰有几个老师走过来，其中一人道："嘿，你们几个，围在这儿干吗呢？"

人群散开，从中找到一丝空隙的秦见月拔腿就跑。夏霁试图拉住她，但没抓住。

秦见月飞快地跑到老师的身后，就像抓住救命稻草。

"老师，"她声音颤抖着，发出哭腔，"她们欺负我，我好害怕。你帮帮我。"

"啊？"带头的那位老师抬头看一眼夏霁，又好奇地问秦见月，"怎么回事？"

她说得语无伦次、泣不成声，扯着老师的衣袖："我不知道……我不知道为什么。"

可能是因为……

因为程榆礼吗？因为那个礼物？

那位老师推一下眼镜，颇为难办的神色："这个，你也不知道原因，那是不是同学之间发生的一些小摩擦？"

另一个男老师也凑过来说："是啊，不要说学生了，老师和老师之间也有矛盾的，你放宽心。平时多交流交流学习，把心思放学习上，没那么多纠纷的。"

秦见月哭红的眼黯淡下来，她呆呆看着老师，一点一滴的绝望填满她肿胀的眼，汇流成汹涌的河。

"不是小摩擦，我不知道为什么惹了她们。"她摇着头，声音减弱下来，有气无力。

那男老师继续说："那你们可以坐下来好好沟通沟通吗？都是同学，哪有解不开的矛盾呢。"

一旁有人附和说："汪老师说得没错——哎，程榆礼，怎么才回去啊？"

老师看见从路口慢悠悠走过去的少年，立马转变了神色，笑眯眯地冲他打招呼。

程榆礼闻声偏头看过来一眼，他那双淡薄的眼里好像什么都装不进去，总是与世无争、一派闲散的态度。他冲着几位老师轻淡一笑，说："值日。"

"高考加油，好好考，三中靠你再创佳绩。"

他笑道："一定。"

说罢，他收回目光，微微加快步子走了。

老师们挥手跟他道别，又回头看躲在一旁的秦见月，说："你看看人家好学生，多向人家学习学习。是不是？"

一位老师安抚似的碰了碰秦见月的发顶："好了，回去好好把题做做，别想太多。"

秦见月的余光里，是渐行渐远的少年。距离上一次送礼物到今天，她刻意躲避内心不去与他碰面，却在如此狼狈之时，撞见了。

哪怕他的眼神没有分给她丝毫。

她心中五味杂陈。

高处不胜寒的月亮会照到人间的每一寸悲戚吗？

他不会看到的。

有的人含着金钥匙出生，他生活在天上，而她一脚踏进深渊。

秦见月吞泪，默默回到家里。

第二天她刻意赖床，厌学情绪加剧。秦漪却把她从床上拖起来。

秦见月没有胃口吃早餐，但被逼着喝了两口粥。

"怎么没精打采的？不会是生病了吧？"秦漪伸手过来探她的体温，"这不是好好的。"

犹豫了一夜，秦见月还是决定将这件事告诉妈妈。她的开场白言简意赅："我被人欺负了，在学校。"

秦漪闻言一愣："欺负谁？欺负你？"

秦见月鼻子泛酸，点点头。

秦漪没有多问，替她分析这件事："我早就说了你这个性格不好，天天闷着不说话，你看人家小孩多开朗。你要主动走出去跟人家打成一片！你这样说两句就自闭的个性，不欺负你欺负谁！"

秦见月憋着泪，不想再听，提着书包说："我走了。"

"欸，你回来把早饭吃完！"

夏家酒庄。

雨势渐渐弱了下来，秦见月在冰冷的地砖上坐了很久。她在这里坐过了一场雨水的时间，从衣袖微湿到现在，半边身体都被覆上雨水。

湿津津的衣料紧贴着身体，身上是无尽的黏稠，空气里是难耐的闷。

腿还是发软，软得无法站立起来。

她坐在一楼走廊的檐下，雨水从上面如珠帘滚落，打在她脆弱的膝盖骨，顺着小腿淌到脚背，浸湿新买的"公主鞋"。

回忆在这里戛然而止，一把宽大的伞替她遮住了雨。

秦见月余光里是男人笔直的长腿，她猛然打了个寒噤，抬头看向程榆礼。他高挑而峻拔，五官遥遥在高处，垂眸看她，带点纳闷的眼神："怎么坐在雨里？"

程榆礼的视线顺着秦见月湿透的裙子落在她苍白的脚丫。他蹲下身子，从西裤口袋里取出纸巾，慢条斯理地替她擦拭湿润的脚踝。

"不是去洗手间吗？半天不来，还以为出了什么事。"

秦见月看着他一丝不苟帮她清理雨水的侧脸，摇一摇头："我腿麻了，坐下来歇会儿。"

她又问："酒会结束了吗？"

程榆礼擦完一张纸，又取出一张，帮她擦另一只脚。他说："突然下雨，他们就撤到室内去看陈柳然的画了——你要看吗？"

秦见月问："好看吗？"

程榆礼闻言一笑，说悄悄话的姿态，悄声说道："还不如我这个业余的。"

秦见月被逗笑。

她静观他眉目秀气清隽的脸，笑意又缓缓变涩。她轻轻道："那不看了，今天又录节目又来这里，好累。"

"好。"程榆礼说罢，将秦见月打横抱起，"那我们回家。"

"……"她帮他一把，握住伞柄。

走在雨幕之中，雷声不止。她像一条轻盈的紫色锦缎，躺在他的怀里，给这暗夜镀上一抹色。

回到家里，程榆礼提议说一起给咕噜洗个澡。

秦见月好奇地问："你不是总叫林阿姨带它去洗吗？"

程榆礼说："总得让它也感受一下'父母'的关爱。"

秦见月笑着："你原来还不喜欢它。"

他回答说："相处久了，总有感情。"

程榆礼在给狗狗专门准备的浴缸里试着水温，咕噜被搁在里面。它长大了一些，已经没有"童年时期"那么顽皮跳脱，乖巧地伏在浴缸前，满心欢喜看着"爸爸"。

秦见月因为淋了雨，便去隔壁间洗澡，出来之后，用浴巾慢慢地擦干身子，眸子一敛，惊恐地发现下水道堵了一团密密麻麻的头发。

脱发有一段时间了，起初并不是这么严重，有时沾在枕头上，早晨醒来时会发现程榆礼在一根一根地捡。

她愧疚说："可能是因为换季，掉得多了些。"

他自然温和大度，说新陈代谢，自然规律。

秦见月呆呆看着地面上日夜焦虑的结果，手指用力地抠着掌心。视线失焦了好久，她才去清理落发。

出来时，程榆礼已经静坐在浴缸前，帮咕噜揉搓头颅的毛发。听见脚步声，他回眸看向见月："地上有水汽，小心滑。"

"……嗷。"她放慢脚步。

在程榆礼旁边坐下，他轻轻嗅过来："这个味道好舒服。"

"洗发水吗？"秦见月也好奇地揪起两搓头发闻了闻，像栀子与茶花的结合。

他忍不住腾出手臂揽住她，尽量没让湿手碰到她。秦见月腰身塌软下去，被他揉在怀里，他低头浅浅亲她嘴唇。

狗狗"汪汪"叫了两声。

秦见月笑着推开他："狗狗抗议啦——不许在我面前秀恩爱！"

程榆礼也笑起来，眷恋不舍又吻了几下，才将她放开。

秦见月问他："你今天跟夏叔叔谈得怎么样啊？他会参与融资吗？"

程榆礼沉吟少顷，说道："还在考虑。"

"为什么要考虑这么久啊？你之前不是很期待跟他合作吗？"

说到这里，程榆礼放慢手里的动作，又好半天，缓缓停滞。他说："夏桥这个人我有点儿拿不准。"

他很少和见月谈工作上的烦恼和顾虑。这是头一回。

程榆礼说："他确实是很有能力，但我总觉得他有些古怪。如果一个人出现在你面前，表现得滴水不漏，你觉得他甚至近乎完美，这种情况反而像一种危险信号。最可怕的人不是脾气暴躁，办事不周，而是你看不到他的背面。"

他挪眼看向见月，慢慢道："是不是？"

秦见月似懂非懂，消化片刻，点了点头："没有人是没有缺点的，最高级的可怕是会隐藏缺点。"

程榆礼"嗯"一声，说："是这个意思，疑人不用，用人不疑。我再想想。"

他重新细致投入地给咕噜洗澡。

秦见月静静看他，忽地淡笑一声："程榆礼，对不起啊。"

"对不起什么？"他还在想夏桥的事，不明所以地接了一句。

她说："我没有可以给你帮忙的爸爸。"

手里的香皂从手中脱落，"咚"的一声砸进水底。程榆礼眼神严肃地看着她，眉头紧拧，用沾着沫子的手捏她的下颔，语调有几分冷与愠："胡说什么。"

秦见月忍不住"嗷"了一声，擦着满脸泡泡，委屈道："我刚洗干净的，又被你抹一脸！"

程榆礼放下手，也没再看她，就这么在浴缸前坐着，他还穿着酒会上的衬衣，腕袖卷起，被闹腾的咕噜扑得一袖管的水。他眼睫垂下，凝视热气蒸腾的水波，沉声说了句："去床上等我。"

"好。"秦见月没有再待下去，她听话地出门去洗脸，然后对着镜子擦了一点儿护肤品，用手指撑着嘴角，勉力挤出一个生硬的笑容。

可能是前阵子确实胖了的缘故，在控制饮食之后，颊肉眼见着变薄许多。

她将头发绑在耳后，露出清白素净的一张脸。没有修饰的眉型，没有遮挡的额头，亮星一样的眼睛，笑起来会露出一排整齐的牙齿。身体的每一寸都在经过岁月精心的雕琢，走到今天，变成皮囊姣好的女人的样子。

这一身成熟的韵味，像是没有攻击性的温和水流，仿佛早已撇清旧日的哀思。

装点好琳琅的现在，她忽然没有了头绪，要怎样若无其事地忘却，怎么去面对心底最深处的恐惧？

真的可以若无其事吗？

她比谁都想要往前看。

2

那次之后，风平浪静了几天，她没遇到夏霁，心底的恐惧稍稍减缓。为了避免碰到夏霁，秦见月几乎不再走出教室，她的躲避是有效的。但效果没有持续太久，因为夏霁会找上门来。

夏霁跟她的小团体会挑时间，只会在秦见月独自行动的时候出现。所以偶有一些时刻，比如去办公室去厕所，她落了单，就要快马加鞭回到教室，否则就会在路上猝不及防迎来一句嘲弄："丑东西还出来丢人现眼呢？"

就像此刻，她猛然回过头去。

夏霁上前勾住她的肩膀："走，学姐带你去谈谈心。"

秦见月皱眉说："我下午有考试。"

夏霁用手臂紧圈住她的脖子："乖一点儿，我们就在学校谈；不乖，我们去出去谈。你说呢？"

秦见月一骇，面色苍白地噤声。

她被带到巷子里，被粗暴地推来推去。瘦削的肩狠狠撞在砖块参差不齐的墙面，骨头生疼，她忍不住闷哼一声。

夏霁带了四五个人围着她，不慌不忙地从口袋里掏出手机，打开相机，横过来对着秦见月。

秦见月惊恐地问："你录什么？"

夏霁笑着："录你啊，回头放给程榆礼看看。"

秦见月扑过去就要抢夏霁的手机："你把手机给我……"

手机被她猛地扑过去一砸，摔到地上。

秦见月第一回发狠地抗争，却在下一秒被人从后面拽住。

拽她的人是刘晏洺。

夏霁不耐烦地"啧"了一声，把手机捡起来，擦一擦摄像头的灰尘，好在手机并没有摔坏，录制也没有中断。她举起来，重新将摄像头对准秦见月。

忽然，巷口传来一道质问的声音——

"你干吗呢，老巫婆？"

几人一起回头看去。

钟杨穿着校服跨坐在山地自行车上，在巷口的绿荫之下，单脚蹬地，本没有要过来的意思，只是好奇这里发生了什么。

夏霁脸色骤变，她似乎没有正常人该有的克制情绪的能力，目眦尽裂道："你有病啊，叫你别这么喊我了。神经病。"

钟杨也不是个好说话的脾气，他从车上跳下来，几步走到跟前："再骂一句我听听？"

钟杨接着走到秦见月跟前，掰一下她的肩膀。

秦见月颤着唇，被吓得哆嗦，说不出话。钟杨眉一拧："你怎么在这儿？"

余光看到正在录制什么的手机，他伸手就夺过来："拍什么东西？"

他切断视频，看了遍回放。

钟杨把这手机揣进自己口袋里，没收了，冲着夏霁说："行啊老巫婆，欺负人欺负到我头上来了是吧？"

夏霁愕然问："你、你认识她？"

钟杨说："这是我妹。"

"你妹？你哪个妹？我怎么不知道？"夏霁看了看秦见月，又看了看钟杨。

钟杨说："你管我哪个妹，我的人！"

夏霁从小跟钟杨不对付，钟杨是个爱憎分明的人，后来她学聪明了，不去招惹他，万一被划分到他的敌派阵营，她不会有好果子吃。

夏霁又看一眼秦见月，笑道："你怎么不早说，误会。Sorry！"

钟杨没打算放过夏霁的意思，他突然往前一步，一只手擒住夏霁的手腕。

夏霁一愣，扭了两下胳膊，却被他掐得更紧。

"钟杨！你抓我干什么！放手！"

旁边的人都被钟杨的气势吓住，站在原地不敢动。

钟杨又回头看一眼秦见月，把挣扎的夏霁搀到她跟前，示意："推回去。"

秦见月双眸一怔，不敢置信地看着钟杨。

同样，夏霁也不敢置信地看向他。

他说："抬手，不会？"

"……"

夏霁嚷道："你别在这儿发疯！"她看一眼秦见月，口不择言，"你想怎么样，我给你钱好了。你——"

砰！

夏霁被推到墙边，话被打断。

秦见月推得不重，但也算不上轻，夏霁尝到刚刚秦见月被推搡到墙面时的滋味。

瞬间，谁也没有说话，这个世界总算清净了下来。

钟杨垂眸看一眼秦见月，又问："要不要再来一下？"

秦见月神色凝重，心口憋得慌。她现在只觉得很不舒服，推回去了也不舒服，她只想赶紧离开，于是只机械地摇了摇头。

钟杨终于松了手，而后脱掉自己的校服，盖到秦见月身上。

"撤。"

秦见月跟在他后面，慢吞吞地把校服穿上。

她觉得背上很疼，低着头，不想被旁人看见。

不知道钟杨领她去哪里，过了好半天，秦见月声音沙哑开口问："可以把视频删了吗？"

"嗯？"前面的少年回头看她，没听清。

"视频，"她指了指他的裤兜，"我看到你拿了。"

他"哦"了声，差点儿把这茬忘了，又把手机掏出来，说："行，当你的面删。"

打开相册，下一秒，手机黑屏。钟杨骂了句："没电了。一会儿回去充上电再说。"

"你……"犹豫很久，秦见月还是忍不住提出建议，"你可以把手机扔了。"

钟杨笑了："扔了你放心？让人捡去了怎么办。"

"哦！"她被自己的糊涂惊到，连连说，"是的，是的。那你回去记得删。"

"OK！"

钟杨领她去药店，在柜台前站了半天，也不知道怎么开口，最后指了下秦见月："麻烦你看看她这伤能抹点儿什么，麻烦开点儿药。"

店员带着秦见月走到隔间，看了看她背上的伤，随后到货架前挑选药品。

阳光正盛，秦见月站到玻璃门后面的阴影里，钟杨没跟着挪位，手抄裤兜里，松弛地站着："今后再有人找你麻烦，报我名就行。"

秦见月点头，又说："你……可是你都好久不在学校。"

"不在归不在，报我名后还找你麻烦就是跟我过不去，意义不同了。懂不懂？"

她放心地微笑一下："嗯。"

药被送过来。

钟杨最后忍不住好奇问了一个问题："你怎么招惹上她的？"

秦见月喉口一涩。

怎么招惹上她的？似乎每个人都会问上这么一句。

秦见月自己都说不清，岔开话题说："你今天回来的吗？"

"早上刚到。"

"那还走吗？"

"这学期不出去了。"

"好。"

钟杨见她不愿多说，也没再多问。

他悠闲地说："走了，回去考试。"

"好，校服我明天给你。"

秦见月跟钟杨道别，又向老师请假，早早回到家里。

热烈的夏天就要来了，门口的社区喇叭在喊着高考期间要禁娱，给考生创造良好的环境。在涌起的热浪之中，她闭起眼，感受阳光在眼皮上跳跃。

她不知道这是不是一切的尽头。

翻开日记本，里面夹着她没有送出去的祝福。

她知道，他不再需要了。他从一开始就不需要，都是她的一厢情愿在残害自己。

提笔落字，最后的最后，她写下——

程榆礼，你是光，也是深渊。

从此以后，我不再期待拨云见月，不再望你回头看我。

我只祝你此生应有尽有，愿你永远繁盛光明。

再见了，程榆礼。

多谢你如此精彩耀眼，做我平淡岁月里的星辰。

秦见月醒在程榆礼躺下的一刻，缓缓睁开眼，听他关切地问一声："睡了？"

程榆礼拥住她，他的身上有清淡果香。春雨骤歇，他打开卧室的窗，流进来一点儿草木芳香。在昏暗室内，头顶悬着一盏烟尘般雾气弥漫的壁灯，这迷人的色彩让他们的距离变得似远又近。

她乏力道："等太久了，不小心睡着了。"

他无奈地笑，为自己辩解："没有很久，才二十分钟。你是不是太累了？"

"嗯，走位走了一天，腰都疼了。"秦见月说着，敲了敲自己的背，"要一直站在镜头前试机位。"

程榆礼贴心问："哪儿疼？我给你揉揉。"

她失笑："你那是想给我揉腰吗？你是想趁机揩油！"

两人一起笑了。

他取来一个教练机的小巧航模，给她展示。

程榆礼把飞机拨到特定的角度，给她看机翼上的型号。后面跟着一个半弯月牙，他们公司的产品标识。他悠悠道："看到没，我的老婆？"

她好奇地笑："啊？什么意思啊？"

程榆礼说："把你带上天。"

秦见月笑意更盛："我一个人上天？听起来好孤单哦。"

程榆礼闻言，伸手往床边，又够过来一个更小巧的模型。秦见月惊讶地张大嘴巴，震惊于他的有备而来、诡计多端。程榆礼托着那架飞机给她看，微笑说："在这儿呢。"

他用手指点了点上面的型号"Li"："我是永远护送公主的僚机。"

秦见月乐得弯了眼，夺过来看。

她好奇地拨弄一会儿，问道："这个飞机有没有使用年限啊？会不会报废？"

他想了想："飞个三十年没问题。"

她愣了下，假意失落："啊，那你的永远只有三十年啊。"

程榆礼失笑，用手指轻轻点了点她的额角，教训她的不够浪漫。

"程榆礼。"玩够了飞机，秦见月把两个模型放下，认真地喊他的名字。

"嗯？"他支着脑袋，懒撒姿态。

"你能不能给我一个答案？"

"你想问什么？"

"你当初为什么娶我？"

"机会、缘分、运气，"说完这几个词汇，他顿了顿，继续道，"还有喜欢。"

秦见月擦净眼睛，抬头看他："婚姻不是儿戏，对吧？这是你自己对我说的。"

程榆礼隐隐预感到什么，眼皮轻坠，那双淡若无物的眼看起来像是闭上了。他淡淡应一声："嗯，怎么？"

"如果只是这样，那好像，也不会有很稳固的保障。"

程榆礼这回是真闭上眼了。他的手仍然支撑着脑袋，清浅呼吸，不动声色地扬了扬眉梢。

秦见月接着说："程榆礼，我看不到我们七老八十、长相厮守的未来。如果有哪一天，我走到一半走不动了，你应该不会怪我吧？"

他睁开眼，严肃地问："是因为夏桥的事？"

秦见月不语。

思虑少顷，他轻描淡写地开口："如果你觉得不舒服，我可以——"

秦见月打断他的话："我最不想看到你感情用事，最担心别人说的一句话是'我为了你'。我不需要你为了我。我承受不起你没道理的好意给你带来的代价，我不希望你的任何重要决策和我有关。"

她说完，二人之间陷入漫长的沉默。

而后，程榆礼轻轻揉着她的颊，淡声问："你后悔了？"

要说后悔，的确有那么一件事。她非要去参与的那个"一脸扑相"的破节目，让它被诟病成他哄老婆开心的工具。

但这后悔不包括嫁给程榆礼。

"我不后悔。"秦见月不假思索道，"我只是觉得遗憾，我很努力了，但好像还是……留不住那个冬天。"

那个干净得像刚刚落下的雪的冬天里，发生着没有一点儿杂质的爱恋，那才是他们真正不受干扰的初恋时节。

程榆礼开口，语调伴着一点儿无可奈何："我到底要怎么做，才能让你不这么胡思乱想？"

他俯身拥住她，轻吻她的额头，低声说："见月，再勇敢一点儿。"

秦见月微微撤过头，不再接受他的亲吻，也没有说别的话。

又过了很久，她才慢悠悠地开口："你之前告诉我，沟通很重要。对吗？"

程榆礼平静地看她，并未发言。

秦见月继续道："我有件事想跟你说。"

第十八章 / 兰因絮果

荒原里温和淌过的，不痛不痒的溪。

1

倾诉欲是迂回的。秦见月说完这句话，有几分后悔。呼之欲出的秘密到了嘴边，又被咽回去。因为明知无济于事，还会加重他的负担。

明明刚刚才说过，不要"为了我"。眼下是他最该公私分明的时候，秦见月走进了一个僵局。

"嗯，"程榆礼表示同意，却又揉了揉她的发，柔声说，"我先出去抽根烟。"

秦见月不置可否，看着他离开的背影。

卧室的阳台门被拉开，外面是一个露天大花园，程榆礼在芭蕉的叶影中坐下。他是挺拔的，即便坐着，肩也开阔舒展。猩红的烟头明灭，是肉眼可见的滚烫，而他清隽面容与身影之上一层淡薄的寂寥，又中和掉火点的温度。

整幅画面，仍然是冷的。

程榆礼不像秦见月是个爱好记录的人，他不写日记。唯有几处摘记，她曾在他大学时期的专业书扉页上见过，一首北岛的诗：对于世界，我永远是个陌生人，我不懂它的语言，它不懂我的沉默，我们交换的只是一点儿轻蔑，如同相逢在镜子中。

秦见月无意翻看到，问他是否有什么特殊含义。程榆礼告诉她，这是他见过的对存在主义最好的注解。

他于这个世界，仿若置身事外。

从一开始，程榆礼选择结婚的意图，就是逃避。纠纷、撕扯、争执，他想远离这一切。他对她的喜欢，不是源于心动，而是恰如其分的登对。

他的心是避世的荒原。她是在荒原里温和淌过的，不痛不痒的溪。

于是，她在隐藏，他在躲避。

如果某一天，溪水逆流，触痛他的根骨。

秦见月不再能够满足他的清净，他便温和地碰一碰她的头发，说给我一根烟的时间，让我享受一下最后的冷静。

秦见月挪开眼，不再看他。她盯着那盏雾气腾腾的壁灯。

要不要说呢？有没有必要说呢？

想起前一阵子，程母送给她的那块宝石，回家后她将其转赠给了秦漪。而妈妈说她不配戴这么好的东西，执意还给女儿。秦漪的原话是："一辈子没戴过这么好的项链，戴着走出去都不安心。还是你留着吧。"

秦见月当时心头苦涩在想，她又何尝戴过？何尝不是这样忐忑。

忐忑地在程家，过如履薄冰的每一天。

夏霁的声音，撕开她的旧伤。而爷爷的警告，是敲骨吸髓的利器。家人的尊严被钱财凌驾，程榆礼疲累斡旋，她只能忍气吞声微笑一下。

秦见月不知道眼下的一切，究竟是从哪里开始出现了问题。

也许自求婚开始的每一步，她走的路都踩在刀尖上。只是这刀口的路被鲜花铺陈装点过，血不太会那么快地溢出来。

从前看新闻，女星嫁入豪门为争夺财产没完没了地生孩子，她当个乐子看过去，只觉不齿。而她秦见月清高至今，撞上南墙，头破血流。

情话说的是"永远"，真相却是，僚机也只能庇护公主三十年。

"说抽一根，你都几根了。"秦见月不动声色地在程榆礼身边坐下，托腮看他，笑着揶揄，"我可数着呢。"

程榆礼将烟圈吐尽，没吸完的最后半根被丢进烟灰缸。他捏一下烟盒给她示意："没了。"

围坐在一张青石棋盘桌旁。

月影洒在朦胧网格上，秦见月将手放在上面，纯白的腕上覆着薄薄的纤弱筋脉。

程榆礼握过来，十指紧扣。

她问他："能猜到我在想什么吗？"

程榆礼眼眸清淡，没什么情绪的样子。他平平地看着她，不答反问："真的后悔吗？"

秦见月说："真的不后悔。"她摇一摇头，"因为还有止损的余地。"

"啪"一声，烟盒坠地。他没去捡，看她许久，缓缓地从她的脸上挪开视线。

秦见月有几分好奇，问道："我还以为你会觉得突然呢，什么时候开始有预感的？"

程榆礼眉间有点儿倦意，嗓音微哑道："有一回你说梦话。"

她问："说了什么？"

"你和我说再见。"他重新看着她，语气是轻淡的，"没事的话，为什么说再见？"

秦见月不由得在心里笑了下，她何止和他说过一回再见。

她如实说道："有一些事是可以沟通，有一部分是我说了也无力转圜的。"

他问："因为我爸妈？因为你不喜欢夏霁？你介意我和她父亲来往，对吗？"

程榆礼是敏锐的，他看得懂她的失落跟困惑。同样，他也看到了，横陈在他们之间那条巨大湍急的河流。

谁会率先鼓起勇气抬脚去迈呢？

秦见月想了想："这样好了，下一局棋吧，让它定夺。"

程榆礼揉着眉心，并不动弹，只听她摆棋盘的微小声音。

她说："谁赢了听谁的。"

是象棋的棋局，她在棋牌游戏上永远是菜鸟，然而在今晚的比赛中，两人居然僵持不下，程榆礼棋逢对手，果然人一有了胜负心，战斗力就会下降。他在这局棋里表现得谨慎而倔强，最终，还是秦见月心慈手软让了一步棋。

她打了个哈欠，用他逼近的棋将了自己的军，懒倦道："不行不行，我太困了，不下了。"

程榆礼看着凌乱的棋盘，辨别不出是疑问还是肯定的语气："我赢了？"

她没有接茬，起身要走，下一秒被勒紧在他怀中。程榆礼什么也没做，只是轻拥着她，薄唇擦过她的脸颊，似有若无一声轻言："月月。"

"嗯？"

"不要说再见。"

"人有悲欢离合，月有阴晴圆缺。此事古难全。"秦见月笑了下，"顺其自然吧，这也是你教我的。"

她话音刚落，楼下客厅传来一阵剧烈的动静。

二人皆是一怔。

她惊诧地问："什么声音？"

下楼探查，是咕噜又在闹了。

程榆礼替它洗完澡，忘了把它放归院子。

秦见月跟程榆礼只好一道给熊孩子收拾烂摊，幸好它闹腾一阵没打碎什么东西，一切完好——

等等。

秦见月眼尖瞄到一团碎片，她忙蹲身去看。原来是那个星座水晶球，碎在了茶儿之下。这玩意之前就被她摔过一回，导致球心有裂痕，程榆礼想办法修复了。他是如何修复？在外面能看到那条缝隙的角度贴上一个小星星的标签。

秦见月笑他是掩耳盗铃。

这下好了，摔成这样，只好统统丢进垃圾桶，精致的装饰品终于迎来等待焚毁的命运。

《遇伶》第一期节目播出，秦见月跟程榆礼一起在家里看，她窝在他怀里，咕噜躺在她的腿上。一家三口，其乐融融。

第一出戏是昆曲《西厢记》，男主角是一贫如洗的书生，女主角是大家闺秀，二人冲破封建礼教束缚走到一起。一则简单的故事，放在元朝的文化语境下，王实甫原作的思想内涵可谓惊世骇俗。

演到崔母赖婚，张生失望得要悬梁自尽。

秦见月偏头问他："你说古代人是不是比现代人更痴情一点儿？"

程榆礼不明问道："何以见得？"

她笑说："你都没为我悬梁欤。"

他若有所思，推一下眼镜："原来痴情要靠悬梁来体现？"

秦见月嘟一下嘴巴，不说话了。程榆礼微微笑着，戳一下她鼓胀的腮帮子。

犹记大学时看《西厢记》，老师让他们一边看一边分析张生这个人物的性格特点。荧幕上曲子在唱，秦见月在纸上写着："志诚"、真诚、执着、痴心。

一句"永老无别离，万古常完聚，愿天下有情的都成了眷属"让她抬起头凝神去看。

她突发奇想地问同桌："你说天下有情人都成眷属，那为什么眷属又有离婚危机呢？"

同桌答："因为自古拆不散的是爱情，不是婚姻。"

经得住考验的是坚固的爱情，不是合适的婚姻。

秦见月似懂非懂地点头。

《西厢记》唱罢，轮到他们的京剧戏团，这一出上演的是几折经典曲目。秦见月的脸在电视机里一出现，她就"啊"地惊叫一声："怎么拍这么丑？！"

她一边嚷嚷一边去遮程榆礼的脸，不想让他看见。他笑着，也不反抗，就任她遮着，悠悠道："第三十八分钟是吧？嗯……一会儿截下来细品。"

他被一拳打倒在沙发上。

节目播出结束，程榆礼去给狗狗喂粮。

秦见月还在看片尾的花絮，一些零零碎碎片段播完，最后是滚动的人员名单。她定睛去看，看到自己的名字，看到出品人、监制、导演、摄制……直到结束，也没看到程榆礼的名字。

秦见月又调回去看了一遍，确认，还是没有。

找完第三遍，她纳闷地去到程榆礼跟前。

他蹲在门口屋檐下，手掌心里放着一捧粮，咕噜伸舌头在舔。见她气势汹汹走过来，程榆礼看她，问道："怎么？"

"那个……"秦见月欲言又止。

"嗯？"

"你不是投钱了吗？人员名单怎么没看到你啊？"

程榆礼"嗯"了一声，淡淡说："是我提的，不要署名。"

秦见月惊讶："为什么啊？"

他拍拍湿漉漉的掌心，起身说："怕让人抓住把柄，说我不务正业。"

不务正业？秦见月愣了下，而后轻轻一笑："确实哦。"

他怎么会是烽火戏诸侯、千金博一笑的周幽王呢？程榆礼可比那昏庸皇帝机敏多了。

"又乱想了？"程榆礼看她这假意笑容，一眼拆穿，哄她说，"这叫明哲保身，多一事不如少一事。"

"我知道我知道，理解得很。"她总是懂事，让人省心的。

他揉着她的头，两人一起进去。

秦见月抽空找了一次秦沣。秦沣在外面工作几个月才能回来一次，约他也是不容易的。这回的契机是她想剪头发，男人常理发，秦沣认得整个生活圈里最便宜、手法最好的师傅。就像儿时带她穿街走巷，秦沣骑个摩托，带着秦见月在小巷里穿梭。

突突突地骑了一路，秦见月在初夏的烈日之下晒得差点儿要脱皮。

坐摩托的不爽感觉真是十年如一日。

终于到了一间破旧理发店。

秦见月率先下车，踢了踢发麻的腿。秦沣在一旁停车。

门口两个小孩在玩玩具，白色的水袋，里面不知装了什么填充物。

"这是什么啊？"秦见月躬身往前，童心未泯，好奇去看。

一个小女孩抬头看她："这个东西叫'抓不住'。你看——"

水袋被捡起，又从她的手中吧唧一滑，掉地上。换只手再去抓，又吧唧一滑，掉地上。

旁边小男孩也去抓，吧唧，吧唧，吧唧，抓一次掉一次。

秦见月觉得好玩，也动手去抓，她右手握住水袋。

果真，吧唧一滑，掉下来了。

下一秒，用左手接住，这回她变聪明，用手指紧紧抠住，狡猾的水袋总算被她拧在掌心，里面的液体在她指缝间鼓胀。

秦见月抠得很紧，得意地给他们展示："想抓住的话，总有办法抓住的。"

两个小孩惊喜地在喊"哇"。

秦沣过来催她："别玩了，进去吧。"

闷热的店里开着巨型老旧风扇，秦见月路过时，头发被重重地掀起。一头乌发纷飞，一个理发师小姐姐迎过来："美女做个什么造型？"

"我想把头发剪短。"

理发师绕她一圈看看："你这头发发质真好，留了不少时间吧，剪了多可惜。"

秦见月笑着答："嗯，从大学就开始留了。"

那时的想法很简单，就是为了挥别过去。现在的想法也简单，是因为脱发困扰。

秦见月在位子坐下，秦沣说要出去抽烟。

秦见月说："你在这儿待着不行吗？"

秦沣笑说："好好好，行行行。"

秦见月也笑起来。

"准备剪到哪里？"

"肩膀。"

理发师举起她的发，对镜子说："那我剪了啊。在这里？确定？"

秦见月点头："确定。"

从理发店出来，秦见月觉得肩膀都变轻很多，她对秦沣说："哥，你下午上班吗？"

"这两天都歇。"

她想了想："你带我去三中走走吧。"

摩托车再次起程，秦见月趴在秦沣的肩上，感到今年第一道热浪打在脸上。眼前是秦沣蜕皮的耳根，她惊讶地问："你耳朵怎么了？"

"哦，这个啊。"秦沣摸了下耳朵，"之前生冻疮。"

秦见月拧着眉，眼神里不无心疼："你要不还是别开车了吧？"

"不做怎么，我干啥去？我去你们家程总那儿找不痛快？"

秦见月眉皱得更深："我就好意劝你一句，夹枪带棍干什么呀？"她想一想又说，"你可以学个手艺什么的，你现在这样太辛苦了。"

秦沣自嘲一句："不辛苦，命苦。"

秦见月收了声。半晌，她又开口："哥哥。"

"啥事？说。"

"我以前是不是太不懂事了？"

秦沣把车子一刹："好好的说这个干吗？"

秦见月抬头一看，是到三中后门了。她一边下车一边说："就是觉得，我好像有时说话太伤人了。"

秦沣深以为然，猛一点头："你还知道？！"

她被逗笑，点头道："现在意识到了。"

"怎么好好地决定痛改前非了？"秦沣拨她的脑袋。

秦见月被他按着头，往后稍一踉跄："因为我长大了。"

秦沣笑了下，大概是仍觉得她言语幼稚，露出一个轻嘲意味的笑，没说什么。

二人漫无目地在校园里走。

秦见月脚步停下，是在教学楼一层大厅的一个 LED 显示屏之前。程序宁所言不虚，她在这里立了一个倡议广告。屏幕上滚动着他们的口号与标语。最中间是两行大字：

如果你需要帮助，或者你遇到身边的同学需要帮助，请立即联系我们的活动主办方！！！

后面跟着几则所谓"主办方"和心理活动社的联系方式。

秦见月拍了张照片，保存下联系方式。

再往旁边看去，另一个嵌在大厅墙上的电视屏上，展示着程序宁找各界人士签字的倡议书。

程榆礼和秦见月的名字被放在一起。她想起那个正义感十足的女孩昂着脑袋说我的企业家小叔、我的京剧名角婶婶，不禁勾了勾唇角。

建筑物的影子在地面被阳光拉成一个对角线。秦见月站在暗处。

秦沣问这都是什么稀奇古怪的玩意儿，秦见月没有回答。

她在想，她乘着航船，按部就班去走和别人相似的人生航线，却无人知晓，这个女孩已在十六岁被锚定在原地，而航船在海面上漫无目的地漂。

无论漂到多远，都会被一夕之间拉扯回这里。

一只钝器，将她压在了暗无天日的海底。想竭力藏住的过去总不定时冒出来，将她毁得体无完肤。

程榆礼尽力了，他怎么会知道，她有着他无论如何也抚不到的、最深处的疼痛。

秦见月偷偷去看夏霁的直播。

顶着他的姓氏，她在深夜出没。

秦见月一边看，一边忍耐着酸水在胃里搅弄，在洗手间不停地干呕，她看着自己的身体一点一滴溃烂，灵魂一寸一寸萎缩。利用他人的罪恶将自己撕碎，这成了自虐的最好方式。

秦见月闭上眼，没有注意到从口袋里飞出去的一张纸片。

纸被秦沣捡起，那是一张中药单子。

他纳闷地想问句哪儿不舒服，抬头便听见秦见月声音极轻说了一句："哥，我好想走出来啊。"

她微弓着脊背，眼与睫垂下，一滴一滴晶莹的泪顺着睫毛根部往下淌着，滴答坠地。

秦见月面色平静，如一张静止的画。画中唯一在流动的，那聚成线状的液体，像梁上的雨，像额间的汗，唯独不像是，她蓄积多年、终于在某一刻止不住倾盆的泪。

2

秦见月在墙角处站了很久，她抬起手背擦泪。

秦沣还在状况外，皱眉看她："丫头，你是不是遇到什么事了？"

"没有。"秦见月吸了吸鼻子，调整心绪。

秦沣把药方递过去："这是什么？"

秦见月接走药方，揣回口袋。她平静地说："最近一直录制节目，日夜颠倒，内分泌有点儿紊乱。在喝中药。"

秦沣指着她说："你绝对有事儿！"

秦见月有气无力地"嘘"了声:"别在学校这么大声。"

秦沣置若罔闻:"是不是那小子欺负你了?你跟哥说!你知道我最担心什么?就担心你在他们家受委屈不敢说,被你妈洗脑要忍气吞声。你别听你妈的,你妈就是窝囊,你别跟她似的。"

秦见月终于还是忍不住翻了个白眼:"秦沣,你还有没有规矩了?"

"我怕什么?你妈又不在,我说的不是实话吗?我就看不惯你们这种屁大点儿事哭哭啼啼,有问题不想着解决,净在自己身上找问题!那是你的问题吗?你哭有什么用?你哭能解决吗我就问问你,啊?能解决吗?"

学校保安过来指指他们:"哎,两人在那儿嚷嚷什么呢!"

秦沣愤愤地用鼻子出了口气,擒着秦见月,一路把人拽出学校:"你给我好好说说,到底怎么了?"

秦见月道:"和他没关系,是我自己的事。"

"我知道,我知道,"秦沣抓抓头发,"偶像剧女主角都喜欢这么说,是不是还觉得自己特伟大,特甘于奉献!早晚让你给憋死!"

傍晚了,天光倾斜,红霞渐褪,飞鸟簌簌振翅。

秦见月淡淡开口说了句:"是啊。"

明明爱得死去活来,却甘愿主动退场的人多伟大。

如果不是束手无策,谁能舍得呢?该"再勇敢一点儿"的人不是她。

秦沣什么也问不出来,气得半死,把秦见月按上摩托车。

秦见月喝中药是因为精神状态不佳,有些失眠迹象。录制节目比她想象中的要痛苦许多,喝了一段时间药之后,总算恢复一些精神,她去赴程乾的约。

那是五月了。

程乾今年退休,面容老了些,精神却更为焕发。秦见月抵达程家老宅时,他在一棵紫藤下嚼着槟榔晒着日光浴。这岁月静好的画面让秦见月想起电影里的初代教父和孙子在花园里玩耍的桥段,浴血黑帮的老人,也会贪恋生命终点的一道阳光跟膝下承欢的无限美好。泣血残阳、鬓白如雪,融在一起,会令人显得和蔼。

而程乾不是和蔼的。她想多了,他睁眼看向她的眼神仍然那么凌厉。

他的凌厉否决掉她最后一丝寄托。

他们在葡萄架下面静坐。

程乾开口第一句话是："你知道我孙子为你做那个节目花了多少钱？"

秦见月微诧，"我孙子"三个字的代称一下子揭掉了他们之间那层伪善的假面，程乾从未拿她当家人。

她说："没有说过。"

程乾冷冷一声："你有多少自信能帮他把这笔钱赚回来？"

秦见月不吭声。

"程榆礼可以不计较这部分的盈亏，你呢？你也没数，反正你是咱们家请来的菩萨。我们好吃好喝把你供着，你享受就行了。改天多砸点儿钱，把你捧成大明星，让他一次一次为你买单，一笔一笔经费打水漂。你也不在乎，你高兴得很。有人给你当冤大头。多惬意。"

程乾字字带刺，语调讥讽。

她无力反驳，这事是她没理。秦见月只说："不会有下一次了，我可以保证。"

程乾问她："你拿什么保证。"

秦见月看着茶盅里沉底的藏红花，心也沉底。她不吭声。

程乾催问道："你拿什么保证？"

半晌，秦见月慢吞吞抬头，看着老爷子说："这是我和他的事。我不会越过他直接和您商量。我们最终拿到您面前的，应该是我和他共同商议过后的交代。"

程乾不满地看她一眼，沉缓地吐出一口气。

她继续说道："所以现在，我无法回答您这个问题。"

过半天，他倚在太师椅上，手指在扶手上点了两下："前段时间我跟阿礼也互通了想法，他承认他的确很后悔投入这笔钱，甚至他也认为娶你过门是个错误。

"现在夏桥回国，带着他姑娘回来，上次酒会你去了，你也看到了，真正和我们程家齐头并进的该是什么样的家庭，什么叫合适，什么叫般配。

"他和小九从小就认识，在我们两家人眼皮子底下长大，彼此知根知底。小九现在到了年纪，也在挑选如意郎君了。她很明白地告诉我们，她对阿礼有意。

"你们刚结婚我也没有强烈反对，我知道他不喜欢白家，就随着他任性去了。现在白家那头的麻烦平息了。这事儿也不能就这么悬着。"

程乾长篇大论一通，还要继续说下去，秦见月实在忍不住打断："请问什么叫就这样悬着？您难道认为我跟程榆礼的婚姻是一个悬而未决的事吗？这样说恐怕不合理吧？我们的结婚证书是具有法律效益的。"

程乾闻言，轻慢一笑："你扪心自问，他娶你是因为跟你爱得死去活来吗？明摆着是逃避联姻。抱着目的的开始，自然也要带着目的收场。"

程乾这一句话倒是说到了点子上，但"收场"二字让秦见月觉得扎心，她避开这个问题，说了句："爷爷，很低级。"

程乾不解："什么意思？"

"他不会这样说的，您不必这么努力挑拨。我们同床共枕这么久，程榆礼是什么样的人我还是清楚的。"

他扶着茶杯，慢吞吞地晃，悠闲抿一口，饶有兴趣又怪腔怪调地问："你知道他是什么样的人？"

秦见月说："君子坦荡荡，他对我感情多么深厚另说，最起码他在尽到身为丈夫的责任和本分，绝对不会有这些小人之心。"

程乾冷笑，悠悠开口："算你还有点儿机灵劲儿。"

秦见月："我们的婚姻倘若有一天经营不下去，那是我们之间的事。不存在退位让贤的道理。我如果有离开他的心，也是因为存在无法消解的隔阂和障碍，跟别的女人无关。"

程乾说道："这么听来，你对他倒是情根深种。当初轻易决定嫁给阿礼，你敢说一点儿不图地位？"

她说："我敢说，没有。"

程乾想了想，语气放缓一点儿，温和地为之出谋划策："西横街有几间新盘下来的楼层，正好我手底下有个珠宝生意的老主顾，你要是有心，我给你安排过去。事务有人替你打理，给你挂个老板的名头。这玉器商有几分前途，今后能做大，让你换个方式当菩萨，这样说出去也光彩些。"

秦见月微微动容。

难为程乾还诚心替她考虑过事业，尽管听起来她仍然是他翻手为云的棋子之一，但能让他操上这份心，说明她也不是没有得到万分之一的认可。

她正要婉言拒绝。

程乾又开口道："这名头让给你倒不是图你能为我们程家赚多少，主要是能让你有个空闲考虑考虑添丁的事。程榆礼他大哥非婚生，本就不光彩，有了个女儿之后，大媳妇儿落下点儿病根，不便生养。咱们程家好歹也是几代大户，香火也不能到这儿就断了。"

"香火"这个古老的字眼听得秦见月差点儿发笑。

程乾又哪壶不开提哪壶地说："阿礼也是这个想法。"

秦见月这回是真的笑了："程爷爷，您不了解我也罢，您到底能不能看清楚，您的孙子是一个什么样的人？"

她总算明白，为什么程榆礼总说跟他爷爷沟通是一件很费劲的事。

"或者，您早就摆布习惯，将您的子孙当作棋子，这里落一颗，那里下一步。他们有没有自己的思考，有没有他们独立的灵魂，压根儿不重要。能帮您完成您的宏图伟业，就是他们降生的唯一价值吗？

"如果我会转行，早就转了。不必等到您来提醒我该为程家传宗接代的时候，我才想起身为您的孙媳妇的责任。"

她刻意将后面几个字咬得很重。

秦见月身上有太多的毛病，沉默、内敛、怯弱，太过懂事让她自受委屈。但她也有自己的坚持和傲骨。

她是一个笨拙又顽固的人。

喜欢一件事，就坚持到死。喜欢一个人，就喜欢一辈子。

秦见月这一生两腔孤勇，一腔留给京剧，一腔留给她的爱人。

很庆幸她的孤勇发挥出最后一点儿余热，没有在遮天蔽日的山前，卑躬屈膝地倒下。

藏红花的茶一口没喝，秦见月觉得她和程乾也再无话可谈，她迈步走出这间大院。

打道回府时，她忍不住回头望去，夕阳之下的府邸庄严而巍峨，那里有着她攀不上的高墙。今后怕是也不会再来了。

秦见月回到兰楼街住了一阵子，程榆礼知道了她和程乾见面的事。

她说想清净清净，程榆礼没有多问。许多的默契与感情，恍惚就在这一方隐藏、一方躲避的僵持之中被消耗掉了。

她照常工作，看着秦漪忙碌。远香近臭，刚回来的那一阵子，秦漪亲手给她切西瓜，天天送到书桌上。秦见月被她的殷勤弄得想笑。

蝉鸣带来了夏天。秦见月睡在家里的小床上，说是想清净，清净时刻，想念的竟然全是她和程榆礼相处的点滴。

几天后，接到他的来电，程榆礼在电话里只说三个字："回来住。"

秦见月啃着西瓜，不为所动。

又是几天后，终于闲暇的程榆礼从外地赶回，第一时间到她的楼下，发来消息：我到了。

秦见月挪到窗口，微微掀起窗帘，看下去。

男人穿件轻薄的衬衫，西裤腰带束着精瘦的腰身，身躯干练笔直。许是觉得热，西服被他脱下挂在臂弯。程榆礼立在她的屋檐下，看向她的窗。时间一瞬倒流，犹记他曾从工作单位步行到这里来请罪。

电话拨过去，秦见月问："你来做什么？"

他的呼吸声都是轻柔的："接你回家。"

秦见月不再往下看，将窗帘盖好，百感交集，说道："你先上来坐坐吧。"

半晌，他应了声："嗯。"

她在房间里，凝神听着外面大门被打开的声音，有人走进院子，走进大堂的声音。没再往上走，程榆礼在站在厅前，微微倚靠堂前的餐桌，面前是一幅巨大的老虎上山的水墨画，他抬眼看着这幅画，眸色平静，也许不是在看画，他的眼神转而有几分复杂。

想到，第一次，他就是在这里见了她的家人，喝了她父亲准备的女儿红。

此刻堂前的灯灭着，因为客厅四下都是厢房与楼梯，不透光，显得格外昏暗。人只被门外的日光笼着，身体像被镀上一层圣洁的光晕。

秦见月站在二楼阁楼，看了他很久，才开口道："怎么不上来？"

程榆礼站得微微松弛，手闲散地插在裤兜里，淡淡地说："我等你下来。"

他的面庞在潮湿昏暗的厅堂里显得清隽透彻，一尘不染，十年如一日的美好洁净。利落的发茬，宽阔的肩，挺直的腰脊，修长的腿，处处彰显着成熟男性的气质和魅力。少年的他，青年的他，都轻而易举便让她深陷。

一边不肯上，一边不肯下。最后秦见月轻声说了句："程榆礼，别让我为难。"

他垂首细思片刻，终于，无可奈何地迈开腿，款步往楼上走。

西服被随意丢在她的床上，他扯松领带，休憩姿态在床沿坐下。

秦见月问他："去哪儿出差了？"

"广东。"

"好玩吗？"

"有点儿热。"

"……"忽然想到卧室里空调年久失修这回事，秦见月是心静自然凉，但她不想怠慢程榆礼，翻箱倒柜弄出来一个手持风扇，冲着他吹。

程榆礼也没拒绝她的好意，他低头浅浅笑着，慢条斯理地解开腕口的袖子。

"那个……空调坏了。"她举着小风扇，尴尬地解释。

"猜到了。"视线环视一周，眼尖瞄到旁边的风扇，程榆礼指过去一下，"吊扇怎么不装？"

秦见月说："我不太会。"

"就这么热着？"

"修空调的师傅明天过来。"

程榆礼淡眸微垂，轻道："和他说不用来了，明天我们回家。"

"……"她没吭声。

他捏一下她的下巴，质问的眼神："怎么？"

"可是我还没考虑好。"

程榆礼静静打量着秦见月，少顷，又偏头看向风扇，说道："我帮你装。"

他说着起身，取出安装的支架和风扇，又拿来一张说明书，站在被窗帘过滤的昏沉暮色之下看，而后很快上手安装。

方才秦见月踩在床上伸着手臂、装了半天都没摆弄完成的东西，被他几分钟解决掉了。他甚至不用踩高，轻轻松松。

　　秦见月笑眼崇拜地看他："学好数理化，走遍天下都不怕。"

　　他语气淡淡的，不乏嘲弄："这哪用上数理化了？不是有手就行？"

　　秦见月被噎了一下，折过身去。程榆礼含笑，过来揉她的脸轻哄。

　　秦漪今天不在，是个千载难逢的好机会。洗过澡在床上云雨一番，很快又热得汗涔涔。

　　微风吊扇的力度显然不够，而尽管热气蒸腾，两个人还是拥在一起，并未分开。各怀顾虑地沉默几分钟，是程榆礼先开口，声音严肃深沉得都不像他，问道："爷爷说什么了？"

　　秦见月并无隐瞒，把程乾的话一五一十地告诉他。

　　她没有添油加醋，也没有表达看法，像一个冷静的旁观者，在传达一件事。

　　程乾说程榆礼给她办节目是在赔本买卖，说夏霁对他来说是更好的选择。

　　程榆礼："信了？"

　　她说："怎么会啊，我们两个之间这点信任还是有的吧。"

　　他"嗯"了声，没再说话。

　　很快，风扇的作用起效，秦见月叹一声："我发现你作为老公还是蛮好用的。"

　　她听见他用气音笑一声："是吗？"

　　秦见月赶忙指着头上，红脸解释说："比如装吊扇很在行。"

　　"知道了，我好用。"他笑着，把后面几个字咬得重，语调竟还有点儿吊儿郎当的气性。

　　秦见月憋红脸，不说话。

　　取来纸巾帮她擦汗，是他的固定流程，解释过原意：出汗吹风容易着凉，谁叫我们家月月体弱多病，得小心惯着。

　　秦见月揶揄了一句："你究竟是想给我擦汗还是想吃我豆腐啊？"

　　"想吃你豆腐我还用耍花招吗？"程榆礼逗了她一下。

　　他太熟悉她的身体。秦见月被他捏了一把痒痒肉，笑着弹开。程榆礼也漫不经心笑了下，放开戏弄她的手。

汗湿的身子不再紧贴一起，身上便很快凉了下来。

只剩风扇嗡嗡在转。

他终于开口问："你怎么想？"

秦见月温暾道："我觉得爷爷说的话有一点儿道理，我确实是在拖累你。"

长指贴过来，覆在她的唇畔，他打断道："换个说辞。"

秦见月合下眼，唇贴在他的肩骨，唇瓣一开一合，如梦呓，慢悠悠地道："说实话，我现在不是难过、失望，只会觉得有点儿无力空洞。大多数空闲的时候，我坐着放空，想起这一些事情，我的大脑好像在受到很严重的损害，甚至会耳鸣。你可以很潇洒，认为日子是两个人过，不去计较你家人的意见，我可以跟你一样潇洒，但我不能够忘记我身后的人。我不想让我的妈妈、我的哥哥生活在影子里。

"你告诉我要一起修炼，和阴暗面共生，我已经学会把虚荣从我不够光彩的一面里拉扯了出来。我可以正视我的家境等一系列问题，我不再把我脾气暴躁的哥哥、腿脚不好的母亲当作我的弱点，但我终究还是没办法阻止很多现实问题的发生。在你的爷爷看来，我们的婚姻是你布下的一盘棋，我是可以随意挪动的棋子。而我的家人能不能得到尊重，更是无足挂齿。这些都是我无法克制的外力。"

程榆礼摇头说："你太把我爷爷的话当回事了。"

秦见月说："这不是爷爷三言两语激怒到我的问题。换言之，我无法进入你的阶级。我们之间，难以平等。"

他仍然不解："进入？为什么要进入？身外之物而已。"

秦见月抬眸看他紧蹙的眉："是，这是身外之物。如果没有被坚定选择的自信，难道不要去考量这些身外之物吗？我总不能两手空空，什么都没有吧？"

"坚定选择？"程榆礼捕捉到这四个字，"你认为我会背叛你？"

"我不这样想，只是……"

话音未落，他俯身咬了一口她的唇，皱眉道："好了，可以不去想这些问题吗？"

秦见月反问："像你一样逃避？"

他视线微顿，随后抬手缓缓揉搓着眉心，不再吭声。

齐羽恬说，他们这样应有尽有的人，天生冷情。这话说到了点子上。

秦见月的弦外之音，她想要即便不以婚姻的囚笼为捆绑的羁绊，也能矢志不渝的爱。

她不想听"我不强求"，她想听的是"我只要你"。

他给她呵护，给她温柔，给她婚姻里一切尽心周到的布置。

但总是差一点儿火候，总是差一点儿。

秦见月要到处寻找那一点儿去填补她的八年，太辛苦了。

她爱得太多，溢出来的这一部分被细化扩张，压得她无法呼吸。

如果不是程榆礼，她根本就不会嫁入这样的家庭，不像他那般精打细算，她舍弃那些千丝万缕的考量，她从头到尾为的是一个"情"字。

程榆礼会听不懂吗？他可能真的听不懂，甚至还会困惑。因为爱不是靠机缘巧合的捡拾，不是轻而易举就能得来，要经历与体验。

他是得天独厚的公子哥，兴许在他的看法里，一段礼貌体面的婚姻就等同于爱。相敬如宾、一生一世，就是对爱最好的表达。

也没有错，也没有错。

他能够给她的都竭力给了。

夏夜热浪灼灼，秦见月很高兴他们此刻还能贴在一起说几句体己真诚的话。

"在一起这一年时间给我很大的力量，你再问我一百遍我也不会后悔嫁给你。只是到今天，我已经走得很累了。"

他给的勇敢和底气，一分不会少。落实在她人格的深处。她说着，又徐徐重复一遍："程榆礼，我不能两手空空。"

很久，他才再度开口问了一句："你想清楚了？"

"嗯。"

而后，他又道："我想不通，再说服一下我。"

她沉吟一刻，徐徐摇头，说道："不喜欢了。"

或者，不是"不喜欢了"，而是"不能再喜欢了"。

秦见月继续道："已经很不快乐。程榆礼，你给我自由吧。"

如果得不到足够多的爱，足够多的安全感，那她想要自由，想要换回健康正常的身体和人格。

他赤裸干净的肩，盛着一抹月色，像是冷凝的霜雪。

程榆礼撩一下她在肩膀旁扎成团的头发，轻轻地顺，轻轻开口："节目去录完，不要有压力。"

　　徐徐地，她应一声："嗯。"

　　他挽留过，两次。一次是"不要说再见"，一次是"回来住"。第三次，彼此沉默了有十分钟的时间。都猜不到对方在思考什么，最后的最后，他说的是："房子留给你。"

　　沉寂的夜色里，秦见月闭眼听着自己的呼吸。心爱之人拥着她，他俯身，与她颊面相贴。

　　极度的难受之时，只觉得呼吸阻塞，一口气进，一口气出，这样简单的行为都无比艰难。说不出好，也说不出不，于是她沉默。

　　静默无声处，将早已渗透进身体的他，连同骨骼一起斩断。

　　古老的星光跌落苍穹，破不了的棋局里，心甘情愿做你败将，伺机在三十年后寿终正寝。

　　燃烧完的火山只剩下熔岩的烬；雪国列车总有一刻会开到尽头；浮出海面的独角鲸戏水一周，终会回到海洋深处。

　　她是赴汤蹈火的崔莺莺，却遇不到一个为她悬梁的张生。

　　这就是大多数故事的结局。

　　她留不住的，又岂止是冬天呢？

　　兰因絮果，月斜星落。

　　没有说出口的话是——程榆礼，我永远爱你。我所说的永远，以爱之名，没有期限，热烈如故，永不荒废。

　　而这一次，也是真的再见了。

第十九章 / 她的秘密

风流云散，一别如雨。

1

程榆礼为离婚做过为数不多的一点儿权衡，但拿主意的人不是他，所以他的考量只能是为数不多。他带了玫瑰在车上，想是送不出去了。他有着一肚子迂回曲折的挽留，但她提到"自由"，一切都顷刻间尘埃落定了。

他想象不到秦见月的殚精竭虑、伤痕累累，但能让她这样说，眼下的生活一定是令她痛苦的。

他不想做让人窒息的人，不会选择步步紧逼的策略。更何况，她已经从他这里受到了伤害。

她变破碎，碎成一团他抓不住的流沙。

男人云淡风轻的眉目之下也有一道分崩离析的裂痕，合上眼，伤口就成了鼻息之下的凝重倾吐，与握住她肩膀的最后一点儿力度。

"见月。"程榆礼浅浅唤她的名字。

"嗯。"

他睁开眼，看着悬在窗户之外的两只闪烁流萤，莫名想到什么，说："侧舟山上有一处凉亭，听说到了夏天会有很多萤火虫，本来想着六七月份，有空一起遛狗，可以去看一看。应该很奇妙。"

他说着，轻轻弯了弯唇角。

秦见月也笑起来，她闭着眼："那我就这样想象一下好了。"

程榆礼看着她嘴角的弧，温馨里夹杂着怅然。

她问："还有什么？"

"溪水，树木。"

"确实很美，"她幻想着那样的场面，笑意更盛，"在山顶可以看到我们的家。"

他笑着，说："对。"

过了很久，她睁开眼："程榆礼。"

"嗯？"

"有件事我还是很想知道。"秦见月敛了神情，抬眼打量他。

"什么？"

"你和夏桥……"

他想了想，说："好久没有来往了，他家里貌似出了点儿事。"

听起来他也不太清楚具体情况，秦见月点到为止，没有再问。

最后一个晚上，还能说些什么呢？

她看着程榆礼近在咫尺的面容，用指尖轻擦他的眉骨，从俗世烟火里走出，他仍然还是那个孤高淡薄的程家二公子。漫不经心，闲云野鹤，眉间有万事不过心的慵懒，却在待人时又表现出和煦谦卑、轻柔温润。

是她喜欢的。

秦见月放下触碰他的手，面上带着笑意，真诚地祝福一句："希望你以后可以找到更喜欢的。"

程榆礼准备入睡，娴熟地替她掖好被子，淡淡说："应该不会了。"

有时，不够笃定的话听起来反而更真挚。

他说："除却巫山不是云。"

这话听得她很心酸。

秦见月很心酸。为得到过，为失去。为看不到的流萤，为巫山云。

他们不谈以后，不谈做不做朋友，不谈一切后续。无论此后世事如何变迁，她都曾是他明媒正娶的结发之妻。

至此足矣。

眼尾泛潮，她不动声色地忍住，问他："你哪天有空？"

程榆礼会意，想了想："明天下午吧。"

"……嗯。"

他们的分离很和平，程榆礼给了秦见月一笔钱，秦见月没收。对于那套房，她没有表态。有没有归她，她都不在意。因为她不会一个人回去住，也不会将它变卖。

从程榆礼身上学来的一个习惯，她不再将旧物搬来搬去，因此秦见月没有再回侧舟山，之前用的东西就放在那里，生锈落灰都随意。她将必需品一一更换，此举的确让生活变得轻盈。程榆礼"研发"出来的生活质量提高法则行之有效，她挥挥衣袖，不做念旧的人。

咕噜跟了"爸爸"。秦见月在照顾"孩子"这件事上确实没有程榆礼心细。

第一个知道离婚的人是秦漪，是在三天后。

秦漪手提着一些卤菜进来，发现秦见月在院子里，坐在竹藤椅上悠闲纳凉。旁边放着一个火炉，是怕烤火太熏人，离得远了些，上面架着一个药罐。秦见月一手执书，一手摇动蒲扇，几乎没什么力量地在扇，有一下没一下，火势都快让她给扑没了。

秦漪好奇地问她："你待家里多久了？还不回去？小程出差这么久啊？"

秦见月这才注意到妈妈进来，她赶忙放下手里在看的书，过去替秦漪拎菜篮子。

秦漪眼神不无纳闷。

秦见月是担心菜篮被她一气之下抄了，贴心取过去放一边，才敢开口说："妈，我跟你说个事。"

"要说直说，别神神道道。"秦漪拧着眉看她，表情有些不耐。

"我离婚了。"

尽管秦漪意识到了一点儿不对劲，但她揣测的是小两口吵架闹矛盾，正要劝秦见月心宽一些，听到"离婚"二字，她激动得拔高嗓音："什么？你再给我说一遍？"

"我……离婚了。"

怕妈妈巴掌甩过来似的，秦见月说完就缩了下肩，往旁边墙根撤退。

而秦漪只是抬手指了她一下，气得差点儿一口气上不来："你什么意思啊秦见月，离婚？离婚？！真离了？"

"嗯……离了。"

秦漪不敢置信地重复着这两个字，而后怒极反笑："好你个秦见月，结婚离婚闹着玩是吧？你俩才结多久？有一年没？哪天离的？为什么不跟我商量？"

劈头盖脸一通问题甩下来，秦漪的步伐也在迫近她。

秦见月闷着，不吭声，只往墙边缩。

"说话！"

秦见月瞄一眼秦漪，妈妈已然气得脸色涨红。

见她闪躲，秦漪怒道："你少给我躲在旁边不吭声，我就看不惯你这畏畏缩缩的样子！这事儿你不给我解释清楚，今天咱们没完！"

半天，秦见月憋出来一句："这是我们两个的事，离了就离了，需要跟你解释什么啊。"

"你当结婚是小孩子过家家？说结就结说离就离？当初不是要死要活想嫁进去？现在怎么反了！啊？"

秦见月被她说得心伤至极："结的时候谁想离呢？当初怎么知道会不合适呢？和你商量你无非就是叫我忍着，嫁都嫁了那就忍一忍，可是我不想忍啊。"

秦漪快气死了，她扶着摇椅坐下，用手掌撑着额头冷静冷静："来来来，你过来，你到我面前来说。为什么事离婚？"

秦见月没过去，隔着些距离，她声音轻淡："就是过不下去了。"

"过不下去了。"秦漪为她的任性冷笑一番，"那我再问你，离的时候有没有想过后果？"

秦见月不以为意："能有什么后果？"

"他跟你离了，转头能找十个八个老婆都没问题，人都排着队要嫁进他们程家。你呢？你呢？你一个离过婚的女人，你有没有考虑过以后？什么叫鱼对鱼虾对虾，你一个被人家踹了的也只能再找个被踹了的！你光不光彩啊秦见月！"

秦见月万万没有想到，她交代完这件事等来的会是妈妈这样的指责。妈妈的第一反应竟然是她再婚会被嫌弃"不光彩"。

秦见月说："只是离过婚，这样就让你觉得你的女儿不光彩了吗？

因为进入了一段错误的婚姻，我没有资格提出不满吗？男人离完婚就可以潇潇洒洒风风光光，女人就不行？或者跟离不离婚没有关系，其实你压根儿从心里就觉得，我秦见月就是一个不光彩的女儿。方方面面都是不好的。个子不高，性格不好，唱戏唱得也不行。哪儿都比不上别人，我嫁到他们家就是高攀了。是秦见月不配。

"你从小就教我忍受，忍受。教我反思，教我任何事情先从自己身上找问题。是，我找出来一堆自己的毛病，它们现在像一个壳压在我身上，我驮着这个壳在走。好不容易有人帮我把它卸下来了，可是回到你跟前，我又要重蹈覆辙！"

秦漪拍案："重蹈覆辙？怎么了你这话说的，我是在害你是吗？妈妈是在教你做人的道理！"

"我不要听。"秦见月摇着头，"我不要听你的道理。"

她穿件雪白的裙，倚在围墙边，扶着绞痛的心口。

秦见月和程榆礼没有仇恨，直到分开一直和谐，也是相处里这一点儿融洽让她这两天心绪还算稳定缓和，只是没有想到，一切会在母亲的跟前爆发。

"你的道理只会让我越来越自卑，越来越痛苦。我练不好基本功你说我笨。你夸别的小孩多聪明的时候，你不知道他们骄傲的眼神带给我什么感受。你不会顾及的。你只会用这种低劣的方式催我奋进。

"我被人欺负，你也只会说句是我有问题，都是我有问题，是我性格不好，是我不够坚强不够阳光。

"我没有被爱，是因为我没有被爱的资格……"

秦漪让她这一通奚落说得无辜："我不让你反思我让谁去反思，让欺负你的人去反思吗？你敢说你一点儿错也没有？"

秦见月簌簌落泪，顺从点头："对，是我有错，是我太软弱，我错到活该被人辱骂，活该被人欺侮。我活该成为别人的眼中钉。"

秦漪一愕，看着秦见月满脸的泪，不敢置信道："你、你说什么？"

争执不下，来了个"及时雨"。

秦沣站门口说："吵什么呢？"

秦漪没搭理秦沣，站起来看着秦见月："秦见月你给我说清楚，谁这样对你了？"

秦见月摇了摇头。

她默然饮泣片刻，推开挡路的秦沣，跑了出去。

空余院里的药罐在沸腾，蒸着凌空的花枝，把这本就炎热的夏熬得灼人肺腑。

秦沣纳闷地看着秦漪："怎么回事啊？"

秦见月没喝药，跑出去漫无目的走了几圈。

她不想回家，像小的时候和妈妈闹别扭，采取在门口溜达式的离家出走。最终走到一个酒吧前，她顿一顿步子，拐进去。

第一次一个人喝酒，平时都是朋友点的单，她沾一些喝。秦见月拎着菜单本，随便戳了几瓶洋酒，而后交给侍应生。

率先递过来的是高脚杯，里面盛着一颗冰激凌。秦见月接住瞬间，喉咙口哽了一下，想起程榆礼为她精心准备的甜点。真是搞不懂，怎么连出来喝口酒放松一下都要经历这种郁闷？

到处都有让她想起他的痕迹。

秦见月坐在吧台，喝完两杯酒，便烧得脸热。她胃里翻覆，身体在提醒她适可而止，而上头的情绪却又催促着她，再来一杯，再来一杯。

借酒消愁的夜，听着驻唱歌手唱着苦情芭乐。混沌的脑子里被太多事情占据，复杂地绕成线团。她泄气地把线团丢到旁边去，不去想这些，那还剩下什么呢，一切的一切被抛掷一旁。

最终心底的灰尘被小心翼翼地擦净，慢慢地显出一个人名，三个字。占据她太多太多的感情。生命由细枝末节构成，而细枝末节，是由程榆礼构成。

秦见月看着酒杯里晃荡的酒液，鼻子很酸。

她强忍着酸涩灌下一杯腥辣的酒。

同时，在一旁的手机亮了下。

秦见月没打算去接，但是看到备注：老公。

她没出息地捂着手机，跑到相对安静的洗手间，郑重地接听："喂，什么事啊？"

程榆礼声调没什么情绪，问她："我今天回来收拾，这儿还有一些日用品，要不要给你送过去？"

"嗯……不要了吧，你觉得碍事就扔掉好了。"

他淡淡道："怎么会碍我的事，这今后是你的地方。"他还是这样的从容平静。

秦见月咬了咬唇，除了"嗯"和"好"，她不知道还要说什么。

她记得她明明和程榆礼说过，那些物件都是不会再要的，何必在这时候打来这通无关痛痒的电话呢？没有问清什么，没有交代什么，也没有解决什么。二人各不吭声，这样沉默地悬着。

她在想，会不会，有没有百分之一的可能，程榆礼，他也会舍不得呢？

不知道是酒吧的氛围太浓厚让他听出，还是因为她将微醺的声调掐得很刻意，过了很久，程榆礼开口劝了一句："秦见月，别喝了。"

"啊，怎么被发现了。"她顿了顿，勉力微笑说，"你不是都不管我喝酒的吗？小酌怡情呀。"

漫长到几乎快认为他已经挂断的沉默过后，程榆礼有几分沮丧颓然的声音传来："我怕没有人照顾好你。"

她稍一愣，掐着手机，吞掉喉咙里的哽咽，忙语调高扬说道："不会呀，跟朋友在呢。"

程榆礼没有接话。

"真的真的。"她故作轻松说，"恬恬，你喝的什么啊，看起来好好喝——哎呀我这边好吵，不跟你说了。都听不到你说什么！"

不能再坚持一秒，秦见月速速按下挂断键。

她的表演结束，一瞬间，空气都凝固。

很快，有人在洗手间外面敲门，问好没好。

"好了好了。"秦见月没有给自己一个情绪发泄的出口，旋即推门出去，走入人潮挤挤的声色之中。

有一点儿防范之心，开过的酒瓶她没再喝，要来几瓶新的。

旁边有美女被搭讪，幸好秦见月今天穿得朴实，也没装点自己，像个稚嫩的学生，于是没有人来叨扰她的独处时间。

直到一个大嗓门——

"终于找到你了，躲这儿喝什么闷酒呢！"秦沣拎着秦见月的领子，把她桌面的酒瓶统统扫到一边，扯着嗓子问，"你不是在喝药吗？又跑来喝酒，身子吃得消？"

秦见月推他："干吗呀？又死不了。"

秦沣那时是刚进门打算跟她母女俩吃个饭，谁料撞见二人在争执，话还没说上几句秦见月就拔腿跑了。他问了秦漪几句发生了什么，秦漪跟他说了来龙去脉。

秦沣便出门寻人，找了几条街，在酒吧楼下看见玻璃窗里熟悉的人影，急匆匆就冲进来了。

"你离婚是真的假的？"秦沣急切询问，转头又说，"不对，先不说这个，你妈说你被欺负，她还没问明白你就跑了，到底怎么回事？"

"什么啊，什么被欺负……"秦见月被他接二连三的问题搞得有点儿恍惚，抓抓头发，"噢，你说那个啊，都过去这么久了，重要吗？"

她端杯继续饮酒。

"你怎么不跟你哥说？"秦沣把她的酒杯撞到旁边去。

她嘟囔说："跟你说有什么用，你在外地打工，怎么帮我解决啊？"

"看来是真的了？你好好给我说，到底怎么回事儿！"

秦见月皱着眉，撇一下嘴角，看着秦沣："你想知道？"

"想！"

秦沣看着这瓶瓶罐罐，酒瘾也上来了，他不用杯，直接吹瓶。两三分钟，就把秦见月的酒全干掉了。

秦见月稍侧过身，看坐在她旁边的秦沣："那，那我告诉你一个秘密，你不要说出去哦。"

"不说，绝对不说！"

"你发誓！"秦见月抓着他的手，揪出他三根手指头。

"好好好，我发誓！"秦沣怎么能放过这千载难逢的套话时机，为了真相他豁得出去，立刻有求必应地竖起手指，"我保证，我绝对不会把秦见月的秘密告诉别人！"

秦见月凑过来，到他耳边。

秦沣配合地低头。

她打了个酒嗝，然后，慢吞吞地开口说："我……我其实以前就好喜欢程榆礼。他……他是我的学长。"

秦沣诧异："程、程……以前？以前是多以前？你不会高中就……"

"是的啊，高中就开始了。"

秦沣的眼神表示不敢置信："老子都不记得我高中喜欢的女的叫什么了！"

秦见月不理他，自说自话："真的好喜欢，好喜欢。就是什么呢……除却巫山不是云，你明白吧？如果，如果……如果我没有嫁给他，我嫁给别人，那不管是谁，都是将就将就。"

秦沣怒道："你喜欢他什么？小白脸一个！"

"喜欢他，成绩好呀。还有……"她歪着脑袋，细细地想，想着想着，嘴角就不自觉翘起来，"好多，好多好多吸引我的地方。他真的很好，白月光知道吗？算了，你不懂，你不懂……"

"然后呢？接着说！"秦沣戳一下她的脑门，"为什么被欺负？"

秦见月垂了下脑袋，突然从高脚凳上跳了下来，她站在秦沣跟前，很小声对着他耳朵说："就是，我不知道，我真的不知道。可能有人看到我送他东西，她们觉得我……觉得我不配，就想，教训教训我。"

秦见月说着，吸了吸鼻子，手蜷起来，放在秦沣的腿上，犯了错误一般，就那么低着头呆呆地站着。

"因为他是吧？"秦沣露出果不其然的眼神，"我早就猜到了！我就知道这货不是什么好东西！没跟他结婚压根儿就不会有这些破事儿！"

他又看一眼委屈巴巴的秦见月，拎着她的衣襟："秦见月，你给我支棱起来！别跟我在这儿为一个男人要死要活的，像不像话！"

秦见月好无辜，她被那截衣领勒得脖子都疼，"嗷"了声，推开他的手："我没有要死要活。我就是心里有一点点不舒服。我刚刚离婚，妈妈也让我不舒服，我喝一点儿酒都不可以吗？"

秦沣拉她走，她不答应。

秦沣把人扛起来，走出去，扔进他的车后座。

秦见月趴座位上："哥哥。"

"干什么？安分点。"

"唔，好的。"

秦沣开车上路，带点火气，油门都踩得起飞，又过一会儿，后边传来幽幽的："哥哥。"

"又干什么？！"

"不要说出去，你不会说出去的吧？"

"你给我闭嘴！"秦沣凶她一句。

秦见月被吓得收了声。

暮色之中，她倚着车窗沉沉睡去，又没道理地忽一下惊醒，接着继续睡去。睡一个好觉，做一个与他无关的梦，对她来说都好困难。

2

程榆礼近来让自己忙碌了一些。

一旦投身某一件事，就不会无效地消耗情绪，只不过偶尔也会走一走神。譬如开会轮不到他发言，他坐在会议桌的后排，凝神盯着婚戒发呆。他没有摘下已经戴习惯的戒指，也没告诉任何人离婚这回事。

他不是将私生活广而告之的人，如果有人来问，便顺其自然地揭晓。没有，那就顺其自然地掖着。

看着看着就变恍惚。直到后门被打开，有人侧身进来，程榆礼瞥过去，是阿宾。

工作上面的事务多半私密，需要严防。程榆礼上回辞退了一个小姑娘，后来也没花这多余的时间再去挑挑拣拣，索性叫来身边亲信来给他做助理。

阿宾小声说道："程先生，外面有个男人说要见您，看起来像闹事的。"

他问："什么人？"

"说是姓秦，可能是太太的亲眷。"

程榆礼看一眼手表："让他等一会儿，我马上来。"

阿宾应了声，正准备走。

程榆礼又叫住阿宾，补充说："招待一下。"

"好的，好的。"

开完会，程榆礼去宴客厅见秦沣。

秦沣正捧着上好的茶，喜滋滋地喝着。程榆礼迈步进门，喊了一声："哥。"

刚还在悠闲品茶的秦沣，一见程榆礼过来，旋即摔了茶杯，起身大踹过去。

程榆礼看一眼被扔在地毯上的茶杯，顿住脚步。

下一秒，拳头就猝不及防地落在了他的脸上。

"啊！"突如其来的打斗让旁边两个迎宾小姐乱了分寸，惊慌大叫一声。

秦沣冲着程榆礼叫嚣着："好啊，总算敢出来见我了是吧！"

程榆礼措手不及被擂了一拳，他紧紧皱眉，抚着唇角，觉得牙缝间有血腥味涌出。眼前是混沌的色彩，乌黑的画面里渗透着一点儿仅存的光。

跟在后面的阿宾见状，赶紧过去扶他："程总，您没事吧？"

而后，瘦弱的阿宾一下被扯开。秦沣攥着程榆礼一丝不苟的衣领——

"好你个白月光！要不是你月月会变成今天这样吗？啊？"

他说着，不等程榆礼站稳，又是一拳重重地落下。是发了狠的报复，下手一点儿不轻。很快，男人干净的唇边现出一片乌青，嘴角有血液溢出。

"要不是你她会让人欺负吗？要不是你她会生病吗？"

熨帖的衬衣领口被秦沣扯出褶皱，程榆礼扶着旁边的花架。

站在一旁的小姑娘想方设法上前帮忙劝了一下，秦沣置若罔闻，又一抬臂，把两人吓得闪到墙角。他两只手紧紧拧住男人整洁的衣襟，咬牙切齿说：

"程榆礼，老子废了你的心都有！"

见拎着电棍跑过来的后勤人员，程榆礼赶忙抬手，冲两个保安压了压指，让他们退后。

看在程榆礼好歹也当过一阵子他妹夫的份上，秦沣很给面子地只揍了他两拳。他自认为表现得已经非常收敛。

气没出完，也只能到这儿了。

放开程榆礼，秦沣骂了一句"道貌岸然"，又转头瞪一圈围观群众："闪开。"

他在众目睽睽之下走了出去。

程榆礼眼前还有些花，又低低说了声："你等一下，我们谈谈。"
他有太多话要问。

但秦沣步子一下没停，气势十足道："老子跟你没什么可谈的！没挨够打就直说！"

碍于姿态落魄，程榆礼不便追出去，凑到阿宾耳边说了句什么，便捻着旁人递过来的洁净纸巾去了趟洗手间。

阿宾跑得飞快，没赶上同一趟电梯，等追上人高马大的秦沣，秦沣已经在公司门口不齿地"呸"了一声。

"秦先生，留步，秦先生！"

"管好你们家程总，叫他少祸害小姑娘！你们程家高贵，我们攀不起！今后不会再来了！"

秦沣指着公司大楼，扯着嗓吼了最后这么一句。

阿宾纳闷地抠抠脸颊："秦、秦先生……"

"别喊秦先生了，我不配！"

不明就里的阿宾很是郁闷，他怔怔望着秦沣离去背影，没敢追上去。

秦沣来去自如，风风火火。这一出结束，公司上下都知道程太太娘家人来闹事了，你一句我一句，开始传事件的始终。

"什么情况，程总该不会是离婚了吧？我总感觉他这一阵心情不大好。"

"不至于吧，我看他还戴着戒指。可能是吵架？"

"你听那男人刚刚说的什么，我们攀不起？这意思不就是说……"

"确实，要是小吵小闹不至于娘家人出面吧？"

"听他那个意思，还是程总做错了？该不会是——外面有人了？"

"天啊，道貌岸然。对上了对上了！完全看不出来程总是那种人啊，新宠是谁啊？"

阿宾听见了，厉声斥了一句："去去去，在这儿嚼什么舌头！"

程榆礼简单地清理了一下伤口，独自坐在办公室，乏力地支着额。凌乱的衣襟被重新叠好，紊乱的思绪却如何也整理不清。

他心中郁结，听完阿宾的转述，一声不吭地合眼，嘴角还有几分火辣辣的刺痛感。

沉吟许久，程榆礼开口问阿宾："他刚才说什么，你还记得吗？"

阿宾想了想："你们程家高贵，我们攀不起……"

"不是这句。"

"好你个白月光……"

程榆礼轻轻蹙眉，摇一摇头。他想说什么，又咽回去，终是没有再多谈私事。

这天的闹剧就这么不动声色地平息了，程榆礼没再追究，他忙完手头的一些事情就回到家里。

住处又换了一个，公司在南岭街，程榆礼就在附近拿下来一套公寓，很小，恢复往日他的生活习惯，平平淡淡。

回到独身的生活，起初没觉得有什么。就像她并不走远，只是去朋友那里借住几天，回娘家清净一阵，或是因为工作在录制现场过夜。很快，慢慢膨胀的失落感是从明显的缺少开始的。

在桌前进食，缺少一个对坐的身影，哪怕他们平日吃饭很少交流。观影，缺少一个吐槽的声音。睡觉，习惯性放两个枕头，缺少一个同床共枕的人。

连狗狗都变得沉寂乖巧很多，不知道它安静地趴在飘窗上时，是不是在思念她的气味和体温。

程榆礼看着镜子里自己憔悴的样子，轻按一下受伤的脸颊，肿胀之下的痛楚无法像止血一样被及时处理，密密匝匝，仅仅一小片的青紫色，疼痛的反馈却绕满周身。拳头落在脸上的瞬间，只觉得牙龈间胀涩，回到封闭孤独的家里，才迎来姗姗来迟的苦意。

这种感觉，兴许就叫作后劲。

程榆礼有意联系一下秦沨，想问一问今天说的那几句话是什么意思，但他很快发现联系方式被拉黑。

看着红色的感叹号，他沉默许久。

程榆礼退出聊天框。

不用拖拽，秦见月的账号已经被他置顶。

很久没有交流了。

点进去，又退出来。

通讯录有一堆未接来电的红点，都是来自老宅的座机号码，爷爷打电话总这般催命似的急促，程榆礼一通也没回，置若罔闻地揿灭了手机屏幕。

咕噜慢吞吞从旁边走过来，无力地甩着尾巴，趴在程榆礼的腿上。

程榆礼就在沙发上无所事事地待了一宿，本是坐着撸狗，后半夜睡了一阵，又被趴在肩上的狗狗闹醒，去给它倒狗粮。那时天已经亮了，他便没再睡，把电脑打开处理了一会儿工作。

心里还是不舒坦。从前是良宵苦短，近来是夜长梦多。

翌日，程榆礼去见了沈净繁。

老太太久居她闲适的四合院，酷暑豪雨，浇落了一地梧桐穗子。没人打扫的院落像败落多年，程榆礼迈步走进厢房，踩在凋零的植物上，脚底发出脆脆声响。

"奶奶，在呢？"他掀开门帘，往里面看去。

沈净繁坐在榻上洗她的假牙，见程榆礼过来，擦一擦湿淋淋的手，麻利地将牙装上，动一动颌骨，咔咔咬了两下。

"好久不见你过来了，有什么事儿要劳你们家老太太神？"沈净繁不留情面地奚落他。

程榆礼只是笑着，在她跟前坐下。

沈净繁一瞧他这脸："唷，这脸怎么了？"

程榆礼说："跌了跟头。"

"别是让人给搂咯。"沈净繁说着，探手去碰一碰他的伤口，"去医院看过没？"

他讪讪笑："这点儿小伤还去医院，让人笑话。"

沈净繁叹道："从小没见你打过架挂过彩，安安分分的一小孩儿，能惹上什么事儿，怎么这会儿挨人拳脚——得了，你要不乐意说奶奶也不问，只能说这叫什么呢？是祸躲不过啊。"

她是个开明的人，看出程榆礼的踌躇，关切得点到为止。

程榆礼似笑非笑地点一点头，不应声。

沈净繁又问："怎么今儿就你一人来呢？往日里上哪儿不都是把你媳妇儿捎着？"

程榆礼尚没接话。

奶奶递过来一颗酸梅，他摆手说："不吃，胃不好。"

沈净繁"啧"一声："瞎矫情什么呢？怎么就又胃不好了？"

他淡淡说："可能是忙的。"

胃疼，是因为不吃早餐。不吃早餐，是因为想多睡会儿。多睡会儿，是因为不想醒来。

谁都想贪一贪黄粱梦，贪着贪着就把身体折腾坏了。恶性循环。程榆礼最近是越发回避现状了，精神困顿，绝非好事。

沈净繁见他这样，试探问："跟月月闹别扭了？"

程榆礼也没瞒着："离了。"

沈净繁闻言一愣："怎么回事儿？"

他想了想，说："老爷子一而再再而三从中作梗，她心里不踏实。"

"哎哟，程乾那个混账玩意儿，净不干人事儿！"

程榆礼想到他爷爷就心烦，他不想多谈这件事，指一指旁边老式收音机，悠悠道："您给放首曲子听听吧。"

沈净繁拨开开机键，给他放了一曲《打渔杀家》。

她又问："难不成是因为夏家那个丫头？"

程榆礼说："有一点儿影响。"

他一夜没睡好，眼下青黑，沈净繁看出他的倦意，指一下榻前的墙壁："先不说这个——我最近寻思这面墙有点儿过于光秃了，想挂点儿东西上去，就想着让你画幅画。既然你来了，干脆现在就画上吧。"

程榆礼顺她指的方向看去，问道："画什么样儿的？"

"随意你。"

从奶奶的桌下取来笔墨纸砚，在桌面放上已经在绷框上固定好了的一层薄薄绢布。程榆礼没有落座，只躬身桌前，纤长的指圈住细细轻轻的画笔，柔软的笔锋在绢布中央拓下一朵莲花花心。徐徐地点，轻轻地勾，一株清莲的形状轻巧地落了下来。中通外直，不蔓不枝。

耳边是沈净繁的话语声，混着檐下淅沥的雨水，她望着程榆礼潜心作画的侧影，说："夏家最近也是不安宁。"

他淡淡地"嗯"了声。

"你知道了？"

少顷，程榆礼顿一顿画笔，答："猜到了。"

他前几天跟秦见月说夏家的事，是夏桥的妻子陈柳然出了事故，据说已经到了送医院抢救的严重程度，但什么原因也没对外公布。陈柳然好歹是个有名望的大画家，有什么大事故能让这一家子讳莫如深？

他说："夏桥有暴力倾向。"

沈净繁叹一声，摇一摇头："自打你小时候就听见这风言风语了，没想到这一出又一出的。送走一个，还不悔改——你跟他谈生意的事情怎么说？"

程榆礼："如果是真的，我还不至于没底线到和这样的人谈合作。"

可能是当时年纪小，他不大记得沈净繁所说的"风言风语"，但现在回想，当年关于夏桥第一任妻子的过世原因就众说纷纭，联系到眼下这类传闻，忽然一切都能串上了。

程榆礼心中乱想着，沈净繁也讲起他儿时一些旧事。

老人都这样，喜欢忆往昔。说起程榆礼从小受到程乾的牵制，比起程榆礼的爹妈，爷爷对他的管束更为苛刻。被送去学钢琴和小提琴，他分明觉得分身乏术，却不吭声地顺从。沈净繁说到这儿，问他为什么不喜欢却不说，程榆礼仍然不接茬。后来是发觉这孩子在画画上面还挺有天分，于是往这方面培养了一下。

程榆礼听着奶奶在耳畔有一句没一句地聊曾经。

明明叫他沮丧失意的话题已经过去，心头那一片乌云仍然固执地悬着。

画笔蘸上朱色的墨，落下就不再成一团团模糊的花瓣。笔端无意识地绘深，变成女人的唇，女人的眉。

"怎么不说话？"沈净繁的话将他的意识牵回。

程榆礼忙松开笔，再看过去，这幅画已经让他画得不伦不类。他心烦意乱想要撕了，又不忍地想完整保留住她的嘴唇。

于是他轻轻将画框放到一边，说："有点儿不舒服。"

沈净繁问："哪儿不舒服？"

他不答。

她又问："为的什么？"

程榆礼放下毛笔，声音轻淡："月月不在了。"

沈净繁看穿他的失意，不再絮叨同他讲述其他。见程榆礼在太师椅上坐下，垂眸休憩，她好奇问一句："你头一回见她是不是我过寿那次，在戏馆？"

程榆礼轻掀眼皮，去看廊上的雨珠，答道："更早一些。"

雨水淋透了整个世界，意识也变得浑浑噩噩。往昔回忆像走马灯一一变幻，每一道光景都清晰如昨。

程榆礼就在这样清醒一时，糊涂一时的状态里，消沉在浓郁的烟草气味中。他无端在想，她能回来就好了。同样也免不了懊悔，那时该多讲几句挽留。

风流云散，一别如雨。念旧的人最是伤情。

3

秦见月那夜喝醉，翌日醒来将胡话都忘光，她仅存的记忆里，唯一的情绪失控场面是和妈妈争执，险些说出一些不该说的话。

心情沉静下来后，外面已经被雨水洗刷过一番。趁着闲来无事，她给培雍的花草一一浇灌。本以为家中没人，没料秦漪听见她起身的动静，也放下手头忙碌，从厢房里出来。

秦漪倚在门前，静静看着秦见月。

秦见月剪短的发在清早被简易地用发圈拢住，短短一截，像小尾巴。瘦弱身体被宽松的睡裙罩住。遇到什么难缠东西，她蹲下身来细细拨弄，而后精心开始修剪花枝。

她的骨相近乎完美，因而侧脸显得很优越。尽管早起没有过多的打扮，眉骨、鼻梁、下巴的线条流畅曼妙，撑起这张清水挂面的素净面容，如远山芙蓉。

秦漪开口道："离就离了吧，是我没站在你的角度考虑。"

突如其来的动静让秦见月惊得手一打战，剪刀滑落。

她扭头看向妈妈。

秦漪的眉目里是隐隐的不忍与无奈。她垂着睫，轻微摇头："其实我早料到这样的结果，妈是过来人，当初给你提过醒，你不听。也怪我和你爸，没给你创造很好的家庭条件。没让你留住你特别喜欢的，帮不上你的忙，也有我们的错。"

有时再深刻的感情也换不来一段好姻缘，她知道的。秦见月淡淡说："我不怪你，只是没有缘分。"

片刻，秦漪"嗯"了声，过了会儿转移话题说："节目做得挺好的，我看了，创新点很有意思。都是妈想象不出来的点子。还是你们年轻人会玩。"

秦见月视线顿住一瞬，轻轻点头，没有接话。这一阵子情绪透支，她尽量不让自己陷入敏感的愁思。

"以后有什么想法就说出来，别憋在心里，你要是觉得妈做得不对，也可以说，母女俩好好沟通沟通，妈妈也不是那么不讲理吧？"秦漪说着，自嘲般笑了一笑。

"……好。"她平静点头，若无其事地吸了吸鼻子。

转移话题，秦漪告诉她："对了，你昨天去喝酒，跟你哥说什么了？害他去别人地盘上闹事。"

秦见月一怔，隐隐有不好的预感："他闹什么事了？"

"你不知道啊？他去把小程给揍了。"

闻言，刚刚被拾起的剪刀又啪地摔落在地，秦见月没再去捡，用干毛巾擦一擦手，赶紧过来问妈妈："怎么回事？"

"不知道啊。"秦漪也是听秦沣在电话里嚷嚷了一通，秦沣语焉不详，她压根没问清楚。

秦见月急忙拿出手机，打电话给秦沣。

秦沣揍了人，心情倒是快活得很，睡到个日上三竿，声音还懒洋洋的，憋不住嘲讽秦见月一句："哟呵，酒醒了？"

秦见月问："妈妈说你打人了，你为什么打人？"

"打人？小小地教训了一下而已，我下手可轻了。怕把你的宝贝白月光打疼了，哥给足了面子。"

"什么意思？我昨天……我昨天喝多了，是不是跟你乱说了？"

秦沣声音吊儿郎当："是啊，什么都说清了，什么小秘密，高中就喜欢了，是不是？"他还厚颜无耻地笑了声。

秦见月心一沉："我……我都说了？"

"啊，还说你当时因为他被欺负，我一听，气得当场就冲他办公室去了！不知道也罢，你说这事儿我知道了，我能忍吗？"

秦见月愣了很久，而后慢慢回过神来，瞬间又是羞又是恼。

她可真是疯了，她居然把这些事告诉秦沣了，她告诉谁不好要告诉秦沣？！

算了，先不管这个。她又着急问："他有没有事？受伤了吗？严不严重？"

"这，受伤？这我好像——"

"没注意"三个字还没说出口，秦见月就急得声音都拔高："你说话啊！"

秦沣支支吾吾说："呃，应该是受了点儿小伤，可能……可能是流血了……"

一听到"流血"二字，秦见月就忍不住红了眼睛。

不等秦沣再解释，她立即挂掉电话，开车上路。

想去看看他，可是……可是她压根儿不知道程榆礼现在住在哪里。去他公司一趟吗？万一被赶出来怎么办？

秦见月像没头苍蝇一样开着车，从兰楼街出去。

在大雨中，雨刮器飞速运转，发出嘈嘈的声音，挡风玻璃糊成一团。

漫无目的地，她在自家门口转了一圈，又从另一边绕回来。

停下了车，却不甘心。怎么办呢？还是很想去见一见他。

不论是为了伤势，或是只是去见一见。

可是她现在已经任何没有关心他的立场了。

秦见月一边迟疑着，一边倒着车，"砰"一声，车尾巴又一次撞上了家门口的邮筒。半年前才修过一次的地方，"旧伤复发"。

她停下了操控轿车，将车子熄火。

心脏在这一刻发生剧烈的生理绞痛。

疼得秦见月快要窒息，但无论如何哭不出来，只能捂着胸口，激烈地喘。

秦见月拿出手机，打开程榆礼的聊天记录。

她手指戳上手机屏幕，艰难地打字：你还好吧？我不知道我哥哥会那么莽撞，真的很抱歉。

打完，她又觉得不合适，统统删掉。

没准人家挨了揍已经够烦了，她这多余的解释纯属是火上浇油。

会觉得打扰吧？遇上这样的倒霉事，任何人都会觉得烦。

秦见月点开程榆礼的头像。

是她为他拍的照片。

是去年冬天，一起陪刚刚来家里的狗狗玩，二人打算出门去遛狗。

她看着他给咕噜掸雪的画面，觉得这样场面十分的温暖，便打开手机冲他喊了一声："程榆礼。"

男人蹲在地上，轻轻地"嗯？"了一声，抬眼看向她的镜头，出其不意被拍下一张照片。他穿一件黑色的冲锋衣，拉链拉到下巴，面容俊美白皙，嘴角挂着浅淡的笑意，纤长的指擒着咕噜的两条前腿，指关节在零下的气温里泛红。

咕噜在吐舌头。

秦见月收起手机，遭到他的反抗。程榆礼起身追过来，故作生气说："好啊，偷拍我是吧？"

她尖叫着藏起手机，要躲到一边，被他从后面抱住。

"让我看看。"

"不给不给。我要私藏！"

他愣了愣，而后笑一下："秦见月，你变坏了。"

她梗着脖子，不甘示弱："跟你学的！"

程榆礼嘴角带着戏弄的笑："不给？那我就亲到你放弃抵抗！"

她顽抗着，"不要、不要"的声音瞬间被热烈的吻堵住。

几天后，这张照片变成了他的头像。那时，她在外面，正要给他发消息。

秦见月："你怎么换上了？天啊，我还打算私藏的。"

程榆礼不以为意说："新娘给我拍的，当然要秀一秀。"

秦见月红了脸："……什么啊，都结婚大半年了，还新娘。"

程榆礼："一日新娘，终生新娘。"

那时，她看着这张照片笑得乐开花。

而此刻，那阵心脏绞痛总算稍稍缓和了一些，疼的地方不仅限于心口，且蔓延到了全身。她用手掌撑着额头，艰难地呼吸着，很快，汗水密布的额就沾湿了头发。

人在极度悲伤的时候是哭不出来的，只有无以复加的疼痛，化作刀刃钻进肺腑，让她体会到永不停歇的肝肠寸断。

这件事就这样过去，秦见月没再联系程榆礼，也没再去指责秦沣。

为了调整好身体状况，她重新规律地喝上了中药。

也有一些好事在发生。

他们的节目《遇伶》并没有她想象中那么收视惨淡，或许是因为制作团队和流量明星的引导，或许是因为程榆礼在宣发这块也砸了不少钱，或许是戏曲演员里也不乏漂亮帅气的小姐姐小哥哥，总之，节目的关注度竟出乎意料的高。

这让秦见月终于在失落的生活里找到一点儿振奋的理由。

最后一次录制现场，是在暑热难当的季节。

艺人休息室里。

带他们的人还是艺统小云，她今天一进来就问秦见月："见月老师，我听说有大佬看上你们的表演了，想跟你们合作项目，是真的假的啊？"

秦见月不明状况："啊？"

南钰走过来，接话说："八字还没一撇，不用高兴得太早。"

秦见月闻言，惊喜说："所以是真的有这种好事吗？"

南钰笑了下："只是目前有这样一个宣传片的策划，不过你想想上回那个'驴'我们的彭总，总之降低期待值。"

秦见月深以为然地点头。

南钰走到她跟前，又压低声音说了句："当然了，还是要感谢我们的金主爸爸。没有他怎么有被发现的机会呢，是不是？"

秦见月一下就滞住了。

她还没有来得及告知大家，她和程榆礼离婚的事情。

"其实，我——"

秦见月低落的话还没交代完，花榕从外面拎着大包小包的喝的冲进来："快快快，要喝什么奶茶，你们赶紧挑，一会儿挑剩下的给陆遥笛。"

陆遥笛的声音从里面更衣室传来："花榕！你当我是死的啊？！"

花榕傻了眼，用口型说：我去，她怎么在的啊？

休息室里笑成一团。

秦见月也进入大家其乐融融的氛围里，跟着笑了起来，起身过去挑了一杯柠檬水。

她咬着吸管，看了会儿《兰亭问月》的剧本。

这出戏放在今天来演，一路磨了不少个版本，才有今天这个精益求精的结果。

最后一出戏了，最后一场录制。大家都很看重。这不是竞赛类的节目，图的不是个沉甸甸的放在手上的结果，那是什么呢？不可以被轻视的传统文化，不能够被撼动地位的瑰宝，在几千年历史长河里被大浪淘沙留下来的古文明，在浮躁的社会空间里亟需落地生根的文化自信。他们这一群不起眼的人，终身都在为之而奋斗。

他们可以不起眼，但京剧不能。

大家围在一起叠着手喊加油。

秦见月取出她的戏服，从前总是将它戏称为"战袍"，掀开战袍的领子，上面还有有人为她私人定制的名字。绣上去的"见月"，在日复一日的表演中，字样略有磨损，看起来恍如隔世了。

没有再多盯着看，秦见月赶忙换上衣服去了后台。

她在音频老师那里戴麦。瞥一眼底下的一些观众。

在观众席的最后排，站着一个熟悉的身影。

看到程榆礼的刹那，秦见月扶着耳麦的手顿住了，指骨微微打着战。旁边的小云见状，赶忙动手帮她整理。

"怎么了见月老师，今天特别紧张吗？"

秦见月轻淡一笑："可能最后一次录了，不想出错。"

"不会啦，反正录播嘛。录不好重录，别紧张。"

她强撑着嘴角笑了下："好。"

再看过去，男人已经找到空位坐下，远离喧嚣的人群。他独自静坐在暗处，脸上没有什么情绪，平静地看着这个被聚光灯照射得刺眼的舞台。

秦见月突然觉得圆满。

不管这束舞台上的光能追她多远，不管这出节目播完后他们如何各奔前程。不可否认，今天这一场戏凝聚了太多的心血和力量，十年一刻的绽放，一定是璀璨耀眼的。而她希望看到的人，也推开一切为她赶到了现场，亲眼看着她发光。

她无憾了。

尴尬的笑意渐渐变得平和许多，僵硬的嘴角也找到了最合适温柔的弧度。

有导演组的小妹妹得了闲溜过来跟小云八卦："我刚看到一个好帅的男人，在观众席，最后一排，看见没？好想过去搭讪！"

"早看到了！"小云用流程单敲了敲对方的脑袋，"别做梦了，还搭讪，那是我们的金主爸爸！"

程榆礼坐在台下看完了节目全程。

他已经好些日子没有见到见月了，她在舞台上精神焕发，状态似乎没有受到情感生活的干扰。很好的事。

《兰亭问月》这个节目是他们三春班小团队在孟贞的带领下一手编排的，程榆礼没有见过现场版本，但早有耳闻。这是她日夜闷在书房里翻剧本、看舞台，废寝忘食了很长一段时间的结果。有时研究魔怔了，回头去问一问他这个观众身份的门外汉，他会给一点儿微不足道的点拨，让她继续往下走。

如今看来，不负众望。

演播厅里的观众不多，梁上的中央空调吹得程榆礼后颈有些发凉。但他坐下便不愿动弹，在一种冰天雪地的极寒感受中，听完这曲热忱满怀的戏。

他是满意的。

程榆礼对于秦见月的赞许都是发自内心，而非仅仅浮于表面和嘴边。

他认为她是一个非常有潜力的戏曲演员，只不过环境所限，并没有太大的舞台给她尽最大可能地发挥出自身价值。

程榆礼自负盈亏去做这个节目的初衷，也不只是哄老婆高兴这么简单。他想要力所能及地去扩展一下他们的生存空间，支撑住那番令人动容的热爱。能开出花的种子，也需要合适的土壤。

节目演完了，演播厅里掌声在回荡。

主持人问："这个表演看起来很有意思啊，它是一个'穿越'剧，这边的京剧小演员们，可不可以出个代表跟我们说一下这个节目的创作过程。"

来接话筒的是南钰，女主持没立即给她，笑了下，冲后面说："不要每次都是我们的班长来发言，有没有别的同学想要说一说自己的看法？"

南钰忙退到后面去。

导演的镜头摇到见月的眼前。她蒙蒙地看着镜头，半天才反应过来："我、我说吗？"

主持人的话筒递过去："好，那就请这个小美女说一下吧。"

秦见月在大场面讲话难免生怯，唇齿打战。

她接过话筒，清了清嗓子，慢条斯理地说："这个节目是我们三春班共同创作出来的，我们希望能通过这个作品展现出时代变迁带给戏曲艺术的影响。这个女主角今月在寻找戏院的路上有过迷茫，甚至想过放弃，但我们最终给了故事一个很好的结局，希望今月能够看到，也希望台下的观众能够看到，尽管我们的力量目前看来是渺小的，但的的确确还有人在坚持着这一行……"

秦见月说到这里，抿了抿唇，很是紧张的样子。她不是口才很好的人，讲完这通话，不由得瞥向观众席的角落。

那一刹那，她看到程榆礼站了起来。他个子高，即便在暗处也显得突兀。他脸上带着一点儿若有似无的笑意，温和而从容，像是在鼓励她。

秦见月继续说："嗯，我们会继续保护着戏曲这门艺术，跟它一起成长。也希望看到这个故事的大家都找到人生的信仰，有志者，事竟成。我们一起在各自的领域发光。不负热爱。谢谢。"

主持人："说得真好。"

秦见月正要把话筒递过去，又被推了回来。

主持人又问："那我想问问您在演艺生涯里面有没有遇到过什么样的坎坷、困境，又怎么样突破的呢？"

秦见月说："我想这个问题更应该去问老一辈的艺术家，比如我的老师、我的妈妈，甚至老师的老师，他们亲历过这一行的震荡和转变，而对我本人来说，我只是一个初出茅庐的菜鸟，和老师们大起大落的困境比起来，眼前经历的根本都不算什么。如果一定要说的话，大概就是遇冷的工作经历，因为——"

想要提"薪水"，又顿时意识到不合适，她立刻吞咽回去："因为行业的不景气而遭到过一些非议和质疑。当然我知道，和不懂戏的人没有必要解释太多。无论说什么他们都不会理解的。而我自认为我能坚持下来这件事，我就是崇高的。曾经有一位老师说过：不要怕吃苦，不要怕寂寞，也不要受外界任何干扰，只有宁静才能致远。这句话给了我很大的支持，也在我每次急功近利的时候，会转移掉我心里的急躁。因为我还年轻，所以我难免是会浮躁的，到我彻彻底底地宁静下来去潜心戏曲工作，也许我还有一段路要走。不过我不会停下脚步。"

　　主持人说："我很高兴，戏曲界还有这样一批耐得住寂寞做着传承的年轻人。也很感动，你们还有风雨不动的坚守、甘之如饴的精神。我相信在各位的带领下，中国戏曲一定会永世长存。"

第二十章 / 四分五裂

月见草和日记。

1

在长长的谢幕曲里，程榆礼悄然离场，他围着场馆绕了一圈，找到艺人休息室。

门口贴着各个戏班的名字，找到京剧"三春班"，门是敞着的。

闲庭信步过去，却谨慎迟疑地顿住脚步。程榆礼轻倚着墙壁，侧耳听里面的动静。

秦见月在跟她的同门们说笑。她的声音比方才在台上嘹亮舒畅了一些："哎呀终于录完了，可以回家躺着了。"

陆遥笛说："我现在腰酸背痛，我要回去疯狂补剧！"

花榕说："哎秦见月，那个什么……"

秦见月："什么啊？支支吾吾干什么，直说好了。"

花榕欲言又止："就是那个……"

南钰忍不住笑起来："他想问他女神今天怎么没来。"

花榕脸一绿："喂，你别吼那么大声！"

秦见月也笑起来："我知道了，不就是齐羽恬嘛，这有什么不好意思说的，她有两千万粉丝呢，又不缺你一个！"

花榕脸又变红："又不是两千万粉丝都跟她说过话，我、我就不能近水楼台先得月一下？"

秦见月愣了愣，喝着柠檬水的嘴巴一松，吸管塌了下去："说真的，你要追她呀？但是追她的人可多了，你去摇个号吧小榕子！"

旁边几个女孩眉飞眼笑。

花榕在那儿挨个嚷嚷："不许笑！"

乱哄哄的笑闹声里，他清晰地捕捉到秦见月的清脆笑声。

在他跟前，她似乎很久没有这样快意过，不是调笑时的暧昧状态，而是真正发自内在的舒心。

程榆礼轻吁一口气，叠在一起的手臂放下，塞进裤兜，难耐地轻揉着指。

蓦地想起她说：不喜欢了，已经很不快乐了。

他顿时意识到自己没有再出现的必要。无论以什么样的形式出场，只会给她徒增烦恼。

此时此刻，他不明白是该替她高兴，还是为自己伤心。

程榆礼在原地呆呆站了会儿，找人找了一圈的阿宾跑过来，气喘吁吁："程先生，您在这儿啊，晚上还回公司吗？刘总打电话问会还开不开了。"

程榆礼瞧他一眼，有气无力地应了一声："走吧。"

回到车上，他没精打采地看了会儿工作文件。他长腿散漫叠起，平板置于膝头，动辄去看一看微信，但并没有消息。最终，还是止不住心间那点焦虑，小心翼翼地给她发去问候。

打了一遍，删掉。又打了一遍，删掉。

最后打了第三遍，五个字，反复看了看，按下发送。

程榆礼问：生什么病了？

秦见月回得挺快：啊？我没有生病啊。

程榆礼：哥哥说的。

秦见月：……好吧，只是有点儿月经不调，喝几天药就好了，他太小题大做了。无语。

最终，他回了一个字：嗯。

她没再有动静。

简短的对话就这样结束了，像石子投河，涟漪不止。

程榆礼眼里看不进任何的内容，便放下手头一切，闭眼小憩了一会儿。

夜里办公结束，他回到程家府邸。程乾说是有事商议，不猜也知道，他是给程榆礼组了一局鸿门宴。

程榆礼避他爷爷也避了一阵子了，他现如今才算打起来精神决心面对，总之光脚的不怕穿鞋的，他自始至终不亏欠他爷爷，那权威又能压得住他什么？

餐是家里阿姨做的，程榆礼去时，桌上有三个人，爷爷奶奶，还有他侄女程序宁。程序宁在捧着一本语文书看，像在背诵。闻声，她赶紧把书扔一边，抬头说："小叔你总算来了！我快饿死了！"

程序宁说着要举筷子夹菜。

程乾拍一下她的手，凶道："说什么死不死的！"

程序宁无语至极，挡住侧脸，在程乾看不到的地方翻了个白眼，又无奈地把筷子搁下了。

程榆礼迈步过来，扯开一张椅子落座。他的眉眼里有遮不住的一片颓唐，没看程乾一眼，用手指把空酒杯往程序宁面前一推，沉声吩咐说："上满。"

小姑娘懂事照做。

程乾看他，说道："你有什么不痛快的，直说。"

程榆礼皮笑肉不笑："哪能。"

"那你在这儿摆脸子给谁看呢？"

"您要是不心虚，能觉得我这是给您摆脸子？"

啪！

酒杯被倏地掼碎在地上。

一杯满满的酒让程乾给洒了个空。

程乾怒道："你再说一句试试？"

"行行行了，饭还不让人好好吃了。"沈净繁腾出吃鸡蛋的嘴来拉了句架。

一杯酒落地，一杯酒下肚。程榆礼灌了满满一整杯烈酒，喝得前所未有的凶。辛辣的酒精在胃里燃烧，他扯了下衬衣的领口，早没了往日那副豁达从容的气性，杯子被一下丢在桌面，哐当滚了好几圈，程榆礼撩起眼皮："您有什么想法，也请直说。"

少顷，程乾冷静下来，以为程榆礼要讲和，便直言不讳说："你去把小九的微信加回来。"

程榆礼却冷笑一声："闹半天还是为这事儿。"

他又捞过酒瓶，自斟一杯，悠悠说道："爷爷活了大半辈子，也算是功成名就，怎么上了年纪，成就感全来自掌控孙子的婚事？除了这点儿鸡毛蒜皮，您是闲得没事儿折腾了？早跟您说了，我这一张嘴不哄两个姑娘。既然见月走了，我也没什么念想。甭给我乱点鸳鸯谱了，不会再娶。"

坐在对面的程乾已经气得面目狰狞，程序宁吓得闷头吃菜，沈净繁不动表情，只拧着眉，神色凝重到了极点。桌上只剩程榆礼方起方落的酒杯杯底在桌面旋着，发出声音。

程榆礼站了起来，折身往前，看他爷爷发颤的胡须："怎么，又气了？"

程乾眼皮一掀，怒目看他。

程榆礼笑着，两指夹住杯子，拎过去给爷爷："来，再摔一个。看看能不能把夏家那丫头'摔'进门。"

他咬着牙，字字紧逼。程乾抬手就要夺过去，而程榆礼手一歪，酒杯被他霎时间抛掷出去。

啪！

杯子狠狠地砸在墙面上，稀里哗啦碎了一地。

他讥笑着："我看算了，这杯还是给见月赔个不是吧。"

程乾狠狠地瞪着他，口中骂了几句"混账"。

程榆礼的眼里也不乏一片红血丝，片刻后他收了眼，越过那片凌乱的地面，余光轻轻扫去，玻璃的残骸粉碎狼藉，就像他四分五裂的姻缘。

一顿家里人的饭吃得这般不愉快，程榆礼的愤怒值在此刻达到了一个巅峰。他无法静下心来做任何事，便擅自进入已经不属于他的书房，拿了本程序宁的数独书来看。没提笔计算，在心里速将数字填下，很快完成一页，又翻过去，继续下一题，唰唰几张纸扫过，心情总算是平静下来一些。

咚咚。

有人敲门，声音里听得出小心翼翼。

程榆礼没理。

很快，人也不等他搭理，就推门进来了。

"小叔，你你，你离婚了？"

程榆礼掀着书页，声音很沉："有事？"

"没，没什么大事。就是你之前给我出钱拍的那个片子，我们粗剪出来了。"

"什么片子？"他总算抬一下眸。

"抵制暴力的一个宣传片，你忘了？"

她不提，程榆礼还真险些把这事儿给忘了。小孩子拍短片也花不了多少钱，这回的洒洒水是真的洒洒水，权当支持一下她的爱好。书被他合上放回去，程榆礼问："嗯，怎么了？"

程序宁抱着平板电脑，满眼期待地问他："你不想看看吗？"

真会挑时候。程榆礼伸一下手："拿来。"

给他点开视频，程序宁介绍说："我们的片子由两部分组成，前面是一个剧情片，剧本、导演都是由我承包！"说完，她颇为骄傲拍拍胸口。

闻言，程榆礼轻轻牵了一下嘴角："知道了，程导。"

他始终冰冷的神情总算有了一点儿温度，继而问道："然后？"

"后面是我们在网络上征集的一些亲历者的视频。有的是在校学生，有的是以前经历过的受害者，这都是他们的自述。"

视频点开，剧情片大概五六分钟的样子。程榆礼用手指拖了一下进度，播放到后面的内容。画面突然在此卡顿住，卡住的地方是一个用了特效遮脸的女孩子的视频。

"这个就是亲历者的部分，因为很多人表示想匿名，所以他们发过来的视频都用了大头特效。"程序宁解释着，上手帮他拖了一下，进度条是动了，画面卡在那一帧纹丝不动，她尴尬地抓抓头发，"哎呀哎呀，这儿网不好，大意了。"

程榆礼也没耐心等了，他交还平板电脑，说道："你发我邮箱吧，改天看。"

她忙点头："好的好的，大老板都是这样进行业务往来。"

他忍不住又笑了下。

程序宁好奇地问："哎，你跟婶婶为什么离婚啊？就因为爷爷搅和两句？你这也太不坚定——"

程榆礼谈"离婚"色变，笑意一下冷却，睨她一眼。

"好好好，我不八卦，我这就撤！"

咚一声，门被关上。程榆礼衣襟掀着，就这么落拓地静坐着。好半天，他重新拎起书来计算。

　

秦见月是在节目结束几天后接到付铭的电话。

付铭，一个知名的网剧导演，有过爆款电视剧代表作。秦见月是后来才知道，南钰说的那个和大佬的项目合作指的就是这个付铭看上了他们的演出。

此人正在筹拍一个戏曲有关的类型剧，作为自己的转型作品，想要进攻一下正剧圈。说白了，这片子要是拍好了，拍得有深度了，能帮他拿点奖，得到主流的认可，以后也不愁没饭吃了。

付铭就想借用一下这个节目的余热帮自己的电视剧造个势，和他们的合作也不算复杂，简单地请这帮演员拍一个戏曲宣传片。

付铭联系到见月是通过微信，上来就发来一些项目的策划案，并且对着她夸夸其谈，内容包括他们的这个电视剧的观众基础如何，还说了一堆她听不懂的专业词汇。

秦见月终于忍不住打断："不好意思啊付导，您要是想谈专业的项目合作可以联系一下我的老师，她叫孟贞，她帮我们处理这些事情的，我不太懂这个方面。所以您跟我说这么多也没有用。"

本以为这就打消付铭积极宣传的念头，没想到他说："可以详谈吗？和你的老师、同门无关，我们这边是想单独和您有个私下合作的机会。"

秦见月愣了愣，单独……和她？

这让她又不禁怀疑是不是又是谁在给她的事业推波助澜了。

被程乾讽刺过那么一番之后，秦见月对这样天上掉馅饼的好事很是怀疑。

但她还是去了，她好奇这馅饼是什么形状的。

事实证明，她多虑了，这事和程榆礼没有一点儿关系。

秦见月是在付铭的工作室见的他，那时他刚下会议，礼貌周到地过来给秦见月领路。

"秦小姐之前一直在戏馆唱？"付铭坐下，给见秦月拉过来一张凳子，开门见山地问道。

秦见月落座，得了一杯白开水，她点头说：“唱了一年多了，我之前在剧院。大同小异。戏馆的场子少一些，在剧院的时候，给的补贴多一些。”

讷讷地就说了这些，她忙捂住嘴："没有，就是差不多……"

付铭被她逗笑。

秦见月问："您要和我谈的合作是什么呀？"

付铭说："是这样的，前两天给您发去了剧本的人物小传，不知道您有没有看？"

秦见月想了想："我看了，女主角是唱京剧的那个吗？"

"没错。"付铭点头应道，"因为这个项目我个人是比较看重，从立项到选角经历了不少时间，但是中间频繁地出现一些状况，导致人选一直没有定下来。有档期的那几个演员来试镜，不过她们的形象气质，离我想象中的女主人公形象还是差得太远。"

秦见月听得很认真，但付铭说到这里顿了顿。她问："所以，您的意思是？"

"我想问的是，您有没有这个意向来饰演这个女主角？"

秦见月一愣："演、演电视剧？"她第一反应就是拒绝，"不行不行，我根本就没有经验。我哪会演剧啊。"

付铭笑了下："这个不重要，现在很多'爱豆'出身的演员也是半路出家，甚至网红也有不少转行拍戏的。观众对演员的要求并没有那么苛刻，或者说只要积累了一定的粉丝群体就行。您既然在京剧这一行都这么出类拔萃，我相信您在演戏上一定也有天赋。这个您倒是不用担心。"

稀了奇了，秦见月忍不住问："请问您是从哪儿看出来我有这样的天赋的？"

"主要是您的形象太好了，对我们的选角来说是万里挑一。更何况还有唱戏的功底，甚至省下了做培训的这个阶段的时间。"付铭想了想，又补充说，"如果您觉得我们的团队还不错，我们可以考虑和您签一个长约，对您进行正式的包装，也会帮您对接一些资源，不仅限于影视圈，也包括时尚圈。"

呀，真是越扯越远了……

叫她去当明星，听起来比嫁入豪门还天方夜谭。

秦见月摇头："不好意思，您这样的安排直接打乱了我的人生轨迹，我真的没有进入演艺圈的意向。"

付铭迟疑了一下，又说："至于拍戏的片酬，签约的条件……"

"不是，不是，我不想要提这些。跟钱没有关系。纯粹是，我认为这不是一个很负责任的行为，不论是对观众还是对我自己。"

秦见月说着，声音低弱了下去："况且，如果大家都去当演员了，那谁来唱戏啊？"

付铭闻言，轻轻一叹，片刻后说："这样吧，我们女主角的席位仍然为您保留一段时间，您有充分的时间考虑要不要进入我们的剧组。如果您想清楚了，可以随时联系我。微信或者来找我都可以。"

秦见月应付一声，说："好。"

走出他的工作室的大楼，秦见月给了自己一分钟时间的停留。她不是在迟疑要不要转行去拍戏，而是为那句"跟钱没有关系"略有伤心。

秦漪对她说，都怪他们做父母的没有创造出好的条件，不能让她留住她特别喜欢的。

说到底，还是不够有钱。

她在那一分钟里想到了她能走到的另一条路的终点，等待她的是可能是腰缠万贯、锦衣玉食。

倘若真有那样的时候，程乾这样的人会不会高看她一眼呢？

浮华梦在一分钟后醒来，秦见月继续迈步往前走。不再去想这些有的没的，起码她现在还是足够清醒的。她看了下手机，发现程榆礼发来两条消息。

她的步子又一次滞住。

程榆礼：抱歉打扰，我有一本书落在侧舟山，现在想要取回来。

程榆礼：你哪天有时间？我过去一趟。

秦见月：密码、指纹、钥匙都没有换，我不住在那里，你随意进出。

程榆礼：如果你觉得麻烦，我可以去接你。

他大概觉得擅自进入过于失礼。

秦见月忙说：不是的，我最近不在燕城了。很长一段时间都不会回，你要拿什么直接去拿就好了。反正你也熟悉，不用这么见外啦。

撒了一个谎，为的是不想见他。

很久之后，程榆礼回：嗯。

秦见月深吸一口气，应该不会再聊下去了，正要退出。

又看到他发过来一条。

程榆礼：你去哪里？

而不出两秒，他便撤回了这条消息。

接着用三个字替换了他的疑问：知道了。

2

虽然是为了不想跟他碰面扯出的借口，但秦见月说不在燕城，这话也不是信口开河，她正打算辞掉沉云会馆的工作，去南边待一阵。

恰好那天看到群里发来一则平城戏校的招生公告，恰好也有意换个环境改善一下心态。秦见月还没来得及报名，只不过先借这个由头将程榆礼糊弄过去了。

那天她在返程路上，犹豫着要不要和他道谢，关于《遇伶》这个节目的反馈还不错。就在迟疑几分钟，敲字几分钟，接着又迟疑这样来回打转的想法里，时间被空耗掉，最终她还是把这番徘徊不定的心声憋回了肚子里。

回到家里，秦漪在清洗蔬菜。

"妈。"秦见月过去，看着她的背影，说，"我回来了。"

秦漪擦一擦湿手："导演说什么了？"

秦见月如实告知："他说要拍个电视剧，叫我去给他当女一号。"

"女一号？"秦漪也听愣了，"这不很好吗？这导演还是个星探呢。"

秦见月摇头："不是，我没答应他。"

"怎么不答应？"

"我是觉得，对我来说，重要的东西已经不多了，我追求的也不多，能把握住自己有的就好。"秦见月浅浅地笑了笑，"现在我还挺轻松的。"

秦漪有所困惑，但不多问，没有勉强她："行，你觉得轻松就行。"

秦见月说："谢谢理解。"

而后她又道："对了，我准备今天报名戏校。如果顺利的话，九月就过去上课了。"

"我知道，你上回说过了。还没来得及问你，怎么又想去学校了？"

秦见月说："想多学一点儿理论上的东西，多看点儿书，学术造诣太差了。"

秦漪问："那你什么时候回来？"

"一学期结束，过年之前吧。"

秦漪说："过去打点好自己，租房什么的要注意点。现在坏人很多，要不妈陪你过去？"

秦见月说："不用，多大人了，还让你操这心。"

秦漪应了声，就没多问。

秦见月回到房间里，整理书刊，接到付铭的消息。看完他发来的长篇大论，秦见月的手头顿时没了干活的心情。

他发来一串数字，这是他开出的片酬。

秦见月坐在椅子上，点了三遍这串数字的位数。有一点点荒诞，又让她觉得一点点可笑。

只要她轻轻点头，这诱人的名与利就唾手可得。早一些时候，为了登上高阁，满足心底的虚荣，她兴许会心动，可惜这一切来得太晚。现在的她不会再接受任何人质疑的审视，这些于她而言都成了浮云。

秦见月在这些不断涌来的抉择之中，在下定决心的每一个瞬间，都察觉到自己变了一些。变化不大，但隐隐有一些。淡薄、宁静，又或是，变得更爱自己了。

几天后，秦见月把这件事告诉了齐羽恬。

齐羽恬说："接有接的好，不接也好，既然你已经决定不演了，那我就告诉你你的选择是对的，现在娱乐圈真的是'钱难挣屎难吃'！"

秦见月笑着问："怎么回事？"

"因为会碰到一群对你指指点点的男同事，满脸写着'男人大可不必这么完美'，拍戏的时候还会进行一些揩油操作，我真的是想吐！"

她们步行在侧舟山的山路上，夏日傍晚，来山间散步和竞走的人很多，还有不少骑车的少年人，穿着白衫，在飞快的车速里衣服鼓风，让人觉得很青春。

"没想到你也会遇到这种事。"

"怎么不会呢？"

秦见月说："你家境还挺好的嘛，粉丝也多。"

齐羽恬十分真诚地告诉她："这太寻常啦，家境好也没用，女孩子如果没有强大的靠山，真的很难走。"

秦见月叹一声说："隔行如隔山，我不是那块料。不止你说的这些，很多事情我都应付不来，想来想去，我还是老老实实唱戏好了。"

"那你接下来怎么办啊？你还回戏馆吗？"齐羽恬握着秦见月的无名指，她从前常常会习惯性地摸一摸她的戒指，此刻的手指却空空如也。

秦见月告诉她："不回了。我也是顾虑这个，所以先打算去戏校进修一段时间，再后面就走一步看一步吧。"

齐羽恬问："你就为了躲程榆礼啊？"

秦见月说："不算是，只是想重新做人，希望每一步都往好的方向发展。活到老学到老嘛。"

齐羽恬叹一声，说："真的很佩服你能坚持这么久，我记得当时京剧社解散对你的打击还挺大的。"

秦见月自嘲说："没办法啦，也不会做别的。而且都是以前的事了，"谈起以前，她不免嗟叹，"打击大的又何止这一次呢？"

齐羽恬不明所以地看着她。

秦见月站在一座山头，看着底下漫天的红霞，触景生情，在想那些年在三中的点滴。

好在她已经有了"重新做人"的决心。无论是记忆里永远只有一个背影的少年，还是在雪地里帮狗狗清理毛发的那个温润的男人。身影相叠，一同留存在了人生路口的转角，不会被她带进下一个阶段。

齐羽恬已经快马加鞭走到了山顶的凉亭，那里围着好多人在拍照。她激动指着纷飞的萤火虫说："这就是你说的那个亭子吗？"

秦见月循声望去，原来程榆礼没有骗她。看着透亮的流萤，在檐下、在灌木丛中，她不免心中泛酸，也是最后一次为他湿了眼眶。

．

秦见月在网上找了个平城当地的兼职工作，一位家长在为孩子招戏曲老师，招的是京剧的花旦行当，秦见月恰好符合这个要求。为这份工作，她启程去平城的计划提前了。

八月末，秦见月是在出发的路上看到程家的消息的。彼时，一个夏天快过完，"程"这个字离她的生活已经相当遥远，连同那个深埋心底的名字，悄悄将其念出时，都变得几分拗口。

释怀或许就发生在这样日复一日的疏离之中。

这样的远才是他们之间应该保持的稳定的距离。她从新闻中了解他的家事，而她于他下落不明。

那通让秦见月恍神的新闻是，程乾生病了。

航班提醒关机，即将起飞。秦见月尚没能看完一条新闻，只得被迫把手机关掉。而关机前一秒钟，她看到最后一条刚刚传进来的微信消息。

备注是"严苏遇"这三个字。他说：秦老师，出发说一声。有需要我去接应，旅途平安。

这个严先生就是那位为女儿招戏曲老师的男人。

下一秒，手机变黑屏，没有了回复的时间。她无可奈何地挑一下眉，把手机放进背包。

很快，飞机冲上云霄，秦见月在云端飘摇之时，又觉得有些心神不宁。算了，想他程家的事情做什么？她该想着落地时有人接应，这才是让人欣喜的积极消息。

程榆礼那次给秦见月发了消息，后来却没有回过侧舟山，确实是有几本书落家里了，但他不急着去取。

联系秦见月实则是想要跟她见一面，给她备了一份生日礼物，因为去年承诺过，要每年陪她过。可惜三言两语就让她给拒了，合理怀疑那句"不在燕城"也是诓他的。

可即便如此，程榆礼能有什么办法？最终，他在郁郁寡欢中等来了爷爷病重的消息。

程乾被送去医院时，程榆礼不在家，是听沈净繁转述，那天在桌上吃饭，程乾突然身体疼痛难耐，侧身倒在地上便起不来。

坏消息，肺癌确诊。不幸中的万幸，是早期。

老人家在医院度日，家里的矛盾都指向了程榆礼，父母回来便犀利地指责他，要不是为他那点破婚事，爷爷根本就不会被气倒云云。

饶是他和老爷子吵过几回，这肺癌也不是让人给气出来的。程榆礼冤枉。

不过他现在不狡辩了。

程榆礼看似又回到从前那般任人摆布的沉默姿态。

极静的病房里，程乾刚做完手术，在吊着点滴。程榆礼闲适坐在一旁休憩，轻轻拨着手里一串刚到手的佛珠，他不信佛，就觉得一颗一颗这么顺过去很容易静心，便于修身养性。

长夏将尽，恩怨收场。又回到最初的好整以暇的姿态，就像指针被拨回到正确的时区，在慢慢地没有活力地转动。

不过也有些微改变，程榆礼从前喜欢保持室内低温暗弱，现在却将窗帘全都敞开。是因为老人需要阳光滋润，也是因为想要晒一晒陈旧泅湿了多时的心情。

程榆礼合着眼，手腕搁在腿上，有一下没一下拨着那串珠子。

程乾在病床上躺着，忽地伸一下手。

看护的程榆礼抬眼瞥过去，沉声问道："您要什么？"他起身，递过去一杯温白开，"喝水？"

程乾手臂僵直，这么一挥，杯子险些被他摔落，还好程榆礼握得紧，没让这愤怒的推搡得逞。

程榆礼看着病床上枯槁的老人，不多时之前，程乾还在家中对着自己颐指气使。

那天在餐桌上闹得人仰马翻之后，二人几乎没再进行过沟通。后来程榆礼的气倒是消得快，但程乾不是他这般淡薄的性子，有些事哽得咽不下去。

老顽固得很。

虽说心知肚明程乾的病情跟他没太大关系，程榆礼还是决心趁此机会给他爷爷道个歉。

"他们都说，您是让我给气病的。"程榆礼站在床前，将杯子放到程乾够不着的地方，眼神淡淡地看他，"您觉得是吗？"

趁着程乾有话要说又说不出口的契机，程榆礼跟他讲了几句诚心实意的话："爷爷，我不是有意要跟您犯冲。我从小没什么脾气，您叫我做什么我都应了，唯独离婚，不瞒您说，我心里有疙瘩。

"我当初跟月月结婚，就没有要跟她分开的打算，我也明明白白给了人家承诺，但又架不住我家里头这堆破事儿让人不快活，我夹在其中束手无策是我的错。

"我原以为分开过一阵子，这疙瘩就能消了。我高估了我的自愈能

我见月光

力，我也做了一些必要的反省。在月月的角度来看，她要面对我们程家这样的家庭，没有安全感是必然。

"我想跟您说的是，如今也不谈什么懊悔不懊悔了，就说如果还有机会，如果她还愿意，我还是很想要跟她共度一生。"

程榆礼坐在床沿，手指轻轻交握着，又略显黯然说道："不过我现在说这些都是徒劳，她既然下定决心要走，一定是伤透了心。如果我是她，我也不会回头。"

程乾闭着眼，吭不了声。

程榆礼继续说："这是见月，其次说一下夏家。夏桥的妻子陈柳然出了什么事儿，您应该比我更清楚，更早知道。夏家自己的烂摊子都收拾不干净，您既然看不上见月，又何必惹上这么更大一麻烦。仅仅是因为夏霁嘴甜伶俐，讨人欢心吗？可是婚姻靠的不是欢心，不是伶牙俐齿。我无法忍受和一个不心动的女人过一辈子。我劝您打消这个念头。不正确的撮合只会伤人伤己。"

程榆礼知道程乾清醒着，他亲眼看着爷爷的眉毛在动，微微一笑说："听进去了吗？没听进去的话，我改天再来念叨几句，跟您小时候唠叨我似的。"

程乾喘了两口气，八字胡被鼻息吹得打卷。

"生气了？喝口水吧？"程榆礼故意挑衅似的，用调羹舀了一口白开水要给他爷爷灌，程乾牙齿咬得那叫一个紧。程榆礼乐得，耐心地用纸巾给他擦一擦。

他俯身贴在爷爷耳边道："你要是听得糊涂，没弄明白，我精简点儿给您说：程榆礼的爱人，只能是秦见月。"

他的话音刚落，外面天际传来一声飞机的轰鸣。

莫名被吸引着，程榆礼抬头望去。一道被越拖越长的飞机云，像是飞机在对天空表达告别的不舍。

程乾动完一次手术后，身体恢复了一些，没那么时时刻刻需要一堆家人陪护着，程榆礼便也轻松了许多。

没过多久，他去找了一次钟杨。

程榆礼和钟杨的生活方式两个极端，一个清心寡欲琴棋书画，一个花里胡哨活色生香。

钟杨前几年退役，办一个俱乐部给人当教练，空闲时间多得很，他活出了他们这圈子里纨绔公子哥的标准。

"我这儿'嫂子'还没叫顺口呢，你怎么就这么快让人给甩了？"

台球室里，钟杨用壳粉擦着杆，不留情面奚落他一句，十足的幸灾乐祸。

程榆礼没参与他跟他兄弟的游戏，静坐在一旁。他这阵子恢复了正常的作息，堪堪平复掉眼底那点愁思。听钟杨这么说，程榆礼淡睇睨过去："你这风凉话说得也太晚了。"

钟杨乐了："知道了，你让人甩了两个月了。"

程榆礼不置可否地掀一下唇角，笑意很淡，没跟他计较，转而看了看四下里左拥右抱的一群兄弟。

他问钟杨："今天怎么没见你带个女伴过来？"

钟杨打了两颗球，闻言顿了下动作，忽地摆出一副心烦意乱姿态，冲程榆礼说："爷的名声就是让你们这帮人给败坏的。能不能积点儿口德，别在外面造我的谣，搞得现在妞都追不到了。"

程榆礼低头轻笑一声："你还有追不到的人？"他戏谑说完，起身过去，"别玩了，请你吃个饭，有事要问。"

钟杨不反对，收了杆，叫个人过来清理桌子。

出去时，程榆礼正站门口等着，穿件薄薄 T 恤，从后面能看到硬朗的肩胛骨痕迹。钟杨走过去攀了下他的肩："走，上哪儿吃？"

暮夏的风扫过衣衫，暖烘烘的气息像是回到校园时代。程榆礼带钟杨去下馆子，两人坐在嘈杂的中年男人之间，没喝酒，一人一杯果汁，程榆礼好久不动筷，这顿饭吃得寡淡。

终于，钟杨开口问："你想知道她哪些事？"

程榆礼淡淡道："她现在在哪里工作？"

钟杨说："平城。"

程榆礼眉心微动，喃喃一句："这么远。"

钟杨嘲笑他："这就远了？你能不能有点儿追人的信念。"

程榆礼语气微凉："没说要追，问问。"

他的手无序地揉着一只烟盒，有一下没一下地捏着盒口，不难看出心底复杂紊乱的情绪。

"嗯，你没追。"钟杨看他这讳莫如深的样子，实在觉得好笑，"还有吗？没我吃饱撒了啊。"

程榆礼眉梢轻扬，警告口吻："谁同意你撒了。"

"那你倒是别这么一收一放的，你不说我能知道你心里想什么？"

又在桌上转了两下空空的烟盒，程榆礼低声说："说说以前高中的事情。"

"高中啊，"钟杨细想一番，"她挺文静的，很内向，学习很努力很刻苦，成天就在闷着头学习、学习，除此之外，也没什么大事。我待学校时间不长，真没什么印象。"

程榆礼"嗯"了声，过半天想起什么，又问："她有个暗恋的人，你知道是谁？"

钟杨愣了下，笑说："看不出来啊，你这人还挺八卦。"

程榆礼："说不说？"

"你这么说我哪会知道？就没别的信息了？"

他想了想："是个学长。"

"秦见月暗恋的学长？"

钟杨看着程榆礼，顷刻陷入沉思。

程榆礼又补充道："姓张。"

钟杨想的不是这件事，他在想那次在巷子里，看到夏霁拍的视频，她在视频里说"拍给程榆礼看看"，那时他还纳闷为什么要提到程榆礼，有所怀疑但没细想。

此刻，钟杨用意味深长的眼神看着这对面的男人，好似许多事情都渐渐明晰，至于他一直很好奇的，秦见月为什么会招惹到夏霁，他心头那一点儿困惑也迎刃而解了。

事情环环相扣连成了一个圈。

程榆礼对他这漫长的审视感到不明所以，正要开口问句怎么了，便听见钟杨轻晒了一声。

钟杨说："如果我没猜错的话。不姓张，她骗你的。"

程榆礼的表情很值得玩味，似乎是想问下去，又怕这一时兴起的话题会乱了自己的心，他胆怯地打住了疑问。

见他不打算再问，钟杨才开口："你究竟知道她多少事？"

他很敷衍，淡淡地说："不多。"

钟杨又试探地问："你们离婚是因为夏霁，对吧？"

程榆礼被噎一下，不禁失笑："怎么连你都知道了？"

钟杨鄙视说："什么叫连我？你搞清楚，我跟秦见月认识多少年，你跟她才好了几天，我知道的能比你少？"

程榆礼不觉冷哼，又幽沉地"嗯"一声，问："比如？"

阴险的男人又开始有一下没一下地套话。

钟杨故意吊他胃口似的说："比如……高中的时候，秦见月是怎么跟夏霁扯不清的。"

程榆礼眉一蹙："她们以前就认识？"

钟杨没接茬，招了一下侍应生："这果汁也太酸了，能不能给我杯白开水？"

这么刻意的一打岔，程榆礼就当他是默认了。

很快，水被送上来，程榆礼又严肃看着他，低低说道："说清楚些。"

钟杨无奈地笑了下，抱起手臂说："具体什么情况我也不能直接说啊，她要不跟你开口提，我一局外人能乱传人家小姑娘的事？"

程榆礼望着他，愠意也拔高了些，声音凉凉："你说不说？"

钟杨说："我是想跟你说来着，可惜真的太私密了，不方便透露。"

私密？

程榆礼："私密你又怎么会知道？"

钟杨："我说我无意撞见的你会信吗？"

琢磨了一番，看来他是诚心不会说了，程榆礼没好气地应了一声。

钟杨又意味深长打量他一番，阴阳怪气地说了句："这么想想，秦见月把你甩了也是应该的。"

程榆礼敏锐地察觉出他的意有所指，不满道："有话直说。"

他笑得欠欠的："有感而发。"

程榆礼气馁，低骂一句："毛病。"

他没什么精气神地坐着，眼里是馆子里形形色色的人，他想着钟杨那些语焉不详的话，一边揣度，一边失落。

在意一个人而又得不到的时候，提及有关她的线索，在被勾起好奇心的同时，又会表现出临阵脱逃的惊慌。

这样的反反复复很磨人。

3

程序宁发给他的那则短片，程榆礼是在公司看的。

前面的剧情片部分拍得些微粗糙，无论是演技、画面，都不算高分作品，但不难看出他的小侄女在拍摄方面有一定的天赋。

电脑里在放视频，程榆礼接到一通电话。他漫不经心地看着电脑屏幕，一边接听沈净繁的来电。

沈净繁开口道："乖孙，明天有空没，陪你奶去庙里一趟。"

程榆礼把电脑的音量调小，问道："几点？"

"赶个早，烧香不能太晚。"

程榆礼想一想，说："您不是这阵子都在庙里，怎么突然要叫我过去？"

沈净繁说："你也来，你爷爷这病少说也有那么两三成是让你给气的，自觉点儿。"

又是这番说辞，程榆礼耳朵都听出茧子。他失笑说："成，那我明天提前过去接您。"

讲完这通一分钟的电话，程榆礼继续看片子，并将电脑音量往上提了提。

短片进行到记录片形式的后半部分，这一位亲历者的画面是一整个黑屏，声音极小，程榆礼便又调高了一些。

是变了声的一段黑屏语音。

声音轻轻细细，不难听出是女孩子，大概在竭力克制着情绪，这个声音正轻轻打着战。

"我是三中的一名校友，我想讲述的是我经历过的事。虽然已经毕业很多年，但这件事带给我的影响，甚至是我自己都察觉不到的，直到最近，我因为某些原因又挣扎在里面，旧伤复发。我不得不把它讲出来。我不知道说出来会不会好一点儿，但我想试一试。"

程榆礼听到这个变了调的女声，忽地凝起精神，瞥一眼屏幕，他只在黑屏中看到自己一双诧异的眼。

不知为何，这个女孩讲话的语气让他想起见月。

于是，电脑的声音再一次被调高，达到最大值。程榆礼的指停留在键盘上，像时间静止。他耳边一切声音都消失，只有这个脆弱欲碎的声音，在平静又悲戚地讲述她的故事。

"在我读高中的时候，喜欢上一个男生，他很优秀很英俊，是很多女孩心目里的白马王子，我是他的仰慕者之一。只不过他比我大一些，我也不是非常活络的能够四处与人打交道的性格，我料到我们注定不会有交集，于是我把这份倾慕压在心底，至今已有九年。

"这个男生的出现给我很大的力量与希望，比如看到他名列前茅的发光的成绩，我会下意识督促自己好好读书，也要变得跟他一样优秀。比如在至暗的时刻，我能够身怀一点儿勇气，不再退缩迟疑，强大一点儿，哪怕只有一点儿，就能够抵御风浪。他对我来说，是可望而不可即的梦。无论是曾经，还是现在。"

说到这个男生，女孩的语调扬了扬，憧憬里伴有希望，但很快，这道希望又沉溺下去。

"我不敢说绝对是因为他，但一定有他的原因在里面，因为这份喜欢被窥见，我遭到了从未经历过的恶意。恶意的开始是言语，被人起绰号，被辱骂。这让我痛苦失眠，我本以为忍耐就好，忍耐是我最擅长的事……"

这个女声哽咽了下。

程榆礼敛着眸，坐在半明半昧的夕阳之中，黯然宁静得像是睡着。

"可是我的忍耐等来的是更为恶劣的攻击。如果不是有同学看到出手相助，我想我很有可能就被彻底地摧毁。我不知道我做了什么样伤天害理的事情，要受到这样的惩罚，我只不过是……只不过是，喜欢上了一个人。"

再到这里，说话的声音带着重重的鼻音。想必录视频的时候，她正泪流满面。

漫长的哽咽过后，女孩的声音重新响起："录完这个视频，我也会下定决心和我的青春作别，无论是好的、坏的，我都会下决心忘掉，开始我的新的生活。当然，他也永远不会知道了。"

咔！

这段录像在这里断掉，有几分戛然而止的仓促。

镜头很转换到下一个亲历者的自述。

程榆礼的指在键盘上悬了两秒，有想拖回去重新看一遍的想法，但他也莫名在此刻丧失掉做出这样一个小动作的勇气。

程榆礼立刻联系上程序宁，让她发来投稿的邮箱。而经过查找，这个黑屏视频的来源是一个新建立的邮箱，没有任何痕迹。投稿日期，是他和见月离婚的前一天。

他瘫坐在椅子上，脑子里蓦地闪过钟杨说出口的那些字眼。像是某种预兆，许多的真相已然在抽丝剥茧地浮现。

可是，是关于什么的真相呢？他没办法去深入地揣测，揉一揉眉，疑心是多虑了。

一定是巧合。

程榆礼猜测，他最近可能是太疑神疑鬼了。看什么都想到见月，看到航模，看到手表，看到一根掉落在地的长发。她已然无孔不入地渗透进他的生活，所以他才会这样风声鹤唳。

一定是多虑了。

是夜，程榆礼又一次失眠，他破例让咕噜进了他的房间，抱着狗过好久才堪堪睡着。

第二天是个晴天，他在心底很感谢奶奶邀他去寺庙，他需要这样一个契机来调整情绪。

沈净繁这段时间在庙里给程乾祈福，老太太心诚得很，程乾是一天比一天健硕。沈净繁说给程乾上的香烧得很旺，菩萨也说了，这程家老爷子能长命百岁。程榆礼那会儿就站在大殿门口，似笑非笑看着他奶奶一丝不苟地擦着佛台的烬。他说："爷爷不活到一百，我都不能洗刷冤屈了。"

沈净繁折过身来，戳一下他："你少说两句。要不是你，你爷爷能遭这罪？"

程榆礼不反驳，搀着老太太往外面走。

"你这两天又给你爷爷说什么不该说的了？他听到你名字就心烦。"

程榆礼微笑一下："让他心烦也是好事，比常管教我要好。"

沈净繁都听不下去："啧，怎么说话呢？"

程榆礼说："事实证明，多磨磨嘴皮子还是有用的。他现在完全不跟我提婚事了。"

沈净繁听了哈哈大笑："你也真是会见缝插针。"

他也淡淡笑着。

病魔会把人折磨得柔软一些，程乾现在会伸手去接程榆礼的水了，不过还是不愿意和他说话，深深怄气。

程榆礼和沈净繁去吃芥末鸭掌。隔着一张方桌，看着对面老太太把饭吃得喷香。他平静地看着，在想去年带见月来这家店的时候。祖孙三人坐着，往昔光景，历历在目。也是奶奶在讲，见月安静地吃东西，她一向斯斯文文。

沈净繁话是真多，说个没完。程榆礼却全程在走神，没听进几句，等老太太说累了，腾出嘴去进食的半分钟，他忍不住问了一句："奶奶，您说人要怎么样化解执念？"

沈净繁一眼猜到他心里想什么，不假思索道："时间。"

程榆礼却说："如果说，时间对我来说是折磨呢。"

沈净繁不以为意："那就是还不够久。"

程榆礼道行太浅，他怎么能有那么强大的定力做这个世界的旁观者呢？或许等他活到奶奶这个岁数，就能看开许多事，可惜他现在还不能够，看不开，走进死胡同。

再一次意识到，他高估了自己的疗愈能力。

许久之后，程榆礼轻描淡写地说："可是时间只让我认识到一件事，不是她不够勇敢，是我不够强大。"

他真挚地剖出他姗姗来迟的自责。

沈净繁放下筷子，说道："没人能够总圆满，是人都有遗憾，你要是不打算去填补遗憾，就趁早放下，也放过那丫头吧。"

程榆礼一筷子没动，听奶奶这么说，愁绪又绞成了一团。他轻缓地吐出一口气，闭上眼陷入长久的沉默。

他在想，他怎么这么软弱，只不过一场离别，就叫他体内塞满无处发泄的郁结。原来人可以看起来妥帖而光鲜，心中却是一片千疮百孔。

最孤独的时候，连呼吸都疼痛。明明他从前那么享受独善其身的快乐。

碗里落进一只荷包蛋，是奶奶夹过来的。沈净繁说："吃点儿吧，你净这么空想也没用。哪天不忙，跟我去听曲儿。"

沈净繁知道，程榆礼已经慢慢把听戏这点儿爱好给戒了。

半天，他声音微微沙哑，答非所问："我去结账。"

沈净繁叹一声，摆一摆手："去吧去吧。"

再回到侧舟山是十月末了，秋冬的交接时节。

程榆礼手机里多添加了一则陌生城市的天气预报。当时心血来潮加进去，后来想删除掉，却几番心理斗争未果。

只是天气预报而已，能看出什么呢？几个数字，几个天气符号。隔着万水千山，去揣测她那边的阴晴。雨后的天空会是什么颜色，暴晒过的路面会不会滚烫。

程榆礼常做出这样的傻事。

那日的手机推送告诉他，新一股冷空气到了平城，南方开始大面积降温。降温季节，该提醒爱人添衣，而他独自在孤寂的家乡，眼中只有一片无能为力的落寞。

平城，对他来说太过陌生了。想必她也没有在外久居的经历，会不会适应呢？

见月有一件在秋季很喜欢穿的大衣，浅浅蓝色，挂在她的衣橱，没有带走。这样浅淡色彩的衣服把她气质衬得很干净。轻掀起大衣衣摆，程榆礼看到叠在里面的牛仔裤。

裤子也是她喜欢的，但见月太瘦，裤腰过大，总要把腰带锁到最紧处。

不知道她现在身上有没有多长些肉。

衣帽间的香气被裹挟进一股冷淡的潮。

他早取走他的一半东西，另一半还放在原地。她一次都没有回来过。

程榆礼担心衣物受潮，于是放到洗衣机里清洗过一遍，细心晾晒。

走过每一块地砖，几乎都能够想起他们曾经在这里有过什么样的交谈。

"见月……"他坐在满是温香软玉印痕的床前，轻轻念她的名字，声如飘絮，渺渺茫茫。无人应答。

在卧室坐到夕阳落山，看着阳台晾衣杆上衣袖飘摇的影。他终于动了动僵硬的身子，走过去，慢条斯理地清理好洗干净的衣物，放在鼻尖轻嗅。最后一抹残存的女子香消失透了，上面只剩下阳光的气味。

书房，一切如旧。

她的旗帜与肖像画都还在，被橙色日光映得温暖。

书桌上的刊物、资料，她也没有带走。程榆礼视线扫过那摞成一叠的书本，最上面一册书是汪曾祺的《戏梦人间》，他的指尖擦过封面，带下一层厚重的灰。他拨起书页，哗啦啦翻了几下，里面有她做功课的彩笔标记。见月的字很漂亮，她花时间练过。

用纸巾擦净封面上的灰尘，他抄起这几本书，打算放进书架。

而回身去看，书架已经被塞满，无处安放，他扫视一圈，只看到最上层有一两处空格。

程榆礼抬手，将这几册书塞到高处。

书柜有些满了，他的动作不小心将旁边摇摇欲坠的几本书撞倒。转眼便稀里哗啦落了一地。

程榆礼忙要俯身去捡拾，他伸出手的动作却在他看到地上某物的一瞬间顿住。

那是一枚月见草的标本，薄膜上有一两片脚印被晕开的印记，像是泪渍，里面夹着两朵花。

这个东西……

恍惚有几分熟悉。

程榆礼隐隐预感到了什么，神色微微动荡，他俯身把它连同旁边的牛皮纸笔记本一道捡起。

标本被夹在指缝中，他动作轻缓地掀开陈旧的纸张，郑重地打开一个女孩尘封的过往。

第一页，赫然映入眼中的是一个少女稚嫩又灵活的字迹。

程榆礼。原来你叫程榆礼啊。都说人如其名，好像是真的。因为你看起来确实很有礼貌。

今天是我第二次见到你了，自从那一天在雨里你为我撑伞，我时常会想到你。我看到你在主席台讲话时，莫名其妙就很开心。

回到教室后的这节语文课，我心神不宁想着，高三（10）班的教室在哪里。我拿出开学发的学校地图在找，我偷偷猜测，不知道你现在在学校的哪个角落里听着什么课呢？于是，我就这么走神了一节课。听起来很对不起语文老师。

你说，这种感觉是不是就是喜欢啊？算了，你不知道。你连我是谁都不知道。

站不住，只能倚靠着书架来支撑住发软的身体，程榆礼眼中升起一片冰凉的雨雾，发抖的指尖轻轻地擦过页脚的时间。

是九年前。

129 页的日记，历经两个学期。纤细的笔触孤零零地走完了一场秋冬春夏。

程榆礼一字不落地看完，完完整整翻过一遍，仿佛看到一颗心的初生和寂灭，起初，每一个文字都鲜活灵巧，直到某一天，所有假象在一瞬间被烈焰燃尽，凌空的灰烬终于冷却，缓缓沉底，碎得体无完肤。

本子被她用掉三分之二。留下字迹的纸张有陈旧的岁月印痕，叠在一起，饱满得如同少女丰富的情愫。

她幻想的、杜撰的那个少年形象，膨胀起来，又瞬间被戳破。塞满字里行间的酸甜苦辣的碎片，拼凑起这段盛大又微茫、刻骨铭心又讳莫如深的暗恋。

她写下每一次微小的努力，努力学习，让他们的名字出现在一张荣誉榜上，尽管年级与年级相隔甚远，那繁繁复复夹在他们之间的几十个名字，就像她到他的距离，千岩万壑，重峦叠嶂。

即便她拼尽全力，甚至也挤不进他的余光，她也为之全力以赴。

这样的话，你总有一天可以眼熟到我吧？应该……可以吧？

她在小市场买劣质的直板夹，为了不让妈妈发现，偷偷起早折腾她的头发，希望她的自然卷可以消失，好让今天遇见他时，那蓬蓬的刘海不会再起飞，而蓬蓬的刘海没有变温顺，她却笨拙地烫到手。最终他对她近乎无视的匆匆一瞥，就让这所有的一切付诸东流。

她呆滞地在人群中揉搓着指尖的水泡，若无其事地走回教室。

突然觉得很无力，高三的学姐都好漂亮好成熟，她们的头发怎么可以那么漂亮呢？可能全世界只有我傻到每天跟几根刘海作斗争。唉，到底谁会在意我的头发啊？！程榆礼，我真是个傻子。

她失落，遗憾，甚至掉眼泪，再重新鼓起勇气，他们的每一次眼神交汇是用她无数次的试探、退缩、游移和计算换来的。

都说前世的五百次回眸换来今生的擦肩，那我尽量多和你擦几次肩，这样下下下辈子我应该就能和你说上话了……算了！听起来还是做梦比较快。

她受了伤，在那个夏天。

我今天经历了最绝望的一刻，我承认我叛变了，我迁怒到了你，如果不是你，我应该不会这么倒霉吧？可是我也想不到你有什么错，只能怪我不自量力。

这里，她的字变得深刻，像在纸张上发泄着什么，最终又将这份怨气无力地化为一滴泪，晕开最后一个"力"字的墨。
最后一页，六月二号，终于风平浪静了，轻舟已过万重山。
她写下：程榆礼，你是光，也是深渊。
……
程榆礼乏力地瘫坐在椅子上，翻完这 129 页的日记，软弱从四肢蔓延到全身骨骼。他似乎使不上一丁点儿的力气来做任何动作，只有在页数之间挑来挑去的指，变得机械，漫无目的，一页又一页，他重新翻看一遍。
——你是光，也是深渊。
谜底在此刻几乎昭然若揭，程榆礼不用去细想，那个视频里的声音清晰浮现。字字泣血的控诉荡在耳畔，抹不净，忘不掉。
他紧紧地按揉着太阳穴，想止住这一刻青筋的跳动和冰凉砭骨的疼痛。
被攥了有一小时之久的日记本终于从他手心滑落，程榆礼拨了一通电话出去："见一面，在哪儿？"
那头的钟杨语塞半天，语气些微不耐："我怎么记得我们前不久才见过，这都几点了？"

程榆礼确实没太注意时间，这才抬头看去，窗外夜色如水，青山静谧，孤月高悬。

"在哪儿？"他又问一遍。

"准备睡了，别来。"

程榆礼不以为意，不由分说道："我去你家，接应一下。"

"……"

深秋的夜凄寒冷寂，璀璨的霓虹也毫无温度。开车在无人大街上，程榆礼出一手冷汗，他觉得眼花，密密匝匝的树木模糊一团，全都荒唐地变成细密的文字。

想要消除这剧烈的痛苦，程榆礼猛踩油门，把车子开得飞快，还超了几回车。二十分钟，他赶到钟杨的住处。

男人从里面把门推开，不打算把他迎进家里的意思："什么事？"

"进去说。"

钟杨拿他没辙，于是松开门把，程榆礼自如地进入。

在这大得能养马的大平层里找了一处最狭窄的单人沙发坐下，头上一盏冷色的灯悬着，他的姿态看起来仍旧散漫，但灯光下虚浮的神情让人看出凝重紧绷的状态。程榆礼闭着眼，长指轻轻握拳搁在膝上，声音沉冷到了极点："高中的时候见月身上发生了什么事？"

钟杨无奈："我说了我不能说，你怎么就那么执着呢，干吗不亲自去问你们家宝贝月月？"

"大概猜到了，八九不离十。"程榆礼答非所问这样说着，又轻轻掀起眼皮，淡瞥他一眼，"你补充一下全貌就行。"

"你想知道哪些？"

"她和夏霁的过节。"

钟杨站旁边墙边，看着程榆礼："你知道了？"

他说："我看了她的日记。"

这么说，钟杨像是松气，也像是泄气。他稍稍一揣度，叹道："行吧，你等下，我想起一个东西还落我这儿，给你找找。"

说完，他往卧室里走。

过了很久，钟杨回来，手里摆弄着一个老式的诺基亚手机，底下还垫着一个充电宝，他蹙着眉研究半天，总算是把手机开了机，眉心松开，露出"还行，还能用"的如释重负神色，很快，一阵响亮的开机铃声响起。

"这是什么？"

钟杨站到他跟前，递过去手机，程榆礼却没伸手接。他倚在沙发上，稍稍睨过来，谨慎地瞧着这个粉色外壳的老式手机。

"不是想知道？你自己看。"手机终于还是被丢在程榆礼的腿上，钟杨说，"这可是我答应了替人保密的，你赶紧看，别拍别录，看完我销毁。"

他说罢，去旁边悠闲地接水喝，室内剩下水流淅沥的声音，还有程榆礼手上这个手机里发出的一些喊叫声。

被丢在腿上的手机里，视频已经开启了播放状态。男人悬着的指变软弱，甚至不敢将其握住。

是在一个巷子里。

镜头记录下少女永恒的十六岁容颜，但不是美好的。她去夺手机，被人粗暴地扯住，画面里那个纤瘦柔弱、泪如雨下的女孩，是他的见月。

被欺负，被人推搡着撞在墙上的，是他的见月。

镜头外面的夏霁笑着，说着："录你啊，回头放给程榆礼看看。"

时隔多年，他看到她的恐惧。

程榆礼无法忍心再多看一眼她心底那道凄楚和绝望，但他逼迫自己看下去，穿过漫长的时间，他和女孩万念俱灰的眼对视。

他的腕不受控在发抖。

秦沣说她因为他被欺负，他疑心过一瞬，但又觉得，这个"欺负"的主角是指他的家人。

她曾经说过"你是生活在天上的人"，她写下的是"你……也是深渊"。她在最痛苦无助、走不出的挣扎之中，心灰意冷地想要离开。

而他说的是什么，他说的是"见月，再勇敢一点儿"。

视频播完，又自动从头开始播放，画面里的图像一帧一帧变得模糊失焦。

钟杨端着水杯看他一会儿，又自觉避开眼去，到落地窗前看那寂寥秋色。叶在一夜之间凋敝，风卷残云，收走地表的温度。路面的行人行色匆匆奔赴回家的路，万家灯火里也有争不完的纠葛，消不完的愁。

程榆礼将手机轻轻反扣，而后抬手捂住眼，指缝之间无声地溢出滚烫液体，从鼻梁滚落的眼泪，砸在手腕上，灼痛纤薄的筋脉。

第二十一章/坚定一点
少女、月夜、红雨。

1

秦见月最近过得前所未有的快意。

平城是一座水乡城市，湖光山色，碧波潋潋。秦见月住在一处水弄堂旁边的客栈，她进修的戏校在偏远郊区，这一片景点未经开发，没有那么多古镇游客，有种世外桃源的优美清净。

她参与的这次学习活动相当于一个集训项目，由平城戏校和市剧团联合培养一批学生，授课地点临近戏曲传承中心。在充实的上课时间之外，她忙碌于小朋友的教学。

至于为什么她住在客栈，这件事情说来话长。

秦见月带的学生是一个十岁小女孩，名叫严晓蝶，她的父亲叫严苏遇，是一名单亲爸爸。

这个严苏遇是个手艺人，制作一些陶陶罐罐，颇有韬光养晦的隐士风范。在平城，这类手艺很吃香，吃香到让他成功地经营起了一家客栈。

秦见月在郊区租房不便，严苏遇便大方地邀请她来客栈里住。他给她留出一间舒适的单间，也能保证安全。秦见月起初认为不合适，但严苏遇从容地笑说："没事，我们可以在小孩的学费上讲讲价。"

他春风化雨的柔和，让她有了很合理的住下的理由。

客栈叫作"观风园"，打造精美，格局像是正统的古典园林。

她说："观风园？风要怎么观？"

"风也有形态。"严苏遇一边说道，一边抛出一张纸巾。纸巾被一阵不轻不重的西风扫过，一瞬间纤柔叠起，又飘然落地。他说："看见了吗？现在是这样的。"

秦见月那时看着他扔纸，有那么一瞬间，她想起了程榆礼。

秦见月不喜欢单眼皮的男人，所以在她的审美里，严苏遇不算帅哥。他们的长相千差万别，但骨子里有那样一点东西是共通的。

只不过严苏遇有游刃有余的经商经验，他的潇洒气性能把笑脸逢迎演变得不那么讨人厌。他的轻柔是对任何人。

程榆礼在第一眼看上去，只有如孤鹤般的高雅，加上他本性里的淡漠随性，即便在笑，也常常显得拒人于千里之外。

如果说严苏遇是莺歌燕舞花园里的春风，程榆礼就是天寒地冻薄冰上的日光。

都是暖，又不尽相同。

观风园人流量不大不小，常来常往都是些清新脱俗的雅客，走过通往卧室的亭台楼阁，能够看到底下水流汩汩和漂浮在水面表层的藻荇。

秋末微凉，秦见月收紧了大衣，心情颇好地哼起了曲子。

她选择在平城戏校进修的原因还有一个，在招生广告上看到了她很向往的师资团队，虽然是昆曲和黄梅戏的老师，但总体来说戏曲都是一脉相承。京剧有京剧的磅礴，昆曲有昆曲的柔婉细腻。不喜欢昆曲的人总说，看惯了将相王侯、男欢女爱，觉得这些调调没意思。然而能世世代代这样唱下来，一定是上乘佳作，是耐听的。戏曲也是靠这样的内在形式支撑着，才多给它添一份人文的美。

情情爱爱也是重要的。

胡思乱想着，就迈进客栈的大厅。

秦见月见四下没人，去身高体重计上称了一下。

"秦老师回来啦！"嚷嚷的人是在等着她讲课的严晓蝶，她正趴在客栈大厅的前台做功课，探出脑袋来看秦见月。

没有想到，这机器会自动出声，机械的女声传出来：

"身高 162.5cm，体重 47.5kg。"

"好瘦。"严苏遇捧着一杯茶，倚在柜前看着她笑。

秦见月羞耻地捂住显示屏："不要看啦。"

他很抱歉说："不好意思，听到了声音。"

"我已经长胖很多了，真的瘦吗？"

"我说真的，很匀称。你离婚前应该没有现在漂亮。"礼尚往来，秦见月和他提过自己的一些事，严苏遇还真是一个坦率的人，说得秦见月神色变得几许微妙。

她转移话题说："对了严老师，我忘记跟你说了，我那个房间的灯坏掉了，你要不要请人来修一下？"

"灯？"严苏遇略一挑眉，"你带我去看一下吧。"

"好。"

年久失修的是一盏吊灯，复古的灰白色灯罩，被严苏遇抬手轻松卸下。看来他也是个修理能手。秦见月不由得唇角轻勾，看着男人宽阔的肩与平直的背，笑意又在看似静止的时间里慢慢变酸。

"你坐一下吧，站在这里看着我有压力。"

秦见月失笑，而后听话地坐到一旁去，百无聊赖地玩了会儿手机。

很快，新的灯泡被拧上，还没有亮起，室内一片漆黑，严苏遇忽地笑了声："学好数理化，走遍天下都不怕。"

秦见月愣了愣，也跟着笑了："说到点子上了。"

这通电的活儿确实是得用上数理化。

说是坐在一边，为了不给他压力，秦见月还是忍不住悄悄抬眼望去，看得片刻失神。

明明不像，可就这样看着看着，变得挪不开眼。她现在不再去思念那一个人，但一碰上有关他的细枝末节，又会引发一阵漫长的惆怅。

"在想什么人？"严苏遇走到一旁桌前去取安装工具时，点醒了在发愣的秦见月。

"没……"她喃喃地说，低下头。

同一时间，手机进来了一个电话。

她忽然觉得，删掉备注这个操作简直就是掩耳盗铃，因为她早能将他的电话号码倒背如流。

是在那天夜里，那个十月末的夜晚。南方大面积降温，秦见月坐在单薄衣衫遮挡不住的入骨寒意里，她接到了程榆礼的来电。

这个在她的生活里变得遥远生疏的名字，只要这样轻描淡写地在眼前一出现，就会撞进心底最柔软的地方，一次又一次，为了将其拔除，她伤筋动骨。

　　好久不联系了，既然来电，势必有事。

　　秦见月好整以暇地微笑着，尽力克制着心绪，轻声道："喂？"

　　电话那头的男人却没有了往日从容与淡然，他的声音是碎的，低沉破碎得不像程榆礼永远那轻飘飘的姿态，如同从泥泞里爬出一样潮湿沉重："秦见月，你告诉我，到底为什么离婚？"

　　新的灯泡在那一瞬间被旋好，"啪嗒"一声开关重启，秦见月下意识去看那夺目灯光，但被炫得眼球发胀，她紧急避开，这尖锐的光源照射让她眼中慢慢爬起几道红血丝。

　　她似乎听见程榆礼的哽咽。饶是不敢置信，但他的声音，分明就有那么一道流过泪的厚与稠。他说："我宁愿你只是不喜欢我了。"

　　秦见月浅浅呼吸着，她显得平静，已不会时时刻刻为他失控。她猜测一番，如果他不是喝了酒，一定是知道了什么，才促使他打来这样一通满是个人情绪的潦草电话。片刻，她淡淡地问了句："为什么这么说？"

　　程榆礼尚未应答，安装好灯泡的严苏遇吹一下落灰的手，问秦见月："会不会太亮？"

　　他说着，回过头来，对上秦见月苦于周旋的眸色，这才发现她在通话，严苏遇立刻收了声。

　　秦见月轻轻地开口答了句："不会。"

　　程榆礼顿了顿，有一点儿诧异地问："旁边有人？"

　　她缓缓地"嗯"一声。

　　严苏遇闷头清理起他的工具箱。

　　一时间，三个人都不约而同地陷入沉默。

　　程榆礼没有再提"离婚"的话题，他开口问了一句："今年在外面过冬？"

　　秦见月简单地答："对。"

　　不舍得挂断电话，于是这么悬置许久，秦见月有话要问，但意义不大了，程榆礼也有话要问，但为时已晚，且有越界之嫌。最后，他温暾地吐出三个字："好好的。"

"……嗯。"

程榆礼："再见。"

秦见月："嗯。"

听着盲音，三五秒后才拿下手机。不再会心碎疼痛了，只是有一点点伤神。她虚焦的眼重新去凝视那盏灯，严苏遇也看过来。

他一句话打断见月的愁思："晓蝶想要吃火锅，要不要抽空一起去？"

秦见月看向男人的眼，她还没反应过来，呆呆问了句："火锅？"

严苏遇浅浅笑着："迎接一下冬天。"

"哦……好啊。"她点点头。

严苏遇说："今天的课就不上了吧，你好像不舒服。"

秦见月愣了下，也没隐瞒，苦涩一笑："是有点儿。"

她失神地看向轩窗外面，晓风残月，悠游的云铺陈在辽阔天际。秦见月听着男人离开的脚步声，严苏遇在出门前又说了句："对了，你的'小熊'烧出来了，明天拿给你看一看。"

严苏遇是很心细的一个人，见她有心事，于是什么都留到改天再说。秦见月点点头："谢谢。"

她叫他严老师，因为严苏遇会陶艺，秦见月经常跟着他学做茶器。这事是真的修身养性，考验耐心。如果是在以前，她会叫程榆礼去试一试，这是看起来很符合他心性的一种兴趣爱好。

秦见月揉揉眼，把那盏灼眼的灯关了。

还没有清洗，她懈怠地躺在床上玩了会儿手机。

即便已经无足轻重，但还是很好奇，程榆礼究竟知道了什么。

是因为她给宁宁发的那个视频吗？还是他看到了日记呢？她的秘密被留存在故地，并不是密不透风的。

发呆时，同时收到秦漪和秦沣发来的关怀消息。秦漪说给她在直播里抢了件爆款羽绒服，看到图片的时候，秦见月两眼一抹黑，秦漪给她发来大段语音讲这衣服多么美，秦见月哭笑不得。她没忍心去奚落妈妈的审美，便就这么依着她妈应了下来。

自从秦沣去程榆礼那儿闹事以后，有一段时间秦见月气得没搭理他。

从上月开始，她陆陆续续收到求和的小零食。

秦沣给她发来并不搞笑的搞笑视频，配文：哈哈哈哈笑死我了。

秦见月面无表情地打了几个"哈哈"发过去。

秦沣：过两天我去平城看看你。

秦见月：好啊，哪天来你说一声，我买点儿好菜烧一烧。

秦沣：老妹儿还是这么体贴／龇牙笑

秦见月发过去翻白眼的表情。

秦见月与人相处，逐渐学会保持澄明的心境。她相信沟通的用处很大，任何事情说摊开了说会比生闷气有效。大不了激烈地争执一番，争完之后各自反省，又带着反省后的悔意和改进，继续做打断骨头连着筋的亲人。

程榆礼温和从容的处事方式多多少少有影响到她，等到伤痕渐愈，这段婚姻里留下的积极的东西才慢吞吞地浮现出来。

这样看来，也不是非常糟糕。

糟糕的是程榆礼。

这天晚上他没睡好觉，翌日又没醒得及时，被好几通电话催过来才睁眼。想来是有一些受寒，程榆礼嗓子眼是疼的。他轻揉着喉咙，接通阿宾的电话，问道："什么事？"

"程总，已经十点半了，我在你的门口，今天这班还上不上了？"那头传来阿宾小心翼翼的声音。

程榆礼闻言，不得不掀开被窝，一边说"稍等"一边往外面走。

阿宾被请进他的公寓。程榆礼放下手机："你先坐会儿，我去洗漱。"

两分钟后，阿宾的桌前被放来一杯热茶。他受宠若惊，摆手说："不用，不用。"

程榆礼说："喝吧，拘谨什么。"说罢，便转身去了卫生间。

又过一会儿，他清洗好出来，阿宾蹲在地上跟狗狗在玩。

程榆礼把身上的 T 恤掀下来，套上衬衣，问阿宾："我落了什么重要的事？"

阿宾说："也没什么大事，不过有两个客户过来，等了挺久。"

"知道了。"程榆礼神色淡薄，没问是谁，并无波澜，他慢条斯理地穿上西服，戴上秦见月买的手表，指上的婚戒被阳光折射出一道夺目的光，在雪白的墙面绵延地轻晃。

这戒指很挡桃花，光是阿宾知道的对程榆礼有意的美女就一双手数不过来了，程榆礼也没有大肆宣扬自己离婚的事，公司里那点闲言碎语很快被他压了下来。因此程榆礼的婚姻状态在很多人看来扑朔迷离。

"发什么呆？"程榆礼手里拿着一份文件，用它轻轻点了点阿宾的脑袋，"帮我查一个人。"

"什么人您吩咐。"

"夏霁，去看看她的网名叫什么。"

"好嘞。"

阿宾应完，程榆礼说："你先下楼吧，我马上来。"

阿宾知道这是有意把他支开，他懂事地没有多留。

很快，家里只剩程榆礼一个人。他又折返卧室，从枕头下面取出秦见月的日记本，他想看一看她的字迹，但手指堪堪碰在纸页上，又被灼痛一般紧急地缩回去。

再多看一眼，整个人的精神信念都会土崩瓦解，感受到身体骨骼的洧烂破裂。

快要午时的日光洒在封面上，将纸张照得晶莹透彻。心脏一旦疼痛就会一发不可收拾，他终是没有再次翻开的勇气，怎么取出来又怎么放回去。

日记在他的枕下，给他带来心神不宁的梦。在无论如何压抑伤心的梦境里，能够抱住十六岁的她，就是好的。即便这虚无的弥补无济于事，他也很想要抱一抱她。

程榆礼侧倚在墙上，他皱着眉，心脏好似抽筋一般，强烈的绞痛侵袭身体。他的手捂紧心口，整理好的衬衣又一次被扯出褶皱，许久才缓过来。

原来不去看那些字迹，只是想到她，也会濒临崩溃。

咕噜像是体会到了他的伤痛，摇着尾巴走过来蹭着他的腿。

忘了给它喂食，程榆礼拎着狗粮，往小碗里倾倒。

"想不想'妈妈'？"手掌揉住咕噜的脑袋，程榆礼轻问。

进食的狗狗停下了动作，满眼伤心望着程榆礼，在他身上蹭。

抱着狗狗，他淡淡说："我也很想她。"

此时，阿宾发来消息，屏幕上显示一个名字：程如九。

程榆礼不解，正要问什么意思。

阿宾已然快速补充道：夏小姐的网名。

2

秦见月和严苏遇吃饭那天是个晴天，严苏遇和她说起晓蝶对京剧的喜爱。

"她很喜欢京剧，天天看戏曲频道，所以一时兴起给她请来老师。"

秦见月坐在桌子对面，看着严苏遇细心地帮严晓蝶调着芝麻酱。她笑得温和，打量着沉迷于海螺片的严晓蝶。

孩子的嗓音条件并不是很好，加上有三分钟热度的可能，于是秦见月和严苏遇商量着暂时只当作兴趣爱好给她培养，等到发育变声后再判断她的各方条件。

"爸爸，我给你唱一段吧！我家的表叔，数不清，没有大事……"

"好了好了，不要卖弄，"严苏遇打断正在练嗓的小孩，替她擦着被油渍溅到的领口，"吃东西就好好吃，小孩子吃相不雅是会被警察叔叔抓起来的。"

秦见月笑意更盛。

而后她酸涩在想，不知道程榆礼遇到小孩会怎么样呢？是一如往常的和煦，还是被纠缠得手足无措。不过从他料理小狗的姿态看来，他应该也会拿捏好和孩子交涉的分寸，尽管他总说不喜欢孩子。

秦见月觉得，如果他们有孩子，他一定也会宠爱有加。

她低一下头："我去要个围裙吧。"

严苏遇艰难地处理着晓蝶的衣物，点头说："麻烦你了。"

秦见月去前台找服务员，在柜台前等候围裙的时候，恍惚从旁边两个路人女孩口中捕捉到"程如九"这个名字，她刹那间汗毛立起，竖起耳朵去细听。

"天啊完全没想到她是这种人，活该被封号啊。"

"我真的吐了，每次看她直播都蛮大方的，赠品也好多，我还以为她性格很好很善良，就是被保护得很好的那种千金大小姐。"

"所以她名字为什么变成违禁词了啊？"

"不知道，没扒出来，我怀疑是惹了什么人吧。你搜她本名。"

"她本名叫什么？"

"夏霁，夏天的夏，一个雨加一个齐。快去看，网上有完整的料。"

两个女生在门口候餐，两颗脑袋凑在一起看起了八卦。

秦见月拿到了服务员递来的围裙，她点头道谢。

而后她没有急着进去，在旁边的空位和那两个女生坐在了一起。和她们一起打开搜索框，输入"夏霁"这个名字。

一整篇一整篇的控诉赫然眼前。各种各样的投稿，是来自燕城三中的受害者群体。无缘无故被针对、被扇耳光……与这些人讲述的事迹相比，秦见月觉得自己遭受的甚至都算是轻的。

事件最开始并没有这样猛烈地发酵起来，只是"程如九"这位网红在直播过程中突然断了信号，且再也没出现过。

于是吃瓜群众去搜索这个名字，发现互联网上有关她的消息都被清洗一空，这三个词成了发不出去的违禁词。

大家自然猜测，是不是她做了越红线的事情导致被封号。

但是很快有人发现，这位网红的小号还在活跃。她在小号对粉丝们表示自己也一头雾水。

被封的不是夏霁，是"程如九"这个名字。

紧接着，因为名字的消失而引发一系列连锁反应，她的身世、她的父亲，她和画家陈柳然的联系，一一被好奇的网友们扒了个干净。

夏霁这个名字被推到了舆论高峰。

身边的女孩又喊了声："天啊！她开直播了！"

秦见月滑着屏幕的手指一怔，立刻顺着某个网友的"艾特"点进了她小号的主页。

直播镜头里的夏霁披散着头发，没有化妆，万分憔悴。她穿一件很单薄的吊带，不难看出锁骨和手臂上的淤青，是被人殴打过的痕迹。

闪动的文字与汹涌的恶意在秦见月的眼前大面积掠过，几乎整片盖住夏霁这张凌厉的脸和凄楚的笑。

秦见月沉默地看着手机屏幕，没有跟着煽风点火，她看着夏霁的表情一点点从悲痛变为绝望，看太久这一出戏，乃至渐渐忘记时间与身处的环境。

直到同行的男人找出来。严苏遇好奇地看着她："是遇上什么事情了？"

秦见月忙站起来："没有。"她扯谎道，"在看一个新闻。"

"这么久不回，还以为你溜了。"他玩笑说。

秦见月不置可否笑了下，跟他进去。

她突发奇想说："我今天过生日，点首《生日歌》好不好？"

"你生日？"严苏遇半分不信地看她。

"嗯。"秦见月严肃回视，很快就绷不住笑了，"好吧，其实不是，只是想感受一下那个氛围。感觉很有趣。"

严苏遇很顺从地笑说："OK，那就是了。"

他找来唱歌的人。

严晓蝶很高兴地融进这欢乐的氛围里，摇头晃脑地鼓掌。秦见月没有孩子兴奋，她只是看着严晓蝶微微笑着，心情称不上是高兴，反倒有种时过境迁、风平浪静的轻松。

夏霁的直播最终再次被中断了，这回是让平台给封了。朋友为她打了120，她被送去就医。

程榆礼到病房的时候，病房无人。程榆礼推门进去，在沙发坐下。

他凝视着昏沉状态的夏霁，眼中一片凉薄的雾气，没有神态，就这样不动声色地看着她。

他看着她，想的却是另一个女人。

程榆礼忆起夏霁和他的爷爷奶奶交好的样子，又想到见月眼底的黯然。

想到夏霁从他的车上下来，她快要破碎的眼神却总在勉力笑着，大度地和他玩笑。

想起沈净繁提起过，夏霁和他相处的儿时点滴。那时在餐桌上，她闷着头吃饭，在想什么呢？

见月是懂事的，她不希望程榆礼因为她而刻意避开与夏桥的合作。

因为他在她面前说过，夏桥是一个很有用的叔叔。

所以她选择主动退场。

她曾说"我没有可以帮到你的爸爸"，那天晚上，她试图与他沟通。而他却预感到矛盾的涌现，在第一时间选择了逃避。

人要多么坚强才能这样一声不吭熬过那些沉闷的时光？

细节不能往深了回忆，会把人的意志凿碎。

程榆礼板直的上身渐渐瘫软下去，他支着额，疲惫至极。

夏桥前一段时间和他联络过。夏桥因舆情被影响，事业有走下坡路的迹象，不知道是不是把程榆礼当能起死回生的稻草，自那时开始了一些三顾茅庐式的求助行为。程榆礼先前已经委婉地告诉夏桥不打算让他入股，夏桥懂装不懂地抛出了诱饵。

那是程榆礼打算的最后一次碰面，他想和夏桥好好地讲清楚，毕竟也是儿时善待过他的叔叔。于是程榆礼驱车去夏家，到了之后发现他看错约定的时间，提前来了一个小时，那时在夏家的别墅前，他听见里面撕心裂肺的吼叫。

男人的怒吼与女人的挣扎，混着物件和人从楼梯上滚落的尖锐声音。

"爸，别打我了，求你了！"夏霁求饶的声音里，混杂着惨叫。

那时，陈柳然还在医院重伤昏迷。

程榆礼不知道夏桥怎么了。

虽然不喜欢夏霁，但他还是应该去劝阻一下。

他叩了叩门，而里面传出粗鲁的谩骂："滚！"

程榆礼说："夏叔叔，不是有事要谈？"

混乱的动静霎时停下。

门被敞开，程榆礼下意识抬眼瞄去，夏霁落荒而逃，进了房间把门猛力关上。他诧异地想，在外面那般光鲜得体岁月静好的父女，在家居然也会如此狼狈狰狞。

夏桥脸色一变，温和地说："来了？进来坐吧。"

程榆礼没应，淡淡道："就在这儿说吧，不进去了。"

他们在门口简单闲聊了几句。

担心会让夏桥情绪失控，程榆礼没有表明他过来的意图，只是闲扯家常。

思绪从见月那里抽离出来，想起这一回事。

也是这件事情的发生让程榆礼发现,其实他自己也是个很残忍的人,他见过夏霁的可怜样子,却不对她产生丝毫的慈悲心。

他不想去为暴力溯源,或是找到人性的因果,因此他放纵了另一场暴力的轮回。

恶人是天生恶人吗?不重要。重要的是,犯了错就要接受审判。任何的可怜之处不该成为施暴的借口。她的童年、她的惨烈,与他人无关。没有哪一个无辜者该为她的痛苦负责。

很快,夏霁醒了。

程榆礼走到她的床前,居高临下地看着她。夏霁出声,像是在求饶。他不愿听,手指触在她的伤口,隔着一道纱布,不轻不重地按下去,这样的按压也让她感受到尖锐的疼。夏霁痛苦地皱眉:"程榆礼,你能不能有点儿风度?我是病人。"

他淡淡说:"我最大的风度就是给你留了一条命。"

夏霁疼得额头冒出细密的汗,问:"那些事情是你干的?为什么?是秦见月告诉你的?你们不是离婚了吗?你有必要做得这么绝?"

他避而不谈离婚这件事,答非所问说:"如果可以,我希望她蒙受的苦难都转移到我身上;如果不能,我希望你从她的眼前消失。"

"消失?你要我怎么消失?"

"这不难,你自己想办法。"程榆礼说完,沉吟片刻,又平静地告诉她,"前段时间,我拒绝掉了你父亲入股的请求,在起初我确实需要他的一些力量,后来他能给我提供的东西变得无足轻重,我就放弃了他,但我前两天突然回心转意,和他采取了阶段性合作。夏家现在走下坡路,夏桥好像很看重我们这个项目。你猜我为什么这么做?"

夏霁惊讶失声。

程榆礼继续道:"我拿住夏桥的情绪,想摆布你还不容易吗?"

这样直白的话讲出来,已经不像他做人留一线的格局。程榆礼从不用权力压人,这是头一回。

夏霁不敢置信的,声音哽咽说:"我们以前……也算是朋友吧。你一定要这样吗?"

"如果我知道她因为我,差一点儿被你毁掉,你认为我还愿意和你做朋友吗?"

夏霁绝没有想到，他会用这样残忍的方式来"虐待"她。她眼泪滑落："程榆礼，你好可恨啊。"

程榆礼凉凉笑一下："你开始恨我，然后躲我远远的。彼此清净，皆大欢喜。"

她背过身去沉默擦泪。

"你要是还有良心，去给她道个歉。即便你的歉意，可能对她来说已经无足挂齿。"他松开按住她伤口的手，看着指腹上污浊的血迹，略感晦气地拧起眉头，用湿巾一遍一遍擦拭，又看向她淡淡说，"夏霁，做到这份上，我仁至义尽了。"

十一月中旬，燕城入冬。一场初雪带走了许多烦扰纠纷，世界终于清净和平下来。夏霁的网红事业走到了尽头，程榆礼的压迫倒算是给她出了一个主意，她背着夏桥悄悄离开了燕城，从此无人知晓夏霁的下落。可能改了名，可能换了身份，总之她积累下来一点儿资金，钱能让她回归普通人的身份也过得快活。

对于每一方受害人来说，这都是最妥当的选择。

沈净繁也是抱着关心小辈的意图，打来电话给程榆礼，询问夏霁的情况。程榆礼叫她放心，语气悠悠说着一切都好。

夜里，程榆礼带着狗儿子出去玩。

到湖滨公园兜风，在中央广场看月西沉。咕噜和别人家的小狗嬉闹，程榆礼遥望着天际，想起一些同床异梦的过往。而今有人的伤痕在愈合，有人的伤口在撕裂溃烂。一片乌云过来，月色消失在竹影之中。他收回视线。

稍稍用力牵一下手里的绳，咕噜听话地跑回来。程榆礼替它擦一擦被喷泉水淋湿的毛发。

一个同样来遛狗的年轻女孩递过来一个零件："这是不是你狗狗的项圈上掉下来的？"

程榆礼抬起头，看她一眼，女孩的尾音一顿，露出脸红心跳的怯意，程榆礼拎着咕噜的项圈检查完毕，说道："不是。"

女孩又岔开话题道："你的狗狗毛色很好看哎，听说边牧很聪明，是真的吗？"

程榆礼牵着咕噜往公园外面走，回答道："不了解，平时是我爱人在照顾。"

女孩怔了下："哦哦，我是看你训练得还挺熟练的。"

狗狗被他抱在怀里，程榆礼看一眼手表："不聊了，赶时间，抱歉。"

"嗯嗯，好……"女孩气馁地停住脚步。

程榆礼把咕噜塞进汽车后座，若有所思看了它一会儿，用手揉一揉它的脸："如果不是'妈妈'喜欢狗，你能过这养尊处优的日子吗？嗯？"

往它的嘴里塞零食，程榆礼被它狼吞虎咽的吃相逗笑，嗔道："忘恩负义，就知道吃。"

没急着开车，看着咕噜把零食吃净，程榆礼瞄到车座下的一堆玩具。

他又把车门打开，咕噜也被他拎了下来。就在旁边公园小草坪上。一只网球，一只足球。程榆礼揉着狗头，语重心长说："去看一眼'妈妈'好不好？偷偷的，支持的话捡网球。"

两个球同时被抛出去。咕噜愣了半天，很快便撒腿冲着足球飞奔过去。回来后，程榆礼不满意地捏着它的耳朵，训斥道："搞清楚哪个是网球，再来一次。"

"……"

球再一次被丢出去。

半分钟后，咕噜咬着足球的绳网回来了。

程榆礼无可奈何望着它，气馁地取回网球，对着咕噜说道："可是'爸爸'也有话想要和'妈妈'说，"他在它眼前摇了摇球，"这一次，坚定一点儿。"

两只球再一次同时被甩出去。

很快，足球被捡回来。咕噜无辜地晃着尾巴，看向脸色晦暗的程榆礼。

程榆礼没辙，摇了摇头，用手指敲它的鼻子："我知道，你就是口是心非。"

3

初雪时节，程榆礼和咕噜蜗居在他的小公寓里。他的修身养性大计没有因为狗狗的成长而搁浅，相处融洽后，照料小动物变得习以为常，也从它的身上接收到了见月所说的温柔的反馈。

薄情的人体现在热情递减，程榆礼相反，他是一个不大容易动情的人，但一旦进入某段关系，他的爱意会随着年岁俱增。因为任何生命之间建立起联系都是难能可贵的事，他向往并信奉着长长久久与稳固安逸的爱。

生活中的麻烦事终于褪去，程榆礼回归到了日日焚香、插花的平和状态。

燕城这场雪下了很久，但并不猛烈。在熹微的雪意里，他捧书在读。受到见月的影响，他多多少少会去看一些古籍，有时也会将沈净繁的佛经借来手抄。

他喜欢写端正小楷，后来见月写行书，他也跟着写。落笔摘抄到一句"君子明心事，君子韬才华"，程榆礼走神半分钟。

平静心神下压着重叠的心事，人一害相思，无论如何修炼也回不去往日淡泊了。

笔被挂上笔架。

程榆礼将宣纸拎起来搁到光下，晾去那一层薄薄的墨汁，又去给阿宾致电。

他接了一个申城的小项目，不为别的，离她近一些。

等这场雪落完，咕噜被送去朋友家，程榆礼打算启程去一趟南方。

见月的日记里除了那一枚标本，还夹着他赠送的一颗"启明星"。

出发前一夜，程榆礼轻轻摩挲着那张照片，此刻没有那样热切澎湃的精神状态，而是踌躇顾虑的。

他现在回溯，他们最初交往的过程并不艰难，你有情我有意，被一点点小事顺水推舟就抱得美人归了。而眼下面对断裂的情谊，他很难拿捏好交流的分寸。

程榆礼是犹豫的，他很担心他的打扰会给她带去不快。

于是又躺下。

程榆礼也不知道何时开始，他也有了这样优柔寡断的一面。

申城到平城两个小时的车程，程榆礼目前只了解到见月在读的戏校位置。

校区很偏僻，他在市区订的酒店，但有公务在身，去得并不勤快。

总算有了空闲，他驱车去平城戏校。

一路忐忑，想开快些，又犹豫着慢下来。想慢一些，又不觉间踩重油门。

抵达之时，正好中午放饭。校区很小，没有食堂，学生在楼下商业街用餐。程榆礼见大部队往下面拥，他不再往前去，平静地站在一家便利店门口，只见熙攘的学生从楼道口涌现出来。两三分钟后，他等得焦虑，按压不住局促，叼上一根烟。

在烟气四散的视野里，几个女孩成群结伴下来。他一眼，就看到了她，心脏在一瞬收紧，被思念的潮水翻覆裹挟。他呆立在那里，唯一的动作是取下蓄了半截的烟，整个人被钉在原地，四肢沉重。

秦见月的头发长长了不少，已经能够扎一个高马尾，轻晃一下脑袋，马尾扫到旁人的肩上。晴空之下，肤白如雪。她穿着最普通的黑色棉服和牛仔裤，不化妆，露出漂亮饱满的额头，细细的眉，弯弯的眼。

她是他能够想象到关于"纯净"这个词最动人的意象。

秦见月和身边的女孩们在说笑，放下那些笨重的秘密，笑意轻盈而曼妙。

距离最近的一瞬，他能清楚听见她们谈话的内容，是在讨论《苏三起解》的念白。

几乎是擦肩而过，而秦见月恰好偏过头去看旁边的女生，并没有注意在此久候的男人。

她是本体。山涧的水、柔婉的风，洁白的千堆雪、东方的启明星，都是隐喻。

烟蒂都快要烧完，火星子烫到程榆礼，将他点醒，他松开紧蹙的眉。

渐行渐远的身影消失在一家餐厅大门。

程榆礼轻轻攥住他空落落的手掌。终于眼前，杂乱的商业街被陌生的脸和听不懂的方言填满。

他在此刻无端失落，觉得时间难挨。

她成了他握不住的水，抓不了的风，融于指尖的雪，摘不下的星。

回到车上，程榆礼没有进食，又抽了两三根烟，度过漫长的下午。等到倦鸟归林，天际是粉色，最后一抹霞光正追着太阳下沉。

"拜拜，见月，明天见咯！"

刹那抽神，程榆礼旋即向窗外看去。

秦见月背了一个帆布包，跟同窗挥手道别。她转身后跟在一个高大的男人身后，走慢了些，男人反应过来便停下步子来等她，她抬头看着他，笑一下。

草木皆兵，看到男人身上的棉服也是黑色，程榆礼自虐地在想，会不会是情侣装。

那天打电话给她，他听到男人的声音。

最坏的猜测得到了印证，两人一同走向一辆奥迪车。

车窗敞着，程榆礼看到里面坐了一个小女孩，五六年级的岁数。

很快，奥迪驶远。饶是满心好奇，程榆礼也没有低劣到去跟踪。他攥起拳，抵在额角，不知道该怎么抒发此刻的心情。

怎么会有孩子呢？是那个男人的吗？

想她笑得明媚模样，进展到哪一步了？初识、热恋，或是谈婚论嫁？

程榆礼想不通这件事。他反复翻看秦见月空荡荡的朋友圈，但一无所获。

第二天，程榆礼决心去戏校附近的景点走一走，缓解糟糕情绪。

水乡风光很妙，满溢的溪流让人心静。毗邻青山，这一片的水域有几分清冷。骑楼枕河，他坐了会儿观光船，船夫和他说话，程榆礼维持着敷衍但友好的笑。开到水穷处，一座名为"观风园"的客栈吸引他的视线。

阴错阳差，程榆礼就这么走了进去。

园内装点很高雅淡泊，有水流、桥梁、飞檐与葳蕤草木。

"客官，要住店吗？"说话的是一个女孩。

程榆礼朝大堂看去，女孩探出脑袋看他。

似曾相识的面孔让他稍稍一怔。

程榆礼说："家里大人呢？"

"我爸出去进货了！"

没再提别的人，他淡淡地应一声："嗯。"

四下打量，她爸应该就是这间客栈的主人了。

客栈里面有股舒服的清香，是旁边的罐里在煮雪梨片。女孩见沸水煮开，过去处理了一下，又转头问程榆礼："你要喝吗？"

他说："不用。"

"喝点儿吧。"说时迟那时快，茶已经被斟好。程榆礼也没客气，在一旁实木沙发落座。目之所及有一间敞着门的小屋，定睛一看，里头的桌上放置着泥土和颜料。

很快他收回视线，跟小孩说："谢谢。"

"你是预订了还是——"

程榆礼说："随意看看。"

"噢，那我去写作业了。"

他没应，问了句："家里除了你爸没别人了？"

觉得他很可疑，女孩顿时回头，用警惕的眼神看着他，又戳戳墙上四个角："你想干吗？监控啊，监控。"

程榆礼被逗笑："问一问。我长得像坏人？"

"爸爸说了，不是长得丑的才算是坏人，也要防范一些美色陷阱。"

他端着茶器，微微后靠，休憩下来，饶有兴趣说："我要是有女儿，我不会让她一个人待在这儿。"

"所以呢？"小女孩不以为然，埋头做题，哼哼一声，"又没有女儿，说什么如果。"

程榆礼被噎了一下。

他没吭声，过会儿，又试探问她："妈妈不在？"

"我没有妈妈。"

程榆礼若有所思地点头："那爸爸的女朋友呢？"

"爸爸的女朋友？他什么时候交女朋友了？"小孩很惊慌地看他，"你不会是在故意挑拨我们的关系吧？"

程榆礼抬一下手，表示了解，不再多说，转而心情大好地喝起了茶。

没多久，严苏遇从外面拎着一些东西进来了，见坐着的程榆礼，他温和一笑，点头说了句"你好"。

平城的冬天会下雨，秦见月周末早起了一回，蹚雨去买她心心念念的蟹黄汤包。小笼包是当地特色，她没有赶太远的路，顺利在一个巷子里吃上了。吃完早餐折返回观风园，秦见月进了大厅，收起伞在门口抖落几下，用纸巾擦一擦身上雨水。

严苏遇在拉坯，笑话她说："四个月来，还是第一次见你周末起这么早。"

秦见月说："因为我在想，今天非要吃到汤包不可，有压力就有动力嘛。"

严苏遇笑着，给她拉过一只小凳："坐一下吧，今天想捏个什么？"

秦见月突发奇想："你会不会捏花？像是玫瑰、百合之类的。"

"有一点儿难度，可以试一试。"

严苏遇找来工具，细致地布置起泥土。秦见月在一旁饶有兴趣地看着他干活，有时上前搭一把手，不过她不喜欢大清早就让手上沾满黏土。

"秦老师有没有想过再发展一段恋情？"冷不丁地，严苏遇这么问了一句。

秦见月愣了下："怎么，这么突然？"

他笑了起来："很好奇，你离婚也半年多了吧。还没有走出来？"

"嗯……"秦见月想着，轻声说，"虽然离婚很久，但是他对我造成一定的影响，不是一时半会儿就能忘掉的。不过我已经在努力了。"

严苏遇深以为然说："我也暗恋过，从初中到高中毕业。非常理解你的心情。"

秦见月好奇地问："后来呢？有没有告白？"

"嗯。"他轻轻点头。

"然后呢？"

他说："对方说我骚扰。"

秦见月怔了怔，义正词严道："这不是你的错，每个人都有表达爱的权利。"

严苏遇叹道："话是这么说。"

说到一半，他摇了摇头，露出不愿再回忆的苦涩笑意。

秦见月打趣说："你也应该试着打开心门，"她戳一戳他手下的东西，"不要成天研究这些东西啦！"

严苏遇笑着："爱情，可遇不可求。"

秦见月假意恼怒："你明明知道，还取笑我。"

"我是想说——"他说到一半，想了想，换了个方式，转而问见月，"你最近是不是在学校招来了桃花？"

"怎么说？"

"前几天来了一个客人，让我教他拉坯，他做了一个小瓷瓶，叫我送给你。"

秦见月觉得好奇，莞尔一笑："专程为我学的吗？"

"也许是。他很聪明，天赋异禀，几个小时就做完了，还自己绘了图。"严苏遇看一眼他们旁边的陈列柜，"在那上面，昨天刚烧出来的一批。还没有给他看，你可以先观赏一下。"

"啊？他自己还没看过啊？"秦见月连忙起身去找。

"他好像很忙，没有时间过来。"

秦见月看着一排小动物，和各种各样的杯子与小碗，有些很精美成熟，是严苏遇的杰作。但有些是客人做的，技艺不精，烧出来的成品并不雅观。秦见月看得眼花缭乱，问他："是哪一个？"

严苏遇说："你猜一猜。"

眼下是琳琅满目的陶器，她越过奇形怪状的动物，看到了最侧边的几个花瓶。

在其中的一个淡色的瓷瓶上，看到了工笔画的痕迹，这画作的感觉令她熟悉。

率先映入眼帘的是一轮月亮，高悬天际。秦见月取下花瓶，稍稍转过瓶身。

她刹那止住了呼吸，按住鼻头，抑制酸涩。

画里是一个穿着校服的少女，短发，泪痣，她站在行色匆匆的人潮之中，回眸望向画外之人。夜色之下，双眸清亮。

这是一个雨天，而漫天落下的却不是水珠，是红豆。在她的额角一颗，眼下一颗，掌心一颗。淋漓的红雨，倾尽相思。

看似并不相容的这些物象却让他安排得恰到好处，每一处落笔都精打细算。

错位的时光里，与那双清眸隔空相望。让人有种身临其境的恍惚感，仿佛他也曾途经她的十六岁。

秦见月站在雨水的声音里，想着他来过，久久凝视着画上的人物与月光。直到严苏遇见情况不对过来问一句："找到了？"

他看向见月手里的东西，勾起了唇角，叹道："有一种预感，你的桃花是真的来了。这还真能让你挑出来。"

秦见月笑了："是这个吗？只是正好看到这个了，觉得画得很新颖。"

"画上的女孩很像你。是以前认识的人？"

"拜托，见到他的是你，又不是我。我连是谁都不知道。"

严苏遇笑了笑，没有问下去："收下吧，不管是不是认识的人，别人的心意。"

秦见月没说什么，她将小花瓶放回置物架，又问他："他和你说起我什么？"

严苏遇说："没有太多，只是问是不是有个女孩住在这里，描述了一番，我承认了。"

"你就一点儿也不怕把我出卖是吧？万一这人图谋不轨怎么办。"秦见月奚落他。

严苏遇惭愧一笑："兴许是长得太帅了，让人迷惑。况且他画得很认真，坏人也没有这样尽心周到的。"他又指一指那个花瓶。

秦见月假装说："啊？居然还有帅哥对我情愫暗生啊。稀了奇了。"

严苏遇道："快好好想一想对方是谁，免得错过一段好姻缘。"

要不是严苏遇不认识程榆礼，秦见月都怀疑这话是不是在讽刺她了。

她笑着，悦纳了花瓶，往楼上跑："好的，我回去好好翻翻通讯录！"

跑进自己的卧房，咚一声，把门关上。秦见月把花瓶搁在一边，脱了外套准备冲个澡。冬天的清早，淋过雨还是挺凉飕飕的。

出来后，她裹得严实，用纸巾擦一擦花瓶上的灰尘，看了又看。

什么用意呢？

如果他是恰好路过平城，恰好走进这个店里，发现她住在这儿，恰好花时间学了一下这门手艺。

这些恰好拼在一起实在是过于离奇了。

难道，程榆礼是特地来这里找她不成？匪夷所思，他看起来并不是吃回头草的人。

无论如何，花瓶上的少女会让秦见月心中一暖。那一次他说要去侧舟山取书，秦见月想起她还落了一本日记在那儿，不难猜测，他大概率已经看过。

然而轻舟已过万重山，她不去深想了。

她给花瓶拍了张照，找到已经沉底多时的聊天框。

秦见月：谢谢。

第二十二章 / 好久不见

青云之志，白首之心。

1

程榆礼跟严苏遇有过那么一回接触，但没有收获。严苏遇有他狡猾的一面，仅仅一天时间相处，程榆礼无法判断出这个男人的威胁力度有多大。他没有多套他的话，但对方一个小小行为让他倍感意外。

严苏遇居然十分随和大度地答应程榆礼，替他把瓷器送给见月。

程榆礼承认，这是他无法拥有的洒脱胸襟。

如果不是高手中的高手，那就是还不够喜欢。

程榆礼就这么和严苏遇认识了一下，且相处得友好和睦。他采取的策略很简单：打不过就加入。

收到秦见月的消息时，程榆礼在申城，他刚起床不久，在餐桌前处理沾到手上的黄油，用湿巾裹住手指缓慢地擦拭。手机屏幕亮一下，看到备注，他紧急取过来看。

她发来那个花瓶的照片，并说"谢谢"。

此前还疑心严苏遇会不会故意将东西藏起来。是他小肚鸡肠了。

程榆礼点开图，发现瓶器的色泽经过高温变深了许多，但无伤大雅。

又仔细看一看她发来的谢谢。

除此，没有其他的话。他略显失落地放下手机，继续平静地擦拭手指。

力度大了些，彰显着郁郁寡欢的心迹。

视线投向窗外，他住在高处，酒店的落地窗外，淅淅沥沥的雨水填满城市。河流上像是起了一层雾，程榆礼的心中也起了雾。

吃了一两口的面包被搁置在那里，他无心用餐，穿好正装出门工作。

秦见月最近在写一个新戏，长时间泡在学校自习教室，忙到很晚，从电脑屏幕上挪开眼去看一看外面，才发觉夜已经很深了。她看一眼手机，有一通陌生来电。她好奇地回拨过去，听见对方低低说了声"喂"，后颈一凉。

是夏霁。

她问："是秦见月吗？"

秦见月态度凉凉的："有事？"

"能不能见一面，我有些话想跟你说。"纵使是那个熟悉的声音，但没了往日的骄傲气性。

秦见月警觉道："你可以在电话里说。"

夏霁沉默一会儿，说："我想和你道个歉，当面说会比较有诚意。"

秦见月愣一下，淡道："我没有时间。"

"……好吧，那我现在说。"

夏霁的声音听起来有几分憔悴，温暾得不像她："除了你，我还伤害过很多人，我欠了太多的债，以至于我搞不清谁是谁。说实话，你可能会很生气，我当年怎么欺负你的，我已经不太记得了。不过我记得你给阿礼送的那个标本，所以对你还有些印象。"

秦见月戴上耳机沉默地听，她将电脑装进背包，往教室外面走。在晴朗的夜空之下，丛丛树影被踩在脚下，她一声不吭，低着头在听。

严苏遇说今天家里有客人需要接待，让秦见月自行回去，并嘱咐她注意安全。

她坐在车站，等待公交车，问："是程榆礼让你来说这些话吗？"

夏霁说："不全然是因为他。他让我从你眼前消失，我走了之后还是不服气的。只不过这段时间我想通了很多事情，尽管有些晚了，我认为我的道歉是必要的，所以我想办法找到了你的联系方式。

"我最近在一个小镇子上治病，这里有一个还不错的中医师傅。后知后觉，程榆礼叫我离开燕城，他是放了我一条生路，也是给我指了一条明路。他知道我怕我爸，就用我爸来压我，逼着我走。我当时说恨他，觉得他残忍，但我现在想明白了，以我当时处境，我不得不走。之后一段时间我才知道，他根本就没有和我爸合作，都是骗我离开的幌子。

"我曾经非常贪慕虚荣，想要留住我爸让我不费吹灰之力得到的地位和金钱。也是因为这一点，我长久以来忍受着他。

"可是前一些天那些事故彻底夺走了我拥有的这些，只有重新开始对我来说才能真正的解脱。我现在领会到了逃离的快乐，我的新的人生可能也要开始了。"

公交车开到了跟前，秦见月忍不住打断她："可以拣重点说吗？"

"不好意思。"夏霁停了停，似乎对自己的表达也没有什么头绪，又道，"程榆礼从小是一个很冷漠的人，他很少为什么事情伤筋动骨，那天在医院里他对我说，希望你蒙受的苦难能转移到他的身上，我觉得很不可思议，在我的认知里，你们的婚姻名存实亡，所以我才会一个劲地去撺掇他的家人，我真的没有想到，他对你的感情这么深。"

坐在最后一排，秦见月喉咙口哽了哽："这是我们之间的事，你不用揣测这么多。"

夏霁苦笑一下："好，好。"

她顿了顿，整理思绪，又道："总之，我反思过许多过去的事，现在郑重地向你道歉。希望你可以原谅我的幼稚鲁莽。"

秦见月看着窗外飘摇的树影，沉吟许久，她说："不接受你的道歉，我不原谅。"

夏霁愕住，失语。

秦见月继续说："但我也希望你可以早日走出阴影，开始你的新的人生。"

"……谢谢。"夏霁的声音像是哽咽，"再见。"

挂掉电话，秦见月握着手机看窗外。

往事如烟是真的能如烟？她不知道，她只能这样大度地给一句轻描淡写的祝福，给过往的恩怨画上句点。

但程榆礼，看似被卷入矛盾之中，又带着满满无辜，游离于恩怨之外。

又是程榆礼，又听到这个名字了。

那个花瓶的出现并没有让秦见月思虑太多，但夏霁的声音，和她讲述的这一些事，让她耿耿于怀了一段路。

直到下车，她走进深冬的冷风里，锋利的凉意像刀子侵入口鼻。

秦见月紧了紧大衣，顿在原地一分钟，想的是：那么深爱过的人，要经历过多少冷冽刀锋来回刮骨，才能彻底从身体里去处呢？

只一分钟，她不放纵自己深陷，迈步往住处走去。

观风园大门敞着，外面挂着两个大红灯笼，她抬头去看灯芯，抬眼这么一刻，烛火被扑灭了。

平城下雪了，南边的雪总是姗姗来迟，淅沥像雨，十分小气。

"我回来了。"秦见月推门，脚步匆匆往里面去。

无人应声，晓蝶今天也没出来。

这才想起严苏遇说今天家里有客，于是放缓脚步。

大厅里没有人，她好奇地往外面去。

沿着长廊往尽头走，路过一方锦鲤戏水的池，再往前，灯火阑珊处，一方棋桌两边，各坐着一个男人，晓蝶在严苏遇的旁边看棋。

绿茶在桌沿，氤氲的热气夹杂着淡淡雪粒纷飞的寒。男人俊美容颜带些漫不经心的淡笑，他穿件黑色的大衣，轻松倚在凳子上，没有围巾御寒，脖颈洁白，静坐于风雪中，纤长指骨夹着一颗棋，从容置下。对面的严苏遇提醒他一句什么，程榆礼不以为意笑一笑，淡道："落子无悔，我输了。"

夏霁的声音言犹在耳。

——"程榆礼从小是一个很冷漠的人，他很少为什么事情伤筋动骨……"

——"他对我说，希望你蒙受的苦难能转移到他的身上……"

秦见月步伐沉重，很快便走不下去，顿在那里。

程榆礼循声望来，那双狭长的淡眸对上她的温和笑眼。

"程榆礼，好久不见。"

程榆礼眼里的光黯了下去。

他也想维持好整以暇的从容状态，但在见到她的瞬间，心底汹涌的亏欠愧疚翻滚而来，压住他竭力在克制的心神。做不到一如既往的镇定，体内被灌满风起云涌的哀愁。

秦见月的情绪看起来比较平静，她看着程榆礼，长睫在白皙无瑕的面庞拓下虚虚的影子。

严苏遇看她一眼，礼貌回避道："小孩的动画片开始放了，我带她去看一下，你们先聊。"

他说着便将手中的棋子匆匆置入棋盒，拉着严晓蝶往回走，与秦见月擦肩。待他走远，她迈步往前踏上两级台阶，冲凉凉的掌心哈一口气，搓搓冻僵的指。

在严苏遇的凳子上坐下，她开门见山问："你来找我吗？"

程榆礼看着她泛红的指关节，把桌沿的茶杯推给她："暖一下手。"

她微笑着，把手揣进羽绒服口袋："还好，不是很冷。"

低头，看到他的婚戒，秦见月急忙敛眸。

程榆礼喉结微动，似有话要说。沉默一刻，他淡淡"嗯"了声。

凉亭里有一盏昏黄的钨丝灯。无意想起一桩旧事，她曾经说很喜欢这样的颜色，像小的时候外婆在乡下用的煤油灯，尽管很昏暗但有家庭的暖融之感，每每在这样的环境里，她仿佛能闻到家里特有的热气腾腾的米饭香，灯火可亲。

而眼下，只有一股灰烬的味道。明明没有哪里烧灼的迹象，程榆礼被一股泛潮的寒意裹住。灯光是暖黄色，视野里却是一片暗沉的灰调。

秦见月气色很好，她可能确实是有点儿凉，但并没有冷到不适。她嘴角牵起一道友好的弧，宁静看他，等候他发言。

程榆礼思忖半天，只开口问了句："这段时间还好？"

她说："挺好的。"

他说："我看了你的日记。"

"嗯。"

"之前为什么不说？"

秦见月面不改色，温和提示道："是想说这个吗？但我不想聊以前，不好意思。"

走到哪儿带到哪儿的日记终于可以不将她困住，好不容易愈合的伤口，她不可以再任人去触碰。尽管说得很柔和委婉，但话里有明显的抵触情绪。

程榆礼及时收了声，转而又问："你跟严老师……"

秦见月见他支支吾吾，反问："我跟严老师怎么了？"

程榆礼又转了话题："这里是不是有点儿冷？要不要进去说。"

不能把一句心里话坦坦荡荡说完，匪夷所思，他也变得这样扭捏。

秦见月说："进去我就要做别的事了。"

许久，他没有吭声，再开口："见月……"吐出沙哑的三个字，"对不起。"

秦见月有点儿想笑，今天是什么世界道歉日吗？都来跟她说对不起。她正要开口，手机屏幕亮了一下。

是严苏遇发来消息：秦老师，今天降温，要不要给你添一床被子？这里正好有床新的。

秦见月说："回个消息。"

程榆礼："嗯。"

她低头打字：好，你放在哪里？我自己去取好了。

严苏遇：有一点儿沉，你回来我给你送过去吧。

秦见月低头发着消息，程榆礼就静静地看着她光洁的额。

秦见月看一眼时间，已经不早了，她知道严苏遇一向作息比较规律，也不忍心影响人家休息时间，她说：我现在回去。

严苏遇：谈完了？

秦见月：不重要，不重要。

严苏遇：哈哈哈。

严苏遇：那你来吧，我正好给你煮了汤。

秦见月聊天的时候不自觉会笑。

程榆礼见她笑意变深，心神不定地交握住手指，机警地在想要说一些什么。

而好不容易等她聊完，秦见月却开口道："严老师有事找我，我不想耽误他的时间，你如果没有别的事我就先过去了。"

程榆礼愣了愣，而后黯然地合一下眼。

"嗯。"

很快，这凉亭只剩下他一个人，无人做伴，这光景就显得阴森凄楚。

程榆礼慢条斯理地收拾起棋子，将棋盒放在抽屉里，又静坐了一会儿，看在池中藻荇间穿梭的鲤鱼，雪无声地落在水面，转瞬即逝。

程榆礼要在这里住一夜，他回到客栈时，秦见月正和严苏遇围在大厅的方桌前喝着羹汤。

严苏遇没喝，就看着她，认真问道："会不会有点儿咸？"

"真的。你是不是盐放多了？"

他惭愧地笑："厨艺不精，需要多练。"

程榆礼迈入门槛，听见这番对白，心道真是天衣无缝的男人。

听闻程榆礼的脚步声，严苏遇回过头来看他："程先生要不要一起喝口汤？"

程榆礼得体地笑一下："谢谢，我晚上不吃东西。"

严苏遇见他径直往楼上走，友好道："晚安。"

他淡淡的："嗯。"

人影消失，秦见月的汤也喝得差不多了。严苏遇给她递纸巾，八卦问："进展到哪一步？"

秦见月说："不退步就不错了。"

严苏遇说："秦老师，你老实说你是不是隐瞒什么？"

"嗯？"她接过纸巾，"什么意思。"

"他是不是让你念念不忘的那个人？"

秦见月顿一下："你……怎么看出来的？"

严苏遇露出果不其然的笑："从两个人的磁场来看，很好判断。"

"只是这样？"

"而且他真的很男神很有气质，和你的描述如出一辙。"

秦见月被他的敏锐打败，举手投降，失笑说："好吧，替我保密。"

严苏遇"啧"一声，笑着摇头："男神居然千里迢迢赶来见你，这样看来，也不是你单方面的旧情未了。"

秦见月忙打断："才不是，我早就了了！"

"真的？"严苏遇打趣她，遗憾叹道，"我还在想你们复婚，我要讹你点儿什么好。"

听到"复婚"二字，秦见月一怔，脸红道："严苏遇，你怎么也这么不正经啊？"

严苏遇笑着，替她收拾好碗筷。

秦见月回到房间洗完澡，可能是今天穿少了，身上凉飕飕的，她去阳台关窗时，霍然闻见一股烟草气味。

怪怪的……

看向旁边，是一个阳台与阳台的隔断百叶门。叶片倾斜着，能隐隐看到对面房间的阳台。

秦见月记得，严苏遇说对面这间房用来摆放一些工艺品，不接受客人预订，因此两间阳台只浅浅隔断，她也没太大顾忌。

隐隐预感到那一侧的人是谁。

秦见月用毛巾擦着头发的手都顿了下，而后，抑制不住的咳嗽声骤然响起。

她捂着嘴巴，刚要跑回屋里，那头传来一声沉沉的——

"感冒了？"

秦见月脚步停下，淡淡答："一点点。"

他说："我带了药。"

"不用，我这儿有的。"她连忙拒绝，又礼尚往来嘘寒问暖一下，"怎么带药？你也生病了吗？"

"没有。"程榆礼沉吟许久，才又开口，"去年你也是这个时候感冒，惦记着就带上了。"

秦见月微愣："……好吧。"

以这样两个字收尾，她没再另起话题。

"见月。"生怕她掉头跑了似的，程榆礼又叫住她。

"嗯？"

"我确实有一些事想和你说一说。"

秦见月讷讷的："什么事啊？"

他说："如果不愿意讲你的以前，那我给你讲讲我的过去。"又关切地问她，"有地方坐吗？"

阳台有张吊椅。

她坐过去，窸窸窣窣擦起头发，轻声地应："嗯。"

程榆礼："你可以不想听，但你也有权知道。"

秦见月没有再应声，静静看着阻隔在他们之间的那一道门，似远又近。明明看不见对方，但声音近在咫尺，而他那边浓郁的烟草味传来，就好像呼吸浅浅在脸上铺陈……

2

她在日记本里写下的那些点滴，第一次相逢的雨天，书店里蓄谋的遇见，他统统都不记得。程榆礼和这个女孩有关的记忆起始于一个滴水成冰的季节。

那时高三，他在准备出国的材料，是爸妈安排的学校。他们的斟酌和考量，程榆礼全然没有参与，他只需要按部就班走好家庭给他安排的每一步路，他的人生就可以一帆风顺。

即便要去到一个不喜欢的都市，他表现出最大的不满就是皱一皱眉，然后说"好"，淡然接受。

把人比作石头不可取，但程榆礼常偷偷在想，他的家人就像是重石，譬如压着孙悟空的五指山，但他不是孙悟空，他不反抗。

因为越挣扎，石头会越重。

被动地收到一些同学录，上面写着"前途无量""前程似锦"。

程榆礼感谢他们的好心，但这一些字眼似乎并不能让他觉得惊喜、满足。因为他本就是一个没有希冀的人，无不无量，似不似锦，都不会成为他的追求。

这些祝福都走偏了，他仍会平静接纳。

程榆礼的前半程人生没有太大的闪光点，成绩好，是因为学习对他而言不是难事，这并不是拼命刻苦挑灯夜读换来的，只是可以做好，于是就做好了。

交友，他有固定的圈子，那些和他同样游戏人间的公子哥。比他会玩，他也不计较，他有时觉得他们玩的没意思，有时实在无聊也会浑浑噩噩参与进去。

异性缘，更不必说。

任何想要的东西，他都可以得来得不费吹灰之力。撇开那些活色生香的宴会不谈，他其实是一个活得很寡淡的人。

学校的乒乓球馆后面有一棵白杨，他有时候会在教室门口盯着那棵苗壮的树看上一会儿，空耗时间地想，白杨精神究竟是一种什么精神？

决定出国后，高三的课不用再上，他有段时间还是会去学校，他不回到课堂，闲得没事就去操场打打球。

大课间，听到热闹的动静，在前面的广场上，有高一的社团在招新。

高中的社团没有规模那么大，因此形式也没有那么多样。无非就是足球篮球、游泳啦啦队这类的。

学弟学妹们觉得新鲜，簇拥成团，热闹非凡。

程榆礼结束活动，抱着篮球走过去。

在沸反盈天人潮之中，忽地听见一声犀利的声音——

"这是我们动漫社的地盘，你别摆这儿行吗？就睡过头两分钟地方就让人占了！"

讲话的是个男生，声音大得让程榆礼不禁偏头看去。

"啊？没人告诉我这是你们的地盘啊。"回应的是一个短发女孩，她正撸起校服的袖子往长杆上挂上一面旗，见对方几个男生人高马大，女生话音都有些怯怯的。

"你前两天来这儿没看见？别跟老子装瞎。"

"干吗呢，你骂谁呢？"另一个扎马尾的女孩气势汹汹冲过来维护她的同学，同行的还有一个看起来很书呆子的眼镜男孩。

短发女孩说了句："去别的地方不是一样？非得在这儿？"

"这话我同样送给你，去别的地方不一样？非得在这儿？！"动漫社的人高马大，一下把女生撞得后仰。

眼镜男孩据理力争了一下："先来后到懂不懂啊？"

"算了小步，我们去旁边好了。你帮我抬一下桌子。"短发女孩见争不过，轻轻扯了一下同班的男生，打算平息纷争。

正要撤退之际，他们的社团旗帜还没被卸下，那个动漫社男生轻蔑一笑，突然举起手里钥匙串上的军刀，一下划破他们的旗。

"什么破京剧社，现在谁还听京剧啊，我奶奶都不听了，污七糟八的东西还往学校挂。看你招得到几个人啊，丢人现眼。"

女孩正在收拾桌面的手顿住，惊愕地抬头看去，他们的旗面一整个被从中间划破。

扎马尾的女孩看见他手上的刀，怒骂一句："我们都说了挪地方了你还做这种龌龊事，贱不贱啊！"

"你说谁？！"那个男生举起手，冲着两个女孩。

几个男同学恰好路过，上去拉了个架："哥们儿，干什么呢？跟女的吵什么啊？"

那个扎马尾的女孩回头冲着那个叫"小步"的男生："愣着干吗？快去叫钟杨过来！"

小步呆了一下，"哦哦"应了几声，拔腿就往楼上跑。

剑拔弩张的时刻，安安静静卸下了旗帜的短发女孩轻轻地抚着破裂的旗面，终于抬起脸看着那个男生。

她指着旗帜对他说："给它道歉。"

男生怒道："道个鬼歉。我还没叫你给我道歉呢！"

她的身上那道怯弱几乎是在瞬间消失殆尽，她直直地盯着那个高大的男生，侧脸的发滑落时，程榆礼看到了她右眼眼角下的一颗泪痣。

她说："你可以侮辱我，但你不配侮辱京剧。你不听，不代表没有人听。只要京剧还活着一天，就有它存在和延续下去的价值。如果这叫污七糟八的东西，那什么才叫不污七糟八的？是这个吗？"

女孩指着男生衣服上的动漫人物："对你来说，这就是最可贵的精神寄托吗？"

"老子就爱看，怎么了？这不比京剧好看？这叫热血番，比你那哼哼唧唧什么玩意儿带感多了！有空好好回去看看新时代的东西，什么叫潮流，别整这些土鳖东西。早看不惯你们这一堆了，还挂个破旗子，显你啊，赶紧入土吧！"

女孩被他这一番话说得气得发抖，口不择言地吼了一声："你入土京剧都不会入土的！

"如果对你来说京剧就是这么下三滥的东西，那我很想问一问你的身上有着哪一个民族的烙印。这是我们祖祖辈辈传下来的文化，在你眼里这样低人一等，丢人的不是京剧，是你！"

男生冷笑："还说不丢人，你看看你在这儿摆半天有没有来赏脸！说得难听点儿，占着茅坑不拉屎！你赶紧清醒清醒吧，根本没人感兴趣！"

"怎么没有人赏脸？我不是人吗？她不是人吗？"女孩指指自己，又指指旁边的同学，与此同时，眼泪落下来，漫过她眼角的痣，"不摆我怎么知道有没有人感兴趣呢？哪怕只能招到一个人我也乐意！既然学校同意了，说明我们的社团是有可行性的。你算什么！在这里冲我们指手画脚？

"你不看好京剧，总有人热爱，总有那么一批人为它鞠躬尽瘁，我们在你看不到的地方付出比你想象中还要多的千百倍的努力！你厉害，你追赶潮流，你永远与时俱进，我就是古板就是固执，我做一个没有人加入也在坚持的社团，你觉得我莫名其妙我傻，但我很清醒知道自己在做什么，知道我要的是什么！我一点儿也不觉得丢人，起码我还知道自己的家在哪儿！"

她说着，哭得很凶，抽噎着直到哽咽，声音断了一下，又快速拾起："反而是你，你听不懂乡音，你蔑视乡音，这说明你根本就是一个没有根的人！没有根，再热血有什么用？你这个伥鬼，你根本就没有追求，没有目标，没有人生理想，你才是废物一个，赶紧入土吧你！还热血，热血你大爷！"

旁边的女孩赶紧抱住情绪失控的女孩："好了好了，没事没事，不哭了，回头我们重新做一个旗子。"

"闹什么呢？"小步就快搬来的救兵钟杨走在前面，一下撞进围着看热闹的人群，冲着动漫社男生瞥一眼，"你几班的？"

男生见状，冷笑一声："惹上一群疯子，爱在哪儿在哪儿。老子不伺候了。"

钟杨扯着他的领子把他拽回来："谁同意你走了？说话，几班的？"

程榆礼在那里已经不觉间观战了许久，挪眼看向退到战场后面的女孩，她正哭得上气不接下气，他于心不忍，摸一下口袋，空空荡荡。

程榆礼旋即去学校的超市买纸巾，脚程远了一些，跑着来回，回到原地，还是慢了一步。人去摊空，毁掉的旗子一并被收走。

他站在人影稀疏的广场上，听着笨重的上课铃声，很久才挪动脚步。

下节课是语文课。

回到教室里，一切平静下来。程榆礼不喜欢上语文课，于是习惯性在课本下放些理科的题目，偷偷算着数独。

耳边却在回荡那个女孩的声音："没有追求，没有目标，没有人生理想，你才是废物一个，赶紧入土吧你！"

程榆礼笔尖一顿，莫名觉得自己躺枪了。

朗读环节，他嘴巴没张开。大概是这明目张胆的走神让老师注意到他，年轻的女老师不动声色走到程榆礼跟前，他才堪堪发现危机迫近。

看一眼他课本下垫的纸，老师将其抽走，没收。

"程榆礼，谈谈你对这句话的理解。"

程榆礼看向黑板，但字有点儿小。他戴上眼镜。

在黑板的中间，赫然写着两行字：老当益壮，宁移白首之心。穷且益坚，不坠青云之志。（王勃《滕王阁序》）

程榆礼最不喜欢语文课，他是一个情感淡漠的人。因此他的语文成绩偏科严重。对阅读题都是浮于表面的作答，在试卷纸上已有字眼中抠答案，最愚蠢的做法。写作文也是靠背诵模板，每一次举例论证，不是写霍金就是海伦·凯勒。

缺乏参与，缺乏灵敏度。

最害怕的，也是在语文课上遭到刁难。

盯着这两行字看了很久，他开口道："如果说，白首之心和青云之志不会因为外界的参与而改变，那我可不可以理解为它缺乏一种机变的柔韧性？"

老师反问："当你一味地追求柔韧性，你为此付出的代价是什么？"

程榆礼说："我不认为我的追求会为我造成不可弥补的缺失。"

老师说："你兴许无法意识到，在反复地思索和辩驳这一个问题的时候，你已经丢掉了你的赤子之心。"

"赤子之心"这个词让他为之一振。

老师继续说："也许这的确称不上是一种代价。人自然可以韬光养晦，明哲保身，这是一种极其聪明的活法，但你也必须允许刚直的灵魂存在，允许坚定的扎根、飞蛾扑火的勇气、焰火一瞬的灿烂。

"你可以随波逐流，最起码得有一根筋有着逆流的反叛，否则一定感受不到这个世界最辽阔的美。安顺的潮流固然稳妥，但会蚕食你的意志。最终，你为之付出的代价，就是自我。"

他一知半解，问道："要怎么感受？"

"艺术、狂热、文字、眼泪。学会共情。"

程榆礼说："会不会有人天生不具备共情的能力？"

老师说："不存在天生，找回来。多建立不同形式的联系，以人为鉴，可以知得失。"

"以人为鉴"让他想到那个女孩。程榆礼在此刻已然有一点儿感动，他说："谢谢。"

"坐下吧。"老师转身走回讲台，同时带走他的数学题。

程榆礼不是一个非常有上进心的人，他很善于规避风险。可以说得过且过，随波逐流。也可以说顺风顺水，游戏人间。总之所谓的凌云壮志、拼搏坚韧都与他无关。

燃烧的焰火、扑火的飞蛾、千余年前的王勃，都离他遥远。

他所能感受到最近最鲜活的韧劲，是那个女孩的声音。

几天后，程榆礼又路过一次广场，招新队伍又出来了，他看到在飘摇的旗帜下打盹儿的少女。春困秋乏，让她在太阳底下就撑着脑袋睡着。于是她沉浸在梦乡里不会知道，她对一个陌生人带来影响。

有点儿想上前搭讪，问一问名字，如果对方不反感，可以交个朋友。但他不擅长做这样的事，也担心扰她好梦。

他犹豫片刻，决定放弃，只悄然之中，将她最纯净、最滚烫的那颗赤子之心纳入自己的灵魂。

程榆礼也不知道，他会在后来，两次为她改变人生的航线。

3

深思熟虑后，程榆礼决定留下来参加高考，和家人的弯弯绕绕不多说。总之，他争取到了一次"逆流的反叛"。过程曲折，结局顺心。

也是自那时起，他开始尝试听曲。

以前不要说戏曲了，程榆礼连流行歌都不怎么听。艺术是什么？人为自己构建的幻境，是杜撰的喜怒哀乐。

第一次让他沉溺其中的，是一支古老的曲目，梅兰芳的《天女散花》，绵长婉转的尾音是京剧赶客原因之一。他听不懂咬字与韵白，但闲来无事，就那么听了一下午。纵使云里雾里，他却莫名感受到了曲调之中的磅礴。

他对陌生人的记忆力并不深，后来想必在学校里也是碰见过见月的，但在一晃而过的那些瞬间里，她回归人海，成为与他再无交集的陌生校友之一。

第二次会面的印象，发生于一场意外。

那时程榆礼已经毕业，回到三中参加毕业典礼。结束后和几个同学在校门口的餐馆吃晚饭，他并没有注意到旁边的人流来去，坐下后就静静候餐，拿手机看了会儿新闻。

骤然耳边传来"咚"的一声。

程榆礼惊讶抬头，看见一个倒地的女孩从地上仓皇起身。

可能地太滑，不小心摔倒了。

他的同伴过去搀了一把，程榆礼便只在状况之外观察着。女孩没有接受旁人的好意，她闷着头快步往外面走，推门出去后却又顿了顿脚步，回眸望了他一眼。

隔着玻璃，他看到她脸上的血痕斑斑，不知道是磕了牙齿还是鼻梁，看得人触目惊心。

而她湿漉漉的眼里像是蓄着隐忍的泪。

程榆礼在那一刹认了出来，是那个京剧社的女孩。

他赶忙起身往外面跑。

然而不等他追上，女孩已经飞快地上了公交车。

他便止步在原地，怔怔地看着在晚霞里驶远的公交车。他也不明白自己在执着地追逐什么，呆呆看着车子消失在转角处。

同学过来问他怎么了。

他说没事，只是看她伤得有点儿严重。

第三次，是许多年以后，在沉云会馆，他陪老太太去过寿听曲，沈净繁指着台上的花旦说："这姑娘唱得不错。"

程榆礼找去后台，撞见她在通话，似乎是在和家里人争执什么事情，他看着她纤弱的背影，一下认出了这一道久违的声音。薄薄的戏袍在暗处翩跹地轻晃，他在想：她果然还在坚持着这条路。

心头对她的这般笃定，好像两个人早已相识许多年。

她回过身来，在楼梯上一跌，栽进他怀里。看他的眼，她神色诧然，又忙闪动眼神，四下闪躲。

他问她叫什么名字。

她说："秦见月。"

这一场寒夜的漫谈持续很久，秦见月咳得断断续续，后半程实在困乏难当，他止了话匣："去把药吃了。"

"喀喀……"秦见月捂着唇，往屋里走，"好，那我回去了。"

程榆礼听见她拉动木门的声音，很快，阳台门被合上，冷硬的碰撞声里不掺杂丝毫的留恋。

耳边寂静下来，但程榆礼心神未定。

他静坐片刻，走出房门，预备去隔壁问一问她的状况，担心她又发烧到不省人事，眉心携着一缕关切的愁，手堪堪举起，看到门缝里那道灯光尽灭。他抬起的手顿住，好久才又失落地收回去。

他站在廊上，也只能止步于此。

心里疼。

但想到他此刻所忍受的疼不及她为他受的千分之一，他能做的也仅仅是将过错往自己身上揽。

他给她发消息：好些没？

本以为得不到回应，但几分钟后，秦见月回了一个：嗯嗯，准备睡了。

程榆礼：有事你叫我。

秦见月：只是有点儿鼻子不通，应该不会太严重了，放心啦。

程榆礼：嗯。

没有进入这道门的合适的身份，于是他在走廊上站了一宿。

她这样一副身子骨，怎么能让人放心呢？

他踱到走廊尽头，推开推窗，任外面风雪入侵身体。程榆礼穿件薄薄的黑色线衫，看着夜色慢慢变淡。

她的房里传来咳嗽声，一阵接一阵没有停，他又焦急地走回去。

而隔着墙的呵护派不上用场，程榆礼的举止很多余。她在里面忍受着病痛，他在门外风声鹤唳，溃不成军。

他倒了一杯水端着，又送回去，最终只扶着窗台微微躬身站着，冷风把裸露的肩颈冻得麻木。在这麻木里久立，直到天际有了色彩。

过了咳得最激烈的那个时间点，秦见月渐渐没再出声。或许也是声音太小，他没听见了。

程榆礼洗漱完，去了一趟厨房。陌生的环境，他花了时间琢磨一番。

他在严苏遇的厨房切姜片，很快，早起煮粥的严苏遇也进来，看见里面的男人，愣一下："程先生，起这么早啊。"

程榆礼说："抱歉，没有提前说，借用你的厨房。"

"没事，你在做什么？"

"月——"脱口而出的昵称被吞回去，他说，"秦老师生病了。"

严苏遇看看程榆礼手下的姜，又看看程榆礼，惊讶道："你该不会一夜没睡吧？"

程榆礼没有答话，将姜片洗净，又细致地冲一下刀，嵌回原处。

万幸，秦见月没有发烧，她起来后第一时间又吃了一片药。严苏遇正在舀粥，听见她脚步声迈近，说一声："程先生在外面等你。"

秦见月去大厅，程榆礼果然那里候着。他闭着眼坐在沙发上，困倦而憔悴。

想是睡着了，他没有听见她过来的动静。

他连睡相都是优雅俊美的，一呼一吸清清浅浅，伴随着胸膛的轻微起伏。有一些人，哪怕什么也不做，坐在那里安静睡觉也很迷人。

秦见月在他侧边坐着，看了他许久没有挪眼。这大半年时光里对他的思念，终于可以在他浅眠的时刻偷偷现一现原形。

程榆礼应该过得并不愉快，他瘦了很多，颌骨冷硬，胡楂没有像往日那样反复清理到一丝不苟，有种随意糊弄、草草了事的凌乱。

他的体温应该很低，撑着额的指关节是粉色的。

一个念头闪过，秦见月想替他暖一下手。而她手刚举起，严苏遇便端着碗从里面出来："我煮了粥，喝一点儿吧。"

摆下碗筷的瞬间，程榆礼醒了，抬起惺忪的眸，第一时间看她一眼："起了？"

秦见月的视线停留在桌面上，有一杯热烟快要消失的姜茶，白粥就摆在那杯盏的旁边。

程榆礼开口声音喑哑，指一下杯子："给你煮的茶。"

她温和地说："我刚吃了药，还是喝一点儿粥吧。生姜的味道太冲了，大早上不合适。"

程榆礼稍稍一愣，很快敛下眸，喉结轻滚，这次失落到连敷衍的应声都消失。

秦见月拿起筷子。

程榆礼没跟他们一起吃早餐，一声不吭地将煮了半天的茶带走，倾倒进厨房的下水道。姜片咕噜咕噜滚进池子里，他有些失神地看着。

天已经很亮了。

仅仅是被放弃掉这碗茶，似乎并不能说明什么，但程榆礼小题大做得有种输得一败涂地的惨痛与不甘。

他用纸巾裹住废弃的姜片，丢进垃圾桶，将别人的水池与水杯逐一清洗干净。他认命地想，严苏遇应该是一个不错的男人。

手撑在冰冷的大理石桌面上，程榆礼推开窗户，动作重得不像他轻柔细腻的个性，反而伴着泄气的鲁莽。

困顿与饥饿缠身，但程榆礼一点儿也不想睡觉和吃饭。他真正想做的事现在都无法正大光明、轻松自在地去做，只能在心底默默地盘算走出的每一步距离她还有多远。

想抱一抱她，想亲一亲她。

然而他迈出去一步，她就会后退一步。

他终于明白，他让人付出过的谨小慎微、踌躇难安、患得患失，终有一天会绕回来将他困住。这些东西在感情里，谁也没资格有所亏欠。

拳攥了起来，指关节在桌板硌痛。

严苏遇应该是一个不错的男人。

可是他不想放手。

秦见月喝了一点点粥，想起什么，质问严苏遇："对了，我隔壁那间房你怎么突然给他住了？"

严苏遇解释说："昨天满房了，我想着那间房太乱了，很多杂物，他看了下说没事，就住这儿。我看他从申城过来，大冷天也不忍心叫人家去外面再跑了。Sorry，忘记和你说了。"

秦见月失笑："算了，也没什么大碍。"

严苏遇见她没计较，松下一口气："不要以为我是故意的。"

秦见月机警挑一下眉："确实怀疑过。"

严苏遇摇着头笑，压低声音说："对了，他昨天好像没睡，说你生病了，一直守着你。"

秦见月愣了下："真的吗？"

严苏遇煞有介事地点头："这都不感动？那茶你还一口不喝。"

秦见月很无辜："我的天，我不知道啊。不知者无罪。"

她回想起昨天程榆礼和她开诚布公讲的那些真心话，筷子在粥里面轻轻搅了一圈，又顿住。其实昨天她病得有点儿恍惚，后来的内容没有听进去多少，现在细想，轻微愧疚。

程榆礼今天要回申城忙工作。

走前，秦见月主动联系了他一次，想要问个清楚，他们之间不可以再有任何的秘密和隐瞒了。

在客栈门口，秦见月叫他等一等，说几句。

天寒地冻的室外，程榆礼立在车前，回身看她。他生得高大俊拔，不输模特的好骨架将普通的大衣都衬得气质脱俗。男人眉目淡淡，看着走近的秦见月。雪已经积了起来，厚厚一堆摞在路面，他的面容在雪色之中显得尤为苍白冷峻。

秦见月问道："你昨天和我说那一些话，有什么意图呢？"

程榆礼迟疑片刻，问她："你认为还有没有必要说？"

她说："既然都提了，那就说完吧。"

许久，他缓声开口："你从前总问我，为什么是你。我答不上来。所以分开的这段时间，我一直在找答案，现在我可以肯定地告诉你，我们的相逢是宿命的必然。因为是你，决定是你，所以只能是你。"

听他一贯轻描淡写的语气讲出这些话，秦见月微微怔了怔，然后苦笑一声："也许吧，可惜为时已晚。"

他轻轻拧眉，神色也有一点儿苦楚："真的晚吗？月月。"

一道呢喃，声音低沉，唤醒他们久违的亲密。

秦见月偏过头，避开他的双眼。

程榆礼敛眸看向见月，试探着问她："哪天结课？要不要一起回去？"

她说："我挺晚的。"

他温柔地说："我可以等你。"

"可是，一个人的旅途更自在。"秦见月轻轻笑着，勉力保持着淡然，"如果跟你同行，不能保证比现在更好，我选择自己走。"

程榆礼自然听得懂她的弦外之音，无处安放的手从兜里取出一盒烟，想点上又没有心思抽，又挫败地塞回去。

"如果你是特地来和我说这个，耽误你的时间了。听说你……昨晚没有睡，浪费你的心意不是我本意。"秦见月平静地说着这些，又低声问道，"耗了这么久等来这样一个答复，会不会很生气？"

从前觉得，他的眼睛和雪天一样雾气蒙蒙，让人探不清虚实。而那一天厚重的风雪里，她看着程榆礼澄澈的双眸，那是连他少年时期也不曾有过的清亮。

在风雪的尽处，他说的是："无怨无悔。"

真心换真心。秦见月吸一吸鼻子，忍着许多的感情，在心里说的同样是一句无怨无悔。

而话到嘴边，变成了劝阻："没睡觉就别开车了，请个司机吧。"

他淡淡应："嗯。"

程榆礼走了之后，秦见月的生活恢复往日平静。又下了几场雪，不知不觉间，日历换新。

其实他来这里也没有搅动她的和平，只是程榆礼出现过的痕迹在后来那段时间不时地带给她一丁点儿的影响，譬如在做陶艺的时候，会愣一下神，想起他的红豆。

无论如何也无法安下心来再去做手头工作，她取出他做的花瓶，像灵魂出窍一样长时间地看。

被严晓蝶捕捉到走神时刻，她扑过来搂一下秦见月："秦老师要走了吗？"

秦见月放下手里东西："对啊，秦老师也要回家过年啦。"

"那等放寒假，我可不可以去找你玩啊？"小朋友天真地问。

"当然啰，带你去冰湖上溜冰。"

"好啊好啊！"严晓蝶又去扯严苏遇，"那爸爸带我去。"

严苏遇笑说："除了我还有谁跟在你屁股后面转的？"

于是三人就这么达成了共识。

秦见月在平城戏校的课业也确实快结课了。她完成了一些剧本的创作，并整理成稿带回燕城。

秦见月的平城之行还是收获颇丰的，另一头，孟贞老师也在联系她准备一个戏曲类奖项的评选活动。需要备足材料，为此，秦见月回家的计划提前了。

她在机场大厅给妈妈发消息：妈，我放假啦！回家咯！

秦漪拍来一堆蔬菜和熟菜：早就准备好了，全是女儿爱吃的。

秦见月幸福地笑起来，发过去一个"猫猫献花"的表情。候机过程中，她刷了一会儿朋友圈，看到程榆礼发的视频内容。

自平城一别，他们没再联系。不过前一阵子，程榆礼开始在他的朋友圈播放一部大型连续剧：单亲狗的日常。

狗是咕噜。

秦见月自知不是一个合格的"妈"，她心生愧疚，于是每天都去偷偷看一下程榆礼的更新。

咕噜已经很健壮了，比儿时瘦长很多，判若两狗，如今长到中型犬的最大体格，跑跳都很灵活。玩的小足球也换成了稍大点的，它叼着球在草坪上来回狂奔，气魄不凡。

这些视频看得秦见月颇为惆怅，不知道它还记不记得有这么个"妈"。也是秦见月有错在先，因为这样那样的原因，缺失了孩子的成长。

视频下面有共同的好友评论了一句：好漂亮的狗。

程榆礼回的是：嗯，可惜单亲。

秦见月："……"

到底是不是在内涵她？

秦见月打开和程榆礼"落灰"的聊天框：我今天就回燕城了，你哪天有时间啊？我想带咕噜去遛一遛弯可以吗？

程榆礼回得很快：随时。

秦见月：好，那周六晚上吧。

程榆礼表现得颇为积极：我去接你。

她愣了下，还没想好怎么回复。

程榆礼意识到他的诡计多端差点儿被识破，立刻又改口说：我带狗去接你。

第二十三章／春日家书

我永远在你身后。

1

秦见月来消息时，程榆礼正伏案写字，钢笔的墨汁在最后一个字符上用尽，他抬头看到窗外的鹅毛大雪。

公寓在高楼，他平静地看着漫漫升起的万家灯火，台灯的光圈在窗玻璃上绘出自己的模样。快除夕了，外头张灯结彩，年味很重。

这欢愉不是他的，一个人的房子称不上是家。

程榆礼慢条斯理地合上笔帽，用纸巾擦一擦渗在指腹的墨。

正准备去洗手时，手机亮了。他立在桌前，斟酌着回复。

回完那一句"我带狗去接你"，秦见月发来一句：好吧。

"好吧"这两个字听起来总有几分勉强，程榆礼现在多疑到会抠着字眼揣摩对方想法了。他紧抿着唇，看着她的答复，想她话里是不是有勉为其难的无奈。

程榆礼在白天看到严苏遇发的朋友圈，他没有随见月一起回燕城，不知道他们发展如何，姑且认为威胁解除，不过也不能掉以轻心。

这时，沈净繁来电。程榆礼一边接听一边去洗手。他问："奶奶，怎么样了？"

老太太说："求了，帮你求了，比你爷爷的事儿还着急。"

程榆礼失笑："劳您费心了。"

沈净繁打趣道："人家师父也是纳闷，说你这孙子长这么俊还要求姻缘。"

他问："您怎么说？"

"我说他是弱水三千，只取一瓢。那些烂桃花，您都给他挡挡。"

程榆礼满意道："谢谢奶奶。"又说，"帮我向爷爷问好，改天去探望他。"

沈净繁声音拔高一些："你快别去探望你爷爷了，他现在巴不得离你远远的。"

在病床上那阵子，程乾被程榆礼叨叨得心烦意乱，病愈后就出去游山玩水，总算落了个清净，前一些天才回到家里。

沈净繁说："能做的我都帮你做了，剩下的就靠你自己了。"

程榆礼轻轻"嗯"了声："尽人事，听天命。"

挂掉电话，他去宠幸一下今天的"功臣"。

咕噜趴在地上玩小玩具。程榆礼过去和它沟通："要见到'妈妈'了，开不开心？"

咕噜没有搭理他，继续玩它的小玩具。

程榆礼把它抱起来，小声道："'爸妈'要是和好了，给你找个女朋友。怎么样？"

咕噜噌地从他怀里蹿起来，摇头摆尾、兴高采烈。程榆礼好笑道："这时候就听得懂人话了？"

接着，狗狗被强迫看起了秦见月的照片。

程榆礼想带它熟悉一下"妈妈"的感觉，一张一张照片翻给它看，并讲一讲往事。到后来咕噜在他跟前睡着，程榆礼便沉默地自行翻阅。其实相册里这些照片，早就被他来回翻烂了。

在寂静的夜里，他独坐着，许久想起什么，起身去书桌上叠好写满字迹的信纸，塞入薄薄信封。

大雪天，程榆礼到了兰楼街，比约定的时间早到不少。秦见月的家门半敞着，家里灯光尽数亮着。程榆礼牵着狗狗下车，在门口站一会儿，看到秦漪的电瓶车开过来，他稍稍后退让路，低低喊一声："妈。"

秦漪被这声"妈"吓得不轻，龙头一歪，差点儿在冰面上滑倒。

程榆礼忙上前搀扶一下："小心。"

"小程欸？"秦漪把头盔摘下来，"好久不见你了。来这儿有事？"

他想了想："我来看一看月月。她说想遛狗。"

秦漪才看到程榆礼旁边的狗狗，她兴奋地过去亲热一下："哎哟喂，咕噜都长这么大了。"狗狗也很激动地在秦漪身上蹭。

程榆礼站一旁看，温和地笑着。

秦漪冲门里喊了一声："月月！秦见月！"

无人应声。

她对程榆礼说："可能在洗澡，你进来坐一下吧。外面太冷了。"

"嗯。"

秦漪牵着狗狗往里面走，程榆礼跟在后面。

院子里又多了一些花草，他很久没有来过了，院墙翻新过，二楼阳台的窗户换过，空调外机也是新的，夏天不用再在暑热里煎熬。视线掠过这一些，迈步进大堂，秦漪让程榆礼坐下，她去找见月。

浴室里传来一应一答的声音——

"谁啊？"

"程榆礼。"

"那也得等我洗好再出去呀，急什么。"

过会儿秦漪又折返回来："她还在洗，磨磨叽叽，你等会儿。"

程榆礼点头道："不着急。"

秦漪要给程榆礼端茶倒水，程榆礼说不用了，他坐会儿就走，而后又问秦漪："最近身体怎么样？"

秦漪说："挺好，挺好。"她转念想到程家那回事，同样关心地问了句，"你爷爷还好吧？"

程榆礼说："幸好发现得早，现在恢复得很好。"

秦漪说："好就好，好就好。"

安静了一会儿，咕噜叼着一只鞋在门口乱甩，程榆礼正要斥它，秦漪叫住："没事没事，你叫它玩去。这拖鞋穿不了了。"

程榆礼一时没吭声，耳畔有个收音机在放着见月唱过的曲子。是《青冢前的对话》，王昭君的念白。故人不见，旧曲重温。徒添伤感。

过了许久，程榆礼对秦漪缓缓开口说："妈，我的家庭很复杂，您已经见识过。当初给您和月月带来的不快，我没有及时做好疏通调解，是我不好。事后很自责，没有找到合适的契机来道歉。"

秦漪愣住："道歉？道什么歉？"她摆手说，"不必不必，嗨，这都多久了。"

程榆礼摇了摇头，继续说道："因为我不喜欢纷争，所以遇到许多事情的碰撞，我会第一时间选择逃避，能不直面就不直面，这导致很多矛盾悬在那里无法解决，就像滚雪球一样越来越复杂，直到有人为我的逃避而受伤，我才不得不去面对。

"真正爱一个人是不该让她受苦的。现在回想，我一定是一个很糟糕的丈夫，让她的失望大过这些年对我的情意。"

秦漪道："怎么会，她回来从没有说过你半句不是。"

这话也不知是宽慰他，还是在给他的情绪雪上加霜，程榆礼不由得哽了一下，闭了闭眼。他的声音哑下来几分："她的离开给了我一个成长和反省的空间。如果还有机会，我会先建立好一个遮风避雨的家，再请她进门。月月对我来说是很重要的人，我无法接受我们就此离散。

"妈，既然我们都不希望她再孤注一掷，拿婚姻当赌博，这是我给您的承诺。我也不会再让她两手空空。"

秦漪听得心生感慨，有半分钟的恍神，正要开口说句什么，听见里面浴室传来呼唤声："妈，给我拿件毛衣，冷死了！"

秦漪应了声，跟程榆礼说："我去给她送衣服，你再坐会儿。"

程榆礼没有吭声。

秦漪起身离开后，他俯身把咕噜的项圈挂上，揉了揉它的脑袋，便往外面走。

秦见月洗好澡出来后，程榆礼已经不见了，狗在门口玩着拖鞋。秦见月本还在好奇他去哪儿了，看见长大的咕噜，"哇"的一声扑过去抱住它。

秦漪絮叨着："这小程，怎么不说一声就走了——哎哎你别这么抱，刚洗完澡，一会儿毛全蹭身上了。"

秦见月高兴得很："没事，大不了再洗一次。"

咕噜也兴奋得很，在"妈妈"身上舔来舔去。

"走咯，出去玩！"

去外面遛了一圈狗狗，回来时天已经很黑了。

秦见月手插在兜里，哼着歌往巷子里走。她在想接下来要怎么处理这只"单亲狗"，既然程榆礼没及时把它要回去，看来他还是很通情达理地想让她和它多相处几天。

她满意地勾了勾唇角。

往巷子深处走，耳边传来二胡的声音。

秦见月步子顿了顿，侧眸去看那堵院墙。

一样的雪天，一样的二胡声。故人不见，旧曲重温。

雪水湿了肩。

狗绳被拴在旁边的邮筒上，秦见月闭上眼，静静地听这曲调的旋律，在没有节拍的节拍里挪动起脚步。她嘴角弯起一个温暖的弧，旁若无人地感受着这场风雪的静谧陪伴。

雪花落在发梢、鼻梁、耳垂。

柔软的睫毛被火红灯笼映衬出喜悦色泽，而这喜悦中又有微不可察的孤寂和哀愁。

失落孤独吗？是有一点儿。

但她现在发觉，记忆也可以温柔岁月。只要他们真切地拥抱过，相守的暖就不会走远。

旁边小孩在嚷嚷。

"妈妈，这个姐姐在干吗？"

"嘘，姐姐在跳舞。不要打扰她。"

二胡声戛然而止，秦见月也睁开眼，她去牵狗狗。

从邮筒的门拴上解开狗绳，趴在地上的咕噜配合地站起来。秦见月想拉它往对面的家门走，而咕噜却固执地待在原地没有动。

秦见月好奇问："怎么了？"

"汪汪！汪汪！"咕噜冲着那个高高的邮筒叫了一声。

秦见月安抚地摸一摸它的脑袋，蹲下来打量它的神色，以为它是受到了惊吓，但咕噜看起来并不激动。

她觉得古怪，就在细细打量时，秦见月看到了在狗狗项圈上挂着的一串小钥匙，刚刚遛了它一路竟都没有发现。再惊讶看去，废弃了成年累月的邮筒已经不知在何时换上了新锁。

她取下咕噜脖子上的小钥匙，将信将疑地插了进去。

轻轻旋转。

"咔哒"一声，门果真被打开了。

秦见月掀开小门，借着月色与灯火，看到里面躺着一个褐色信封。

迟疑很久，她将信封取出，上面写着"秦见月收"。

雾蒙蒙的雪让这几个字显得不那么真实。

她在那里矗立很久，而后门被关上，秦见月跑回家中，咕噜也跟着跑进家门。

秦漪"哎哎"了两声，有话要说的姿态。秦见月像是没听见，往卧室一钻，用门将外面的声音隔绝。

她快速地脱掉了大衣，冲潮湿的手掌心哈了几口气，擦一擦雪水，打开台灯。

秦见月坐下，搓搓僵硬的手指。

最终，在暖黄的灯影下，小心翼翼地拆开信封，取出里面有着饱满字迹的信件，展开。

满目都是他工整遒劲的笔迹，是用钢笔写的，满满一页，没有涂改，郑重如斯——

见月，展信佳。

在爱人面前，人会生怯、迟疑。近来才发现，我也是这样。

犹豫了很久不敢落笔，生怕我的出现让你的生活横生枝节，生怕叨扰与越界。我没有立场和你产生过度的联系。这一封信，当作你曾经的丈夫，给你送上迟来的家书。

倘若它在某一刻被你展开。我的荣幸。

我常想，除却死别，没有什么值得我们大动干戈去消耗情感。所以我的成长经历无波无澜，主动省去许多和长辈纠缠的可能，安于现状，自由散漫。

直到你出现，让我感受到青春的蓬勃与胸口的跳动。从此以后，喜怒哀乐回归我的身体，我两次为你而获得抗争的契机。

你是天体，我是在你的作用下永升不落的海潮。你是星光，我是在你的指引中迷途知返的飞船。

你是最美好与最纯洁，是最遥远与最惦念。是信念感和生命力，是一切期待和向往。

我把所有的故事丢弃在过去，唯独你，我想带进将来。唯独你还能唤醒我蛰伏的欲念，让我直面我明目张胆的痴与贪。

我是一个无趣的人，想必此生仅有的荡气回肠、刻骨铭心的记忆，都与你有关。

见月，我从没想过我会如此顽固，变得不像我，不懂得通晓是非。你是不是也觉得奇怪？

因为无论如何，不想放弃，不会放弃。我不想独行，我想要你在我身边。

距离你我共舞的冬天已然一年有余。无他，窗外落雪，突然念及。夜深忽梦少年事，醒后会感到无边的落寞，这样的时刻，让我遗憾的，不是缺一个枕边人，是缺一个秦见月。

还有很多的话想说，但写得艰难，落笔成愁。体会到你当年写日记的失落悲痛，暂且说到这里。

总之，愿你一切安好，愿你繁盛光明。

程榆礼

2

这封"家书"被秦见月通读三遍，读后感就像身上的雪水在消融，心口也有一片柔软塌陷。泪盈于睫，她将其一丝不苟地叠好，动作很轻，怕碰碎这字里行间的温暖。

她拿起手机，看一看程榆礼的聊天框。

她问：今天怎么不说一声就走了呢？

程榆礼回：公司有事。

是真的有事，还是像信里说的"生怕叨扰"？秦见月不得而知。

她揉一揉雾蒙蒙的眼。

寥寥两句讲完，没有多说。

秦漪的敲门声传来，给她送来一盆果篮，里面装着橘子和洗净的草莓，并问道："跟小程还有联系？"

秦见月无辜摇头："没有啊。"

"那他怎么来送狗？"

"这是我们共同抚养的'孩子'嘛。"

"哎哟喂，"秦漪好笑道，"还抚养'孩子'？不就一只狗。"

秦见月也失笑，说："真的是为了狗才联络的，我已经和他说得很清楚了。"

"说什么说清楚了？"秦漪今天意外表现得八卦。

秦见月跟她坦白："他去平城找我了，说了一些心里话，但是好马不吃回头草，我认为没了他我过得还不错，就把他拒绝了。"

秦漪说："他还特地去挽回你啊。"

秦见月嘀咕一声："这个时候才知道挽回，确实是'晚回'。"

"你总得给人反思的时间。"

秦见月本来趴在桌上，闻言一下坐起来说："妈，你怎么回事啊？干吗帮他说话？你可别被他的美色利诱啊。我说了，好马不吃回头草的！"

秦漪："什么利诱，你这说的什么话，妈就是想问问你心里怎么想的。"

秦见月说："没有想法，过去都过去了。"

秦漪看着她的眼，捏着她的脸说："真没有？当时不是特别特别喜欢？嗯？不让嫁还跟妈置气来着，说没感情就没感情了？你看起来不像这样的人啊。"

秦见月没吱声。

秦漪催促说："你跟妈妈说实话。"

秦见月声音很小地说了一句："我很害怕再受到伤害。"

比"不撞南墙不回头"更可悲的是"重蹈覆辙"。

秦漪理解她的担忧，没再说什么，轻轻点一点头，转移话题道："对了，你说孟老师叫你参加的什么创作大赛，稿子还没给妈看过呢。"

秦见月说："你想看啊？"她一边说一边去书架里翻打印稿，"但我写得比较粗糙，还没来得及仔细修改。"

"没事，我看看你的构思。"

一沓纸被放在秦漪的手上，她老花眼，拿远了细瞧："这么多呢，密密麻麻的字，妈妈的眼都糊了。"

秦见月把台灯挪到秦漪的纸上："好点儿没？"

"看清了，看清了。"

秦漪的视线细细地扫过她的文稿，眼里带着一点儿琢磨的意味和赞许的光。

"妈，还有个事。"秦见月打断秦漪，眼神迟疑，带着淡淡踌躇，她轻声说，"那天孟老师跟我说，想让我去参加一个交流会，让我准备一些个人材料参与一个奖项的评选。"

"奖项评选？"秦漪一听，愣愣地看她。

"对，老师说今年多设置了一个青年艺术家的奖项，她说我有入围的资格，想让我去试一试自荐。"

秦漪说："这么好的事儿啊，让你捡着便宜了这不是。"又看秦见月闷闷不乐的样子，"怎么了这是，你愁什么？"

秦见月闷着头，说心里顾虑："我还在迟疑要不要去参加评选。"

"怎么不去？"秦漪急得拍桌子，"怎么不去？妈年轻的时候想参加都没得参加呢，这么好的机会，你这可不能落下遗憾啊！"

秦见月说："就是觉得我好像还没到那个水平，总差别人一截儿，我有资格参加也是因为唱戏时间更久一点儿，学戏学得早，师哥师姐他们都没去成——"

"你这话说的！"秦漪突然就急眼了，"年龄要什么紧，戏龄久就是咱们的长处，你就是比人家唱得久，就是比人家吃的苦多，这是不争的事实。既然老师都说了你有入选的资格，那你就是有。自我怀疑什么？！"

她说着，激动地起身去秦见月的老式衣橱上面翻东西。

秦见月不明所以："你找什么呀？"

"你小时候唱曲儿获得那些奖状啊，比赛照片什么的，妈都给你留着，看看能不能派上用场。"

秦见月失笑："那些不能用的，都是鼓励奖，那算什么呀。"

"不行，不行，得找出来，你一块儿交过去。"秦漪一边说，一边踩椅子上翻箱倒柜，取下来一堆奖状，"来来，翻翻这里面有没有。还有照片，我再找找……"

秦见月无奈地笑着，摇头。她掸一掸纸上的灰，慢慢地翻起了旧日奖章。

"你看，你看，都是你的荣誉。"

秦漪拿着一沓照片过来，迅速地翻给她看，最大的那一张校园合影，照片里的秦见月才八九岁的年纪。表演结束，还戴着一头红花，她站在小学报告厅的舞台中间，捧着她的奖状，拘谨地看着镜头。

"这是九岁，你们学校文化节，你是你们学校历史上唯一一个会唱戏的娃，非常轰动，校长都夸你给学校争光呢。

"初中也有，我找找——这儿呢，这会儿初三了，剪了头发，上面的领导下来督查，你给人家表演。你看别的小孩都站门口献花，能上台的表演就你一个。

"高中，高中少了点儿，那会儿都忙学习了，是在校外有个比赛，欸这个比赛，是什么来着？哎哟我一下也想不起来了。这比赛……"

秦漪自顾自地翻着这些照片和奖项，絮絮叨叨说："总之，不得就是差点儿运气，不要这么在意这点儿小的得失，要是得了，那也是你实至名归，你爸肯定也为你高兴。"

她说着说着发现秦见月不吭声了，她纳闷地抬头。

秦见月低头用纸巾擦着眼角的潮气，无端觉得动容。

这一些年风霜雨雪的路，是有人替她铭记在心的。

"哭什么，不要哭！"秦漪觉得莫名其妙，拍一下秦见月的肩，"去参加，听见没！妈当年没赶上这些机会，你可不能留遗憾！"

"嗯。"秦见月点头如捣蒜。

总算翻完这一摞厚厚的荣誉，秦漪叹了声："带了这么多唱戏的娃，你是妈见过最能吃苦的孩子，我们月月不比别人差。"

在这一刻起，获不获奖都变得不重要了。被在意的人肯定的时候，她已经获得最闪亮的勋章。

"妈妈，我会一辈子唱戏的。"

"当然，你当然要唱一辈子！我可不是白白培养你的，你得给我唱出点儿名堂来！"

秦见月破涕为笑："好。"

秦见月回到燕城后，自然要安排后面的工作。她本打算去一家新建的剧院投一投简历，但这边又跟孟贞联络上。

孟贞的意思还是叫她回戏馆唱，亲朋好友都熟悉些。孟贞也猜测出了秦见月的顾虑，坦白告诉秦见月，程榆礼已经把戏馆卖掉了，现在是公立单位。

不过公家没有破坏掉戏馆的生态，如今仍然与那些现代剧院不同，沉云会馆一直是从古时流传下来的正宗戏馆，保留着古朴的戏台与楼阁。

有着见月喜欢的僻静和古老，以及戏曲艺术的纯粹。

秦见月猜测到了这是程榆礼精打细算的结果。但她没有料到，他的计算里还有着他的退避。希望她不拘束地在这里安逸唱曲，是他的良苦用心。

"孟老师说程公子现在都不来听曲儿啦。"这是陆遥笛在说话。

在窗前画眉的秦见月眉笔一顿。

窗外是三月天，过完新年，一切步入正轨，草长莺飞的一个早春。

好久没有听见"程公子"这样的称呼，还是那个自始至终让她感觉到距离和差异的燕城程家的公子。

时间恍惚回到两年前，一切都没有发生过。她将所有情愫暗藏心底，不动声色地听别人说起他，心底还有几分少女心态的缱绻娇柔。

时过境迁不代表时间倒流，这么多丰厚的经历都在教人成长和学会释怀。秦见月现在已经能够在南钰谨慎的"嘘"声中，洒脱地笑一笑，从容说道："可能是为了避嫌吧。"

今天唱的，还是那曲《锁麟囊》，是一曲悲歌，但迎来温暖的春。

秦见月照旧跟着戏馆的商务车回家，戏结束得早，暮色未至，下车后，成片的火烧云映在秦见月身上。

家里已经传来咕噜"汪汪汪"的呼唤声。它如今久居在秦见月身边。

但她没有急着进门，手探进风衣口袋里，摸到时刻藏在最深处的钥匙。

她四下里看一看，明明不心虚，好像又怕被人窥探到心底三缄其口的小秘密——她和他的秘密。

崭新的信封安静躺在里面。

秦见月会心一笑，将其取出，封面上写着"秦见月收"。

角落里有一个"39"的标记。

意思是第 39 封了。

她走进橙色的暮光中，站在花团锦簇的路牙上。鲜花开满的院墙衬得她笑意温和澄澈，一阵风来，吹动摇曳的花影，也吹动迫不及待被打开的信笺一角。

她轻轻用纸压平。字迹清澈浮现。

见月，春安。

人有所企盼的时候，就会变得迷信。我前阵子和奶奶去过一趟寺庙，为你求来平安符。今天总算送到。

另一个小玩意是我研制的香包，是用月见草的花粉制成，气味比较浅淡。但很像你，凑近了闻最舒服，且历久弥新。

你的那份标本已经归我了。错过它十年，不会再拱手让人了。

听说你最近回到戏馆唱曲，替你高兴。不瞒你说，我很痴迷于戏台上的你。

我总觉得人大多数时候都在徒劳，但一定有那么一些时刻让你的奔忙变得有意义。你耗费在其中的精力和情绪价值，总有一天会反馈回来成全自己。

这也是我曾说的"是金子总会发光"的缘由。

但后来我又推翻了这个想法，认为这话对你来讲并不合适。因为秦见月不是等待发光的金子，你一直在发光，不需要等候契机和舞台，无论被不被人看到，都不影响你的人生的精彩绝伦。

你应该也听说，戏馆被我转让了出去。最近公司忙了起来，欠你的戏票，改日一一归还。

这些天气温骤升。换季易着凉，不要掉以轻心，过早更替春装。注意健康。

程榆礼

看完最后一个字，她视线又倒了回去。

前排，"凑近了闻"这几个字让秦见月脸一红，她用手撑开信封的口子，里面果然暗藏玄机。

将香包和平安符一并倒出来，凑近了闻一闻，确实是很别致的味道。像一朵花沾在了鼻尖，两个小包包同时被她揣进口袋。

"见月，回来了怎么不进来？"

秦漪的一声唤让秦见月慌张收起信封，她应道："刚到。"

"家里有客人，说是你朋友，快点儿来招呼一下。"

秦见月问了句"谁啊"，便跟着好奇地进门。

3

春日，花店红火。

程榆礼今天送完信没急着回去，来精挑细选花束。阿宾照常跟在一旁做参谋。

他穿一件绵薄衬衣，袖口卷得一丝不苟。出入小店铺，一身出尘的清贵，精致的着装和面容被人目不转睛盯着瞧。斜阳光辉铺陈在他松弛的长腿，程榆礼微微躬身，垂眸看花瓣的色泽。

程榆礼选得细致，故意刁难似的，他问阿宾："女孩子喜欢什么花？"

阿宾摸着下巴揣度："我觉得，如果是给前太太——"

程榆礼睨他一眼："谁是前太太？"

阿宾求生欲极强地果断改口："我是说太太！太太……对，她应该会喜欢淡雅一些的花，不要太浓艳。像蓝白色，粉色，紫色，都不错。"

被他的见风使舵逗笑，程榆礼轻轻牵了牵唇角。

根据阿宾的建议，程榆礼挑了几枝花，让店员裹好。排队付款时，前面一堆情侣卿卿我我，看得程榆礼直皱眉，直到两人旁若无人地热吻起来。

他将花丢给阿宾，声音暗哑，淡道："替我排一下，多谢。"

程榆礼立在花店门口调整呼吸，在心里掐一掐指，这日子可真难熬。

淡粉色的花朵从院墙上下落，春日光彩实在迷人双眼，乱人心神。

他偏头去看旁边的小巷，恰好捕捉到一道轻盈的人影，她正随着她母亲进门。

秦见月穿一件普通的深色风衣，没有衣扣的外套半敞着，露出里面淡色的打底碎花裙，身形轮廓若隐若现。发被绑在耳后，几缕碎发被掀动，缠在鼻梁与眼睫上。从这个角度尚能看到她微笑的唇角，如花瓣一样精美艳丽的嘴唇。

平底鞋，脚踝裸露。干净而骨感。

很快，她钻进门内，那道影子还在他的视网膜轻晃。

程榆礼紧抿唇线，闭上眼，光天化日之下，竟无法克制地畅想起一些风月之事，越想越觉得难耐，而后轻滚喉结，吞没那一道浊重的涩。

很快，阿宾出来。

"走吧，程总。"

"嗯。"

两人一道往巷子里去。程榆礼眼尖，意外发现这里多了一辆陌生的车。他提高戒备，率先往院门里张望。

今天家里格外热闹，定睛一看，竟然是严苏遇来了。

程榆礼步子立刻便滞在门口。

秦漪在里面热情招呼着客人，严晓蝶和秦见月坐在旁边聊天，严苏遇手里握着一只矿泉水瓶，俯身给狗狗灌一点儿饮用水。

咕噜摇头摆尾，看起来很是高兴。

一家好几口人，十分其乐融融。

程榆礼眉头一皱，发现事情并不简单——这狗儿子怎么还开始认贼作"父"了？

他轻咳一声，那边的狗腿颤了颤，咕噜惊诧回头看他。

程榆礼递过去一个眼刀。它屁颠屁颠奔过来，然而"亲爹"愣是没给它道歉的机会，他掠过咕噜就往里面走。

秦漪说："这么巧啊，小程也来了。"

程榆礼笑得温和："碰巧路过这儿，给您买了束花。"

他把花束送过去，秦漪乐得眼都眯成一条缝。

适时的讨好能掰回一成。

不过……

程榆礼眼光绕过这一堆人，落在大厅的餐桌上面，大鱼大肉很丰盛一桌，显然没有他的份。

再瞥一眼院子一角的藤架，老位置，摆着见月的爸爸留下的那坛女儿红，坛里的酒应该还剩一些，也不是谁都能喝上的。

只有程榆礼享受过这特殊待遇。

尽管还没弄清严苏遇怎么就来她家里做客了，程榆礼已经心情大好地用精神胜利法赢了两成。

"程先生，"严苏遇温柔笑着，跟他打招呼，"在这里也能碰见，好巧。"

"确实。"程榆礼不咸不淡地应一声。

在院子里快速扫完一圈，男人的视线最终停留在秦见月身上，她回以纳闷的注视，脸上写满了"你怎么会在这里啊"。这视线里的质问让他眼里的光霎时间暗沉下去，程榆礼唇线紧抿，赢回来的两成顷刻又被摁了回去。

程榆礼再次看向严苏遇的眼神就没那么和善了，挑衅十足的语调，大胆地试探一句："这是好事将近了？怎么一点儿消息也没透露过？"

严苏遇失笑道："你误会了。是秦老师邀请我来听她唱戏。"

程榆礼淡淡地"嗯"了声。

秦漪走过来，站到二人中间："你俩认识啊？"

严苏遇说："是之前在平城遇见过，教过他手艺。"

"那真是太有缘了，要不一块儿坐下来吃吧。"秦漪也冲阿宾招手，"小伙子你也一起来。"

阿宾为难地看一眼程榆礼的眼色。

程榆礼婉拒："改天吧，手边还有事要忙。"

"好好好，那你快去忙吧，别耽误你时间。"秦漪说完，又冲严苏遇介绍说，"他是大老板，每天办不完的业务。"

严苏遇点头："我知道。"

程榆礼偏冷的眼神最终又看回到秦见月的身上，她在帮严晓蝶绑头发，没有再回视他，低头跟小孩说了句什么，两人一齐在笑。

"再见。"按捺着满腔失落，程榆礼礼貌道别，而后转身出去。

快步迈在巷子里，天际美景都没再让他回一次眸。

程榆礼没有看到的是，在院墙里面，她装作若无其事的模样终于有所怔愣，她呆呆地转而看向家里的墙，又望着些微潮湿的地面，想象着他方才落在这里的影子。

"月月，妈跟你说话听见没？"

"啊？"发愣的秦见月回过神来，"你说什么？"

秦漪"啧"了一声，一点儿也不避讳在二人之间谈这个："我说，你大方点儿，留小严住家里。"

秦见月无可奈何地扶额笑："天啊！妈我再跟你说一遍，我跟他真的只是朋友，人家已经找到自己的幸福了。"

秦漪哑口无言，又看向严苏遇："真、真的？"

严苏遇笑说："是真的阿姨，也是燕城人，我这次来其实也是为了对方，不要乱点鸳鸯谱。"

有人把他当假想敌，有人把他当金龟婿。闹一出乌龙，当事人最无辜，严苏遇找秦见月听戏是真的只为了听戏。

最可怜的是趴在街口的狗狗，喉咙里发出"呜呜"的声音。还以为"爸爸"是来接它的，没想到就这么把它给抛弃了。

呜呜，它真的不是那种见异思迁的狗。呜呜。

秦漪见状，过来把它抱回去："咕噜你在趴这儿干啥？"

"看来是程榆礼不要它了，伤心得很。"秦见月打趣一句。

闻言，狗狗喉咙里的呜呜声更响了。

秦见月笑着，揉它的脑袋："怎么了，跟着'妈妈'不开心？"

呜呜，呜呜。

"这件事告诉我们一个道理，狗也要修修狗德，不要谁喂你喝的就凑过去，知不知道？"秦见月托着它的下巴，一本正经地教诲，"管好自己的嘴，管好自己的下半身，贞洁是狗狗最好的嫁妆。"

咕噜眨了眨眼，舌头舔舔她的手心，又转过头，气势汹汹看着严苏遇——都是他勾引我的！

严苏遇无辜得很，举手投降，满脸写着冤枉。

程榆礼的孤独夜晚留给新一封家书。

他提笔在信封写下"秦见月收"，笔尖拐到右下角，艰难地写下一个"40"。

没有及时收回笔触，他看着晕开的墨，无法心静下来，信封最终被揉皱丢进垃圾桶。

见月的拒绝是不彻底的，因为每次寄过去的信她都会看。倘若她不看，程榆礼心中或许还会舒坦一些，眼下这种被掌控的感觉才让他觉得酸涩费解。

猜不透，她究竟是怎么想的。

严苏遇的掺和也让他满身的心烦意乱无处抒发。

书房的帘子拉着，室内只有氤氲流淌的烟气还让人觉得时间在动。眼下狗儿子也叛变了，寂寞实属由身到心。

新的信封被取过来，他重新提笔写"秦见月收"。

这才40封，怎么能气馁？

他欠她的，又何止40封家书？

写到一半，有电话打过来。

程榆礼怕扰乱思绪，本打算过会儿回拨，但他看到妈妈的名字。

笔被搁置下，他接起电话："妈。"

谷鸢竹的声音传来："有什么事找我？"

程榆礼开门见山问："哪天有空？一起吃个饭吧，我有事情和你们谈。"

谷鸢竹和程维已经回国有小半年时间了，一家三口各有各的忙碌，除了在老宅吃过几顿饭，至今没凑在一起说几句心里话。

程榆礼认为有些问题不能就这么拖着。

谷鸢竹果然习惯性地回绝："有什么电话里不能——"

"我不是你的儿子吗？"程榆礼第一次打断她母亲的话，语气带点儿冷讽的意味。

谷鸢竹被噎了一下："你这是说的什么话？"

程榆礼的声音沉沉懒懒，并不怵他母亲的威严："你如果觉得我们还能做一家人，我认为我们有谈谈的必要。如果不能的话，那我要说的话对外人来讲，确实没有太大意义。你决定。"

"……好吧。""外人"这个犀利的字眼算是把她刺激到了，谷鸢竹犹豫半天，总算语气变柔和，"你想谈什么事？"

程榆礼说："我有想娶的人。"

谷鸢竹愣了愣，说："结婚？确实是要好好协商一下。"

他说："不是协商，是通知。"

"……"

"我安排地方，劳驾你和爸爸准时到。"

"哪个姑娘？她也来吗？"

程榆礼说："我一个人。"

4

在和父母碰面之前，程榆礼约了一次严苏遇。

略有耳闻，严苏遇最近这两天都会去戏馆。

警钟直响，危机四伏。

他的"打不过就加入"计谋失效，因为发现加入了也打不过。自小到大，程榆礼没有这样挫败过。

他这几日心情冷若冰霜，于是不能让自己的心事就这么悬着，也得跟严苏遇好好谈谈。

严苏遇一直都是一个很好说话、善于"拐弯"的人，不过这一次却出其不意地回掉了程榆礼安排的餐厅，他说想去一家咖啡店坐坐，问程榆礼乐不乐意。

程榆礼甚至疑心了一下他的用意，不过还是答应道："行。"

咖啡厅在一个僻静的艺术园区，工作日，客人很少。两人进去后，店长从前台站起来，温和一笑："来了？"

店长脸上带着和严苏遇如出一辙的柔软笑意，让人感觉如沐春风。程榆礼好奇地看着严苏遇："你朋友？"

严苏遇但笑不语，跟他说："喝什么随意点吧，免单。"

程榆礼扫一眼菜单："美式就行。"

咖啡店前台只有这一个工作人员。两人落座后，也是老板在忙碌来去。

坐在落地窗前，月夜静谧。程榆礼还穿着工作中的西服，神色与穿着都十分板正，面容清隽冷峻。

严苏遇时常发现程榆礼的一些情绪微小波动，基本体现在眉心和唇畔。比如今天会面，他的眉心总带着一道挥之不去的谨慎，想是在斟酌和周旋。

这样的神态让他更显得拒人于千里之外。

有时，程榆礼是温和宽容的。但此时，严苏遇从他的身上感觉到秦见月口中对于他的描述。

是高岭月，是寒江雪。

可望而不可即的贵气，出挑于屋外的滚滚人潮。

程榆礼叠着腿坐，姿态还有几分公子哥的孤高。察觉到他的不快，严苏遇将端上来的热咖啡推得离他近些："你的美式。"

程榆礼眉心微松，没去接咖啡，问他："你和见月到哪一步？"

严苏遇说："什么到哪一步？"

程榆礼勾一下唇角，皮笑肉不笑，语调微冷："现在只有我们两个人，严老师不用装糊涂。"

还发现一个小细节，程榆礼在烦躁的时候会不自觉转一转无名指上的钻戒。

捕捉到他的动作，严苏遇笑起来："她也常常这样。"

"什么？"程榆礼微愣，不明所以看他。

"秦老师也每天都戴着戒指，不过不是戴在手上，是带在身上。"

男人的表情，此刻是错愕："你是说——"

"你们的婚戒。"严苏遇点头，平静喝一口他的拿铁，"有时塞在口袋里，有时放在背包的夹层，在失落的时候会手探进去摸一摸，我也是无意发现她这个动作，因为有一次摸戒指的时候不小心弄掉了出来。问她为什么，她说，会给她力量和底气，就像你在身边。"

如鲠在喉，程榆礼清眸微颤，不敢置信。

严苏遇食指抵唇，低语说："不要告诉别人。"

饶是不明白他为什么坦白这件事，程榆礼淡淡地"嗯"了一声，眼神仍然保持着机警，半晌，开口问他："为什么和我说这些，岂不是对你不利？"

严苏遇失笑："程先生，你以为我为什么会来燕城？"

"不是为了看她吗？"

"坦白和你说，是为了我的另一半。"

程榆礼还在一头雾水中。

严苏遇又补充一句："你刚刚已经见过了。

"是我大学时期的同学，我们一起画画一起上课，认识十年有余了。是老友，也是知己。"

程榆礼的眼神诧异着，消化了一阵，才恍然明白过来。

他忙放下叠起的腿，端正身子，用咖啡杯跟他碰一碰："失敬，失敬。"

严苏遇低头不语，在憋着笑。

少顷，他又淡然开口："我能看出你很迷茫，可能在思考，你们会走到哪一种结局。但我一个局外人看来，你们的关系并不是死局。那一天你离开平城，晚上我和她闲聊，她说她其实很想要和你走，但她这样做，会对不起过去的自己。

"我猜测她对你的感情，是被失望和遗憾满满裹住的爱。你如果了解她会知道，她喜欢唱大团圆的曲子，虽然喜剧比悲剧要庸俗套路得多，但见月憧憬那样完满的爱。她不喜欢离别。

"只不过这一次的刀山火海，需要你来走了。我相信你能走过，也相信她会在尽头等你。"

说到这里，他自嘲一笑："和你说这一些，有点儿背叛见月的意思。"

严苏遇略有犹豫，又继续说下去："当然，我不是她本人，也说不准。我也是看多了疾苦，希望你能少走弯路，不要再错过。你应该真正成为她的底气，不要有过多的礼貌和周旋，要有赴汤蹈火的勇气去爱她。"

程榆礼敛了眸，这一瞬间的神情复杂，让严苏遇也猜不出了。

最终他轻声说："一定会。"

严苏遇偏头看向外面，说："今天天气这么好，应该去赏月。我们不要在这里剑拔弩张了。"

程榆礼惭愧直言："抱歉，是我心胸狭隘。"

"在爱情里挣扎的人多半如此。"严苏遇笑着体谅，他很温柔，很豁达。果然只能身为旁观者，才能有这样的胸襟。

"你们就这样来回奔波吗？"程榆礼好奇地问。

严苏遇说："也许会一起回平城，不过其实在哪里并没有太大的区别，只要对方在身边，哪里都是归所。"

程榆礼深以为然，轻轻点一点头。

"改天再请你去进修陶艺，最好不要一个人来。"

程榆礼莞尔："借你吉言。"

两人就此分开，程榆礼坐在车上时，也被月光吸引着抬头看去。

他静静地坐了会儿，想见月，想她讳莫如深的戒指。

打开手机，看到严苏遇发了一条朋友圈。

是他拍的一张明月图，配文道：

愿天下有情人终成眷属。

不成眷属也没关系，有爱的地方就是故乡。

程榆礼居然为一个假想敌苦恼了这么久，事后回想还是觉得好笑。

严苏遇回平城那天，他专程去送，为消除那些横眉冷对的隔阂。

和父母见面是月末的事了，彼时家书寄到九十多封。

许许多多夹杂着情话的漫谈。

从他的笔下诞生，融化于她的眼波。

有时讲一讲花草和诗书，有时讲一讲他的人生感悟，有时讲一讲爱。

见月，原来我也有从前没发觉到的阴暗面，睚眦必究，针锋相对。贪心毕露，诚然可憎。那些迂回曲折的心迹，弯弯绕绕在心底写下的，尽数是你的名字。

见月，最近公司来了一位新的合伙人先生和他的太太，我在他们的身上看到我们往昔的相处痕迹。有所不同，这个男人比我大十岁。

于是我又陷入思考，如果我年长你许多，会不会爱得更豁达。越想越伤感，我现在不想和你一起修炼了，我应该加快成长的速度，如果年长一些，成熟一些，我大概会更为游刃有余，不会疏忽。

见月，我又偷偷看了你的日记，你说我们的初遇是在雨中我为你撑伞。我记性不好，没有印象。但最近时常梦见类似的场景，很感谢当年的我自己，是"他"的乐于助人让我拥有这么好的妻子和一段美好温暖的姻缘。

见月，我两天前和袁毅碰面，还记得吗？我的大学同学，他的妻子守候多年暗恋成真，我曾经震撼于这么多年魂牵梦绕的相思与深爱。想不到我竟然是戏中人。

……

小狗不在身边，程榆礼闲适地去浇灌花草，家里的君子兰开出第一朵花，他掐了蕊用薄膜袋装好，塞入信封。

初夏的暑气乍现。

谷鸢竹拎着包，挎着程维敲开程榆礼公寓的门时，眉头是皱着的。她眼神打量一圈这狭小公寓，最后牙齿缝里蹦出来几个字："你就住这儿？"

程榆礼已经懒得应付他妈的冷言冷语："进来吧。不用换鞋。"

"不错啊，收拾得还挺干净。"谷鸢竹一边往里面走一边脱下外套，拎了拎衬衣领口。天气已经回暖，在烈阳下走一遭，身上就开始冒汗。

程榆礼待人的诚意一般通过亲自下厨来体现。

摆上桌的是一些家常菜，甜暖的气味飘散在家人之间。

爸爸程维架上了一副斯斯文文的眼镜，指着一桌菜，问："这是你做的？"

程榆礼懒懒地自嘲："很显然是，我可没有田螺姑娘。"

谷鸢竹被他逗乐，咯咯一笑。

席间，程榆礼问了问家里的情况。爷爷最近又出国游玩，参加了什么拍卖会，运回来各种古玩字画。老爷子自从退休之后是悠闲得很，做了个手术反而比当年更健壮似的，各处东奔西跑。

父母二人仍在经营家里企业，他们在感情事上投注不多，但工作能力没得说，即便回国也把集团弄得井井有条。程家蒸蒸日上，自不必说。

程榆礼也忙过年初那一阵子，近来闲下来些，借此机会和父母见上一面。

无关痛痒的话聊完。

程榆礼厨艺太好，谷鸢竹吃得有点儿意犹未尽，直到肚皮被撑大，她擦擦嘴伸个懒腰，去一旁沙发坐着看电视。程维有意帮程榆礼收拾一下桌子，程榆礼拒绝说："我来吧。"

忙前忙后，总算收拾完。谷鸢竹说是看电视，实则歪着身子看他儿子，很难想象程榆礼投身柴米油盐的模样，今日一见，刮目相看。

"老程，你看你儿子。"她自己注目还不够，拱了拱一旁程维的臂。

程维问她："有何感想？"

"有没有感觉他长大了，和想象里不一样？"

"都是离过婚的人了，怎么能长不大？"

"啧，说什么离婚，晦气。"谷鸢竹拍他一把。

程榆礼端了两杯水过来。他忙碌结束，在父母跟前坐下。他穿件深色薄衫，姿态有几分散漫，虽然没什么感情，但也是家人，用不着太过拘谨。他淡淡开口："妈，我说我正在考虑再一次向见月求婚，这事不是开玩笑。她最终答不答应无关乎我的决定，我一定会这么做。"

在之前的通话中，程榆礼已经明确提过，他所说的结婚是指"复婚"，对象还是见月。已经提前给了他母亲消化的时间，今天坐下来攀谈，都要带着发自内心的真诚。

谷鸢竹一口气吸上去半天没吐下来，有诧异，有不解："你找我们来，就是特地说这个？"

程榆礼说："我不能越过你们去做这一件事，所以我必须告诉你们。因为对她来说，我的家庭是阻碍，是过不去的坎。"

程维不禁讥笑一声："我们跟她才见过几面，都怪到我们头上了？"

"我知道，你们一直没有打心底认可她，不是吗？"程榆礼说着冷嘲的话，语气却是淡然的，"她很敏感，比如妈妈送她一个镯子，我不知道是不是出于好意，但在她看来，这大概是一种施舍。"

谷鸢竹听了这话，纳闷道："施舍？我当然是出于好意，希望你俩好好的。我要是真看她不顺眼，一开始就不会同意她嫁进来。"

程榆礼也明白这个道理，谷鸢竹不是坏心眼的人，比起爷爷的城府，妈妈就是刻薄了点儿。

他说："总之，我不奢求你们像我一样爱她，我希望你们给足她尊重，因为她是我的妻子，不是放在天平上供人攀比的物件。

"我以前想过，只要不见你们就可以免除一些麻烦，现在我意识到我不能回避这类问题，这关系到我能不能给她足够多的安全感，我不能让见月始终在一段虚拟真空的婚姻里胆战心惊，我得给她落到实处的温情。

"我说这一些，不是想要征得你们的同意，不论同不同意，我都会再争取一次。

"我爱秦见月这回事，不需要任何人来见证。我请你们过来，是想从我这里开始，一起建立平等的爱和基于爱的尊重。"

程榆礼考虑过最坏的结果，他离开程家，从此互不干预。这对程榆礼来说没有什么损失，甚至是一种解脱。

但秦见月势必不是愿意看他众叛亲离的人，一个夏桥都让她伤筋动骨，自愿退出，她是喜欢"大团圆"的人，怎么会忍心看他的家人为她而分崩离析。

他继续说道："见月对我情意深厚，我们之间的事我不和你们多谈。总之我希望你们认识到，她对我而言是独特的，是唯一的。一个女孩对我孤注一掷的追寻，值得我给出一个肯定的答案。

"这一次，不是水到渠成地在一起，也不会顺其自然地分开。不是在适合的时候出现，而是无论何时何地，都必须是她。

"见月是值得的。"

听完这一席话，谷鸢竹轻轻吁了一口气。她松开紧蹙的眉，说："我实在是没想到你会这么执着，早先还以为你就是看中她温顺听话。说实话我不理解，这样的姑娘多了去了，为什么挑到她头上。"

"妈。"程榆礼不悦地打断她的奚落。

谷鸢竹便也没再说什么，问道："就这么喜欢吗？"

程榆礼说："是两次都想要厮守一生的人。"

房间里安静到只剩下机械钟的指针嘀嗒声。

各有各的衡量和动容。

最后，还是谷鸢竹开口打破沉默，问旁边一言不发的男人："老程，你什么想法？"

程维略一沉吟，推一下眼镜，若有所思说："我记得当年我娶你的时候，我爸也是一万个不同意……"

谷鸢竹不由得翻了个白眼："你爸那个老古董，做什么都要横插一脚，别提他！我真是受够了！"

程维忍不住笑了一下，万年冰封的脸上呈现出一点儿和颜悦色。

程榆礼轻抿着唇，他接过桌上的日历掀了起来，翻到下个月月末某一天，早就勾画好了标记，是见月评选青年艺术家的日子。

那一页日历被慢条斯理地撕下，搁在茶几的玻璃上，程榆礼用指抵着，将纸张推到程维的面前。

他笃定地说："爸爸，恳请你放下偏见，她会向全世界证明，她是无价之宝。"

程维接过那一纸日历，敛眸细看。

5

一个国际戏曲文化交流活动，开办在市中心的剧院，到场的都是戏剧戏曲的相关专业人士。

与会前一天，秦见月穿上她妈特地给她定制的一套熨帖西服，秦漪看着见月换装出来，忍不住狂赞道："真不错，真精神！这颜色衬你！太好看了！"

她又给秦沣打视频电话，摄像头对着秦见月一通乱照："秦沣，别吃了！快看你妹，是不是好看？"

秦沣的声音从手机里传来："哎哟，这还是我妹吗？这是哪儿来的仙女啊？"

秦见月听得哭笑不得："好了，别拍来拍去的，不知道的还以为要嫁人呢。"

"这能一样吗？这可比嫁人重要多了。"

秦见月点头认同："是是是。"

跟她同行的是孟贞。

奖项在交流会议的最后颁发，因为有电视台的人在录制，秦见月全程都没敢打盹儿，正襟危坐保持微笑，得体大方得很。

前后左右有一些戏剧和电影演员。中途休息阶段，孟贞凑过来和她说悄悄话："你看来的演员里头，是不是你最年轻？"

秦见月瞟一眼周围，心虚道："老师，您越这么说我越忐忑。"

"别忐忑。"孟贞拍拍她的手腕，"荣誉不是你的终点，是起点。"

她点头说："我知道。"

孟贞笑说："快想想获奖感言。"

秦见月深吸一口气："不行，不行，我一看到镜头就紧张，一个字都说不出来。"

孟贞说："那就不要死记硬背，说有感而发的话。"

秦见月一边应着"好"，一边不自觉地将手探进西服的小兜里，取出一枚钻戒，放在掌心摩挲着。慢慢地，心沉静了下来。

一不留神，戒指滚落。

秦见月赶忙俯身去探，在厚重的红地毯上，一点儿声音都没有发出，幸好没有蹦得太远。

她起身到红毯中央去捡拾。

比她快一步的是一只骨节分明的手，男人的指腹轻轻将地上的戒指一捻，钻上细小的光亮很快被吞没在他的掌心。

是她再熟悉不过的一只手。

顺着他的皮鞋与西裤往上看，对上程榆礼平静温和的视线，秦见月得体地笑了下："你来了。"

程榆礼点一点头，淡声应："当然要来。"

戒指被交到她手中，轻微的触碰时，感受到他指上的一股潮气。

秦见月问："外面下雨了？"

他说："很小。"

重新把手插进口袋里，程榆礼就这样目不转睛地看着秦见月回到座位上的身影。

孟贞见状，有所意会，忙起身客气道："程先生，你坐这儿吧。"

他微微偏头示意："不必，那边有客座。"

带着几分眷念，程榆礼步伐沉重地离开，最终选择了一个可以看到她的位置坐下。

会议重新开始，他低头看一眼手表。

又等了半个小时左右，终于到了宣布奖项的环节，先是戏剧部分，再到戏曲。

台上的老一辈戏曲家拎着两个奖状，公布结果："青年戏曲艺术家奖项揭晓，获奖的是，王妮和秦见月！"

听到这个名字，程榆礼轻轻弯唇，尽管一点儿也不意外，但激动与自豪仍然在这一刻油然而生。他抬手随大家一起鼓掌。

在如雷的掌声中，秦见月从容地走上颁奖台领奖，礼貌地冲眼前的老师鞠躬道谢，并接过奖状和一个脸谱形状的奖杯。

合影留念环节结束，老师说："说两句吧。随便说两句。"

秦见月接过话筒，在台下的寂静中温暾开口："我叫秦见月，是一个普通的戏曲行业从业者。今天站在这里，要感谢我的妈妈和我的老师们对我的栽培。最重要的是，我想感谢不抛弃不放弃的我自己，我今年二十六岁，这一段人生走过许多的弯路，但戏曲这一条路，我自认为走得不折不挠。

"相信还有很多和我一样的青年戏曲演员，他们暂时还没有我这样的好运获得殊荣，但台上台下，我们拥有一样的梦。所以今天这个奖项，不只是颁给我一个人的，是颁给所有为了中国戏曲而努力的年轻演员，感谢每一个人的不懈坚持，感谢平凡而伟大的我们。"

听了孟贞的意见，秦见月放弃掉提前背下来的获奖感言，遵从本心的发言无比从容，也换来更加热烈响亮的掌声。

这是至关重要的一个里程碑，无上的荣光笼罩着她。也许过了今天，她仍旧寂寂无闻。不再重要，赤诚的信念战胜一切。

交流会结束后，秦见月一边跟着孟贞往外面走，一边捏着手里的脸谱小奖杯，觉得有趣。

孟贞一看檐下雨水成线，她跟见月说："我去把车开过来，你在这儿等我。"

秦见月乖巧点头："好。"

她打开手机，噼里啪啦一堆消息弹出来，都是秦漪和秦沣发来的。

三人小群里在放鞭炮，当事人一句话没说，群快被他们两个闹炸了。

秦见月笑起来，回复道：好了，知道你们激动了，不用发那么多。

秦漪发了一堆中老年版的祝福表情包，也是难得见她这么高兴。

秦见月扶着额，笑得无奈。

她凝神看着手机屏幕，没有注意到已经迈到身侧的男人。

程榆礼没有叫住她，只是平静地立着。看向外面瓢泼的雨，余光里是在和家人笑着聊天的秦见月。

直到她关掉屏幕，才注意到来人，好奇地看他一眼。

"恭喜。"程榆礼偏头看过来。

秦见月微笑："谢谢。"

他问："一起走吗？"

"不了，"她指一下正开过来的车，"一会儿孟老师要请我吃个饭。"

程榆礼没再说什么，静静地看着她的侧脸。

送伞的阿宾也从长廊另一头跑了过来，同时他的手上捏着一个小的信封。

阿宾一边将信封交到程榆礼手上，一边撑开他的伞。

秦见月注目于信封，微微一怔。

他递过来。

秦见月赫然看到角落里的数字：129。

两人没有互通过想法，但心照不宣地都明白，这是一个句点。

最后一封了。

秦见月自然而然接过去，孟贞从车窗里探头出来："来了月月，过来吧。"

秦见月把信封胡乱地塞进内兜里，"哦"了一声，匆忙跑过去。

紧急跟在后面的阿宾替她撑伞，跟着秦见月跑。

她失笑，摆手说："不用不用，就几米。"

但阿宾坚持把她送到了车前。

秦见月上车后，将门关上，孟贞的车没有久候，很快驶远。她抖落干净身上的水，再回眸，目之所及已经是新的街道。

将信封重新取出，她想打开看一看，但又忽然在此刻怯意横生，他贴得一丝不苟的封口被她谨慎撕开。

撕到一半，孟贞在问秦见月想吃什么。

她便搁下手里东西，随意地应了一声。

于是到用餐结束，秦见月都没有再次打开信封。

回到家后，秦见月有些疲累，秦漪还在家里着急等着看她的奖杯。

秦见月把东西给秦漪，重返僻静的卧室，比研究奖杯更重要的，是他的最后一封信。

她忐忑地展开，透过折叠起来的背面，隐隐感觉到内容的空。

好像，没有什么字……

她深吸一口气，一鼓作气打开。

果不其然，上面只写了几个数字：

21:30

FM88.8

秦见月有片刻的怔愣，她猛然看一眼床头的闹钟。

已经 21:26 了。

她速速起身，往楼下噔噔噔跑去，"妈！收音机有吗？"

正在拿着女儿的奖状跟自己美美合照的秦漪闻言，疑惑地"啊？"了一声："有有，在我屋里。"

秦见月飞速跑进她妈的卧室，摆在壁龛里的收音机还在咿咿呀呀唱着曲，没让她费功夫找。

秦见月拧着旋钮，紧急调频，而老旧的收音机显示屏上字符已经不甚清晰。

她只能一个一个听过去。

转到第三圈，恰恰映入耳中的声音，是主播的甜美声线：

"哈喽大家好，欢迎进入 FM88.8 音乐之声频道，又到了我们的自由点歌时间，今天的第一首歌比较特别，是由程榆礼先生送给他的爱人的一首经典粤语歌《春夏秋冬》。为什么我会说特别呢？先卖个关子，下面我们一起来听听看这首歌曲吧。"

收音机里传来"咔哒"一声，是旋钮拨转的声音。

在里里外外静默下来的这三秒钟里，她几乎听到自己如擂的心跳声。

平稳粗沉的男声传出，没有伴奏，是清唱。是令她再熟悉不过的磁性声线，却也是第一次听他讲粤语，咬字清楚，曲调平淡而温柔：

秋天该很好，你若尚在场
秋风即使带凉，亦漂亮
深秋中的你填密我梦想
就像落叶飞，轻敲我窗

秦见月把调节音量的旋钮拨到最小，她将收音机贴在耳边，郑重细听。

无人如你逗留我思潮上，从没再疑问，这个世界好得很能同途偶遇在这星球上，是某种缘分，我多么庆幸……

春天该很好，你若尚在场

春风仿佛爱情在酝酿

初春中的你，撩动我幻想

就像嫩绿草使春雨香

　　身体最深处的火种被引燃，烧得她周身滚烫，这不是羞怯，而是一种久违的热烈。不知为何，秦见月在这一刻热泪盈眶。

　　女主播甜甜的声音在说："同时，程先生也在此为他的爱人送上寄语。"

　　另一只耳朵听到的是越来越清脆猛烈的雨水拍窗声。

　　在这盛大而磅礴的声音里，女主播转达心意的声音底下，似乎压着他那厚重而真诚的告白，丝毫不难想象出他说这话的语气。

　　于是，所有冗杂的声音一层一层抽丝剥茧地淡去。最终她的耳畔只剩下程榆礼在对她说话。

　　他说的是：如果你还愿意回头，我永远在你身后。

　　这一次，不会让你输了。

第二十四章 / 终得圆满

我的此生挚爱。

1

秦见月握着收音机，僵着手指很久没有动弹。耳边的旋律已经转换为下一首欢快的流行歌，她按下关闭键，旋即听见秦漪在门口喊她的声音："找着没啊收音机？"

秦见月急忙应了一声，支支吾吾："找……找到了。"

似乎是察觉到她声音微妙的不对，本来只是探身往里面看的秦漪推门进来，借着灯光看向秦见月湿漉漉的眼，又瞧一眼她手上的收音机："听什么呢这是？"

"没，"秦见月揉揉眼，"就是一首情歌，太感人了。"

"真是感情丰富，听歌还听哭呢。"秦漪手里还抓着她的奖状，把手机递过去给秦见月，"来，给我拍两张。"

秦见月忍不住嘲笑一句："又不是你得奖，用得着这么显摆嘛。"

"你得我得不是一个意思？跟你妈还分你我。小气吧啦的，快拍！"

秦见月无奈笑着，把相机打开，对着笑出八颗牙的秦漪，给她连续照了几张："你看一下。"

秦漪把照片拿过去看，看得喜上眉梢，嘴巴就没合拢过："真不错，就是这字能不能看清？"她嘀咕着，一边开始唰唰整理图片。

朋友圈很快就被妈妈各种姿势的炫耀占据了。

秦见月哭笑不得："妈，你发这么多会被人拉黑的。"

秦漪不以为意道："拉黑就拉黑，我就生怕有人看不见呢。"

秦见月看着秦漪低头玩手机的侧影，温和地笑着，又看到母亲鬓角夺目的白发，她动手拨了一下周围的黑发，将那根头发盖住。

手里还在握着那个已经关机的收音机。

秦见月就这么呆呆地站了一会儿，而后长舒一口气，把东西放下，去洗漱。

洗完澡出来，回到卧室里，看到有两通未接来电。

都是程榆礼打来的，中间只间隔了一分钟。

秦见月回拨的指几乎都要按下去，但她一犹豫，还是打住了这个念头。

她躺在床上静静看着拍打在窗户上的雨水，看着滂沱的雨从窗户上稀里哗啦地淌下，把整片玻璃弄得雾气蒙蒙。

温柔的歌声犹在耳畔，秦见月就这么愣愣地看着雨，回忆着那道似远又近的清澈声音。

没有太多的心事，却也失了眠，心里空空落落。

同一场雨里，程榆礼的车停在见月家的阁楼下面，他看向的车窗玻璃也泥泞得很，只隐隐觉察出她卧室的灯影在晃动。

电台的歌声结束，司机座上的阿宾将电源切断："程总，这是您唱的吗？"

程榆礼把手机打开，漫不经心地问了句："好不好听？"

阿宾说："我只能说，您不出道真是屈才了。"

程榆礼没什么笑意地勾了一下唇角，他点开通讯录，拨电话给见月。

很快，诡异而漫长的盲音让车内氛围显得压抑起来。

嘟嘟嘟了几十秒后，机械女声传来："您拨打的电话暂时无法接通。"

阿宾摸了下鼻子，缓解尴尬说："要不再听一首歌吧？"

程榆礼拒绝："不用。"

他预备再打一遍，但拨号前手心微微汗湿。程榆礼从兜里摸出烟盒，声音微哑说："抽根烟。"

阿宾："好的，没问题。"

他顺便打开了一点儿窗，让里面凝聚的烟气散出去。半根烟的时间用来踌躇。而后打出去第二通电话，拨到底，仍然无人接听。

程榆礼看着自动退出通话界面的手机，用手指散漫无序地摩挲着屏幕。最终，他开口道："先回去吧。"

"好嘞。"

这场雨持续了半个月有余，其间秦见月一直在忙于工作。她之前参与的那个原创戏曲剧本的奖项也传来了好消息，获了一等奖的奖励。好事成双。

拿着这辈子都没见过的高额奖金，秦见月带着她妈去狠狠撮了一顿。休闲和登台之余，她得根据主办方的指示对她的原创曲目进行一部分修改。年底还有机会去参与一个正式的展演活动。

六月的胡同深处，落了满地槐花穗子。

秦见月静静坐在窗前敲字，忽而听闻楼下有动静，是有客来访，她好奇去看，秦漪在跟对方攀谈，遮住了来人的身子。

但秦见月隐隐望见对方精致昂贵的高跟鞋，以及停在家门口的半边车影。

她忙不迭下了楼。

谷鸢竹来的时候，看见秦漪正在院里洗萝卜，她也没客气就往里面走："呀，亲家在做饭呢？"

秦漪听这声音觉得耳熟，诧异地回过头去，赶忙擦擦手迎过来。客气寒暄说："好久不见好久不见，你怎么过来了？"

"这不是前些天在电视上看到月月拿了个奖，来祝贺一下。"

秦漪笑意一愣，没反应过来这是哪一出。

"哎？月月不在家？"

"在楼上。"

谷鸢竹"哦"了声，又回头去探："过来啊阿林。"

阿林是专程给她开车的司机。

秦漪也随之看去，阿林正躬身从车后座取来一个大包装的东西。外面裹得严实，看不出来是个什么，层层叠叠好几个盒子。

"什么呀，整这么神秘。"

"一会儿月月下来了我给她看看。"谷鸢竹凑近了，小声跟秦漪说，"绝对是个好东西。"

正这么说着，秦见月已经噔噔下了楼。到了嘴边的称呼又天人交战一番咽了回去，她温淡地喊了声："阿姨好。"

谷鸢竹拍了下手："巧了巧了，说曹操曹操到。"

"来来，"她一边说着一边扶着秦漪往里面走，分明是第一次来，却自来熟得很，"展示一下礼品。"

秦见月也看到了跟在后面的男人，男人手里捧着一摞盒子，很快统统被摆在大厅的桌子上。

谷鸢竹说："月月你自己拆吧。"

秦见月还是有些警惕心的，说："我拆了是不是就算我的了？"

"当然是你的，谁拆都是你的。阿姨给你准备的心意。"

秦见月讪讪一笑："这……不好吧？万一是很贵重的。"

"钱不钱的不重要，相信我，你绝对配得上。"谷鸢竹斩钉截铁地说。

盒子被秦见月小心翼翼地掀开。

映入眼帘的是一片金色绸面，上面覆盖着熨帖的紫蟒图案。

秦见月不敢置信地捏着这蟒袍一角，将其整个拎起来看，精致的绣花附着在一片气派灼眼的金色之上，气概十足。

另一个盒子里，装着精致的点翠头面，中间牵着一颗玉兰色的珠。头面之下，是一面赤色霞帔。

她看着戏服上的龙纹："阿姨，这个太夸张了，我不能收。"

谷鸢竹不以为意："哪儿夸张了，我说你受得起，你就受得起。前两天不是刚拿了个奖，这就是个开始，等今后升了二级演员一级演员，总有机会穿。而且这送礼的人说了，你必须得穿。"

秦见月一怔："送礼的人？"

"你猜是谁。"

"程榆礼吗？"除了他，她想不到还有谁能送她这样贵重的东西眼都不带眨的。

谷鸢竹笑着摇头："要不你先去试一下吧，我看看效果。"

秦见月拒绝了一下，又抵不过谷鸢竹的热情，只好进去更衣。这身行头穿在身上不是一般的沉，她拎起袖子，看着袖口的龙图，极致的绣工让她久久失神。

大学的时候，老师给他们介绍过这样的戏服，那时跟同学对着那几身衣裳欣赏得如痴如醉。

同桌说："我什么时候才有机会穿上。"

秦见月擦擦口水，说道："我看我们还是等下辈子吧……"

没想到，这件金贵的衣服就这样轻飘飘地上了她的身。

没有照镜子的机会，秦见月穿着戏袍出来。

谷鸢竹正跟秦漪坐在一起聊着天，见到穿戴整齐的秦见月大吃一惊："简直就是量身定制，太合适了。我得赶紧拍给老爷子看看。"

秦见月怔住半分钟有余，确信她说的是："爷爷？"

谷鸢竹咔咔拍了几张照，秦漪见着也觉得精美绝伦，跟着一起拍了几张。

谷鸢竹一边发图一边说："嘿，他还叫我甭跟你说，我这嘴可憋不住事，实话告诉你吧，程乾这阵子不是成天在参加拍卖会，这身衣裳就是他弄回来的。叮嘱我叫我送给你。我说您怎么不自己去啊，他就冲了我一句。"

她说完，放下手机，温和一笑："过来，让妈看看。"

这个"妈"字让秦见月脸一红，她听话地走过去。

谷鸢竹提了提她的霞帔："有气质的衣服就该有气质的人穿。"

秦漪在旁边附和说："确实不错。"

秦见月还是觉得不可思议，说："这是爷爷……专门为我拍下来的衣服吗？"

"是不是专门我就不知道了，总之他说就是当给你的一个鼓励，说你一定得穿着它上台唱一次让他看看。"

秦漪"哎哟"一声，扶额说："这、这这……我都有点儿消化不过来了。"

谷鸢竹说："别想得太复杂，这就是我们这边的一点儿小心意，之前见月在我们程家也受过委屈，老爷子估计是心里过意不去。我倒是不知道他怎么就良心悔过了。"

她说着，声音低了些，对秦漪道："前阵子不是生了个大病嘛，兴许就是这病闹的，人一怕死，也就没从前那么冥顽不灵了。不过呢，老头这嘴还是硬。"

她说着，又看向见月："爷爷就是心高气傲，拉不下脸来。既然他选择给你这个东西，就代表不跟你计较这里头赚了还是赔了。"

"所以这不算什么，别有压力。好好唱。"谷鸢竹说着，又上手掐一掐她的头面，"你优秀了，咱们两家人面上都争光。知不知道？"

秦见月眼眶一热，点头说："谢谢阿姨。"

谷鸢竹又看她一会儿，欲言又止。

秦漪说："留下来一块儿吃个晚饭吧？"

谷鸢竹看一眼阿林："我这带了个小家伙来呢，你不嫌弃就成。"

秦漪说："哪能，哪能。"

秦见月换好装和他们一起吃饭。

谷鸢竹是个能侃的，她很犀利，也很直率，问些秦家的家事，又问秦见月和程榆礼的事，秦见月一声不吭，谷鸢竹便说不着急不着急。

秦漪也在那儿煽风点火，对程榆礼大夸特夸。

谷鸢竹说了算了咱别管了，小孩的事就随他们决定去。

饭后，谷鸢竹乘着暮色离开这里。

蟒袍被留了下来。秦见月穿脱的时候都极为小心，生怕扯断一根线。

最终，精致的服饰躺在她的腿上，秦见月轻轻地抚着袍面的纹路。她不明白程家人突如其来的热情为的是什么，是程榆礼指使的吗？

他应该不至于出这种奇怪的主意，更何况，他应该也指使不动他的爷爷。

秦见月茫然地挪眼看向窗外。

从这个角度，恰能看见那个废弃的邮筒。

每一天在这里取信的期待和快乐就这样戛然而止了，这种没有了等候的感觉十分空荡。

甚至这寂寞让她产生些微的忧愁。

难道是真的，戛然而止了吗……

秦见月又从抽屉里取出邮筒的钥匙，她鬼使神差地想着，再去看一看。

最后一眼，确认一下就好。

她是跑过去的，钥匙插进去一转，打开邮筒门的瞬间，暮色四合，华灯初上，在一片半明半昧的光辉之中，她清楚地看到，里面果不其然正躺着一封信。

它似乎，在发着光。

是那样的惹眼，让她热泪盈眶。

秦见月凝住呼吸，将它打开。

其中写道：

好了，被你发现了。其实这才是最后一封。

它并不是多余随意，突发奇想而来，而是要比往日更为郑重、贵重的。

因为想要比你的付出更多一些。

情书要多写，爱要多说，想你要比你想我更多。

即便如此，我知道我无法弥补亏欠你的这一些年的时光。我也应该这么做。

见月，不知道你有没有思考过永恒这个词。

我从前以为的永恒是长久，是年岁，是倘若我活到九十岁，暮年回首时看到的这一生。

我总觉得这概念太过遥远，听起来那么虚无。经历过感情的变故，我现在不再去忧愁往日憾事，也不再焦虑未来，只想留住眼下的每分每秒。

于是后来，我将永恒理解为：和所爱之人共度的每一分每一秒。你在我身旁安然无恙地停靠，我看着你的容颜幻想着我们的地老天荒，我们一起迎接每一个即将到来的明天，这就是我能够想到关于爱情最为隽永的表达。

而每一个明天里，都包含着我对你更多一份的爱。

我的初恋，我的妻子。我的朱砂痣，我的白月光。

我的见月，我的此生挚爱。

多谢你如此精彩耀眼，做我平淡岁月里的星辰。

程榆礼

2020 年 6 月 2 日

秦见月手指不禁打着战，一滴一滴滚烫的泪落在纸面上。眼泪将他的字迹打湿，钢笔的墨极易晕开。

2号，已经是七八天前的事了。

这一封信里，他特地标注了时间，她都没有细心去计算，原来从那一天到现在，已经十年了，这是她等待了十年的回应。

她的129篇日记，等来他的130封家书。

这一路，她走在迷雾之中。踽踽独行，跌跌撞撞。

上天悲悯，终于听到她如泣如诉的祷告。

暗恋成真，不是她苦守多年，终于等到他肯回头。

而是她孤独地迷失在黑夜时，抬眼便见到他一往无前地朝她跑来，带着他曾经缺失的少年热忱，携着她需要的光亮，以及，由那些多一点儿组成的、足以让她感受到平衡的爱意。

热忱、光亮与爱意汇聚在一起，铺满她来时那段坎坷的路，亲吻她满目疮痍的伤。

秦见月抬起湿透的眼，看向天际，站在那一轮高悬的月亮底下，她给他打了一通电话。

程榆礼接得很快。

她尽量克制了一番情绪，说道："你妈妈来找我了。"

他声音平静，问道："她说什么？"

秦见月的喉咙口哽着，一时发不出声，她没有回答："先不要说这个……"

再开口已然潸然泪下，她一字一顿说道："程榆礼，我看到月亮了。你说过，抬头看见月亮的时候，你就会来见我。还算数吗？"

那头的人闻声，也稍稍顿了下："当然。"

她哽咽着："那你现在来接我，我想回家了。"

2

秦见月不知道自己在那个邮筒旁边等候了多久，信被她翻来覆去地看，直到眼睛潮湿得擦不干。

程榆礼来的时候，她的眼睛都是肿的，身上穿着在家里穿的轻便宽大的T恤。秦见月蹲在地上哭得不能自已，被人抱起来放进车里，而后就一直这样被他紧紧抱着。

她在他怀里克制不住抽抽搭搭，程榆礼的吻落在她颊上的泪水上，见她流泪，不无心疼。他轻轻握住她手中的信封，想替她放到旁边。

秦见月不撒手，于是他便随她这么固执地捏着。

回到山脚下的合院。因为程榆礼常回来清理，家中很干净，像是一直有人居住。尤其是最近，他来得格外勤，仿佛早就在候着什么。

秦见月是被抱进家门的，她搂着程榆礼的肩，闻到家中熟悉的甘甜气味。

她不像他这样妥帖，自离婚后没有再来过侧舟山。这类似果香的气味，这叠放整齐的物品，壁龛里他喜欢玩的香炉，一切如故，像她从未远离。

秦见月在家里环视一周，和他们新婚乍到时没有区别。

刚刚收回去的泪又汹涌溢出。她今晚有点儿泪失禁了。

人被放在沙发上，秦见月还在哭。头顶有冷风与灯光，一团团纸巾被覆在脸上。

泪眼模糊里，她看见他穿一身熨帖齐整的正装，大概是工作刚忙完——也或许没有忙完就赶过来了。模模糊糊一道影子都如此光风霁月，引人遐想。

而这样一个高处不胜寒的人，此刻却贴心地在动手轻揉她发肿的眼皮。

程榆礼的指腹是暖的，体温连同着他的心跳与脉搏。

秦见月急迫而略带气愤地说：“你不知道，你不在的时候，我都不哭。你，你好过分……我……”

程榆礼搂着她哄，缓一缓她的情绪：“不着急，慢慢说。”

本以为等来她如数家珍对他的错事——奚落，没想到秦见月开口却是：“我让你唱歌，你不唱，你……好了，我不叫你唱，你倒是挺起劲的……我就觉得，你就是，失去了才懂得珍惜。”

程榆礼失笑，不住点头说：“是，是，我是失去了才懂得珍惜。”

“还笑呢。”她掀起肿肿的眼皮，伤心地看着他，“你说你是不是浑蛋？”

他丝毫也不辩解：“我是浑蛋。我是。”

"嗯，还有就是，你真的很迟钝！你都看不出来我喜欢你，我们结婚那么久你都看不出来，好笨啊！"

他好脾气笑着："嗯，这个也怪我——还有吗？"

"还有，还有，还有你真的……"她讲着讲着又开始抽噎了，上气不接下气的，"你真的太讲礼貌了，你明明可以强吻我的，你还要在那儿跟我啰里啰唆的。"

他好笑地问："强吻你，你会跟我走吗？"

"不会，不一定会。但是……但是我会觉得你在为爱发疯——"

程榆礼敛眸，看向她色泽鲜艳的饱满嘴唇，因为她哭得太久，唇瓣有几分干燥。尽管有种乘虚而入的卑劣，但这果实太过诱人，他实在忍不住，低头用力地吻了下去。

"唔，程……你让我把话……"

她的挣扎换来的是更为凶猛的入侵。程榆礼捧着秦见月的脸，用力地吮着她的唇，一个杂乱无章的吻让她不自觉深陷。

"程……"

腰被掐住。

她深吸一口气，听见他贴在耳畔的急切呼吸声。这是忍耐了多时，久旱逢甘霖的痛快。

秦见月四肢乏力，勾住他肩膀的胳膊都逐渐软弱地坠下来，任由他摆布。

很快，在这个吻里，彼此渐渐找回往昔亲热的滋味，他撬开她的齿，用力地裹与缠，攫夺她的全部理智。

秦见月被亲得七荤八素，哭也不哭了，想说什么也不记得了，没出息地觉得好舒服。

拧了多时的眉头总算舒展开，在久违的亲昵之感中，她被削弱了一寸脾气和伤心。

末了，秦见月怪他一句："你能不能听我把话讲完啊，好没风度。"

程榆礼鼻尖轻轻擦一下她的，声音嘶哑："不是想看我发疯？"

"……"

"够不够？还生气吗？"

秦见月擦擦嘴巴，闷闷不乐说："还生气，要多哄一会儿。"

· 487 ·

她说着，又泪眼婆娑起来。

他抵着她的额，用手掌替她擦擦脸："哄你，不哭了。"

她梗着脖子："要哭，哭久一点儿，让你自责。"

程榆礼轻轻摇头，眉心苦涩。他垂眸，忍不住又碰几下她的唇，沉着声音说："说真的，月月，我好想你。"

秦见月推他的手腕，忍不住嘲笑道："程榆礼，你知不知道你真的肉麻，你写的那是什么东西啊，看得我……我都起鸡皮疙瘩了。"

他忍不住笑："真的？"手撩起她的 T 恤，"我看看哪儿起鸡皮疙瘩？"

秦见月瞳孔一紧："哎呀，你又开始了。"

他轻淡一笑，放过她，又吻一下她的耳垂，带来一句虚声的："宝宝，我好爱你。"

"……天啊，肉麻。"

"以后每天都跟你说。"

"肉麻死了，不许说！"

"爱你爱到一百岁。"

秦见月羞耻地笑着，把他推开："你怎么那么烦啊。"

程榆礼也轻轻弯着唇角，干燥温暖的手掌揉住她纤细的指，像是在共通她的难过伤悲，或是内心深处的喜悦兴奋。

秦见月忽然想到什么，恍然抬眸问："对了，我的信呢？"

程榆礼闻言，立刻将手伸到旁边，从茶几上取来信封："这个？"

她见状，机警地夺过去，又横看他一眼，质问道："你……看了吗？"

"……"程榆礼都不知道怎么回答。

"不要看，这是我老公写给我的。"

他懂事点头，笑了下："好，我不看。"

秦见月下一秒便被推倒在沙发上，她反应迟钝地睁大眼，手腕已经被擒住。男人高大的影子很快压过来，他一边亲她一边解开衬衣最上面两颗扣子，密密麻麻的吻落在秦见月的额角、眉心、鼻梁、唇畔。

男人的薄唇在她面颊各处轻擦，小心而柔和。他漫不经心的语调在耳畔："请问，你的老公是哪位？"

"……"

"嗯？"

"关你什么事哦！"

他轻笑着，咬一下她的唇："哪个男人这么好福气，说出来让我羡慕羡慕。"

秦见月憋不住笑，又羞得用手去挡他："你怎么老是亲我啊。"

程榆礼不怀好意说："今天太高兴了，实在有点儿激动。体谅一下我身为男人的失控？"

秦见月捂着脸不吭声，似乎是在笑。在她的默许之中，他俯身下来，唇瓣再一次紧紧相贴。

算了……有什么要紧事一会儿再说。叙旧调情的时光多么美好。秦见月闭上眼，迎合他来势汹汹的吻。

男人的手指沿着她的腰线往下游走，最终，停留在她的牛仔裤的边缘。秦见月身子一缩，脸红道："干什么呀。"

而程榆礼却没再往下走，探到她的裤兜。果不其然，摸到了一枚戒指。

秦见月的反抗无效，程榆礼两指探进她的口袋，迅速将它取出，问她："每天都带着？"

"不、不是。正好在这个裤子口袋里。"她涨红脸。

"是吗？"程榆礼眼往下挪，打量她一番，"我怎么记得，上回在交流会，你穿的不是这条裤子。"

秦见月脸一皱，小声说："程榆礼，你咄咄逼人，我又要哭了。你凶我。"

他哑然失笑，亲一下她的额头，哄道："没别的意思，就是想问问——"声音一低再低，"你带着它跟我亲密，你老公不会生气吧？"

秦见月一惊："你怎么能说这种话，我生气了。我真的要哭了。程榆礼，我哭给你看！"

狠话放完了，她这下是想哭又哭不出来了，刚刚泪失禁那阵情绪已经过去，她挤了半天眼泪，没落下来一滴。

程榆礼取笑似的看着她，抚着额，饶有兴趣的模样。

秦见月呜呜了半天下不来台，终于被他一把搂在怀里。

程榆礼垂头在她耳畔，笑着说："好了，不为难你。假装没看到。"

他咬着字，调戏她的语气："我们偷偷摸摸的。"

秦见月更吃惊了："不会吧，程公子也是那种偷偷摸摸的人吗？"

程榆礼已然没什么羞耻心了："为了你，我可以是。"

秦见月不哭了，被他的吻哄好。在程榆礼怀里撒了会儿娇，她抬起被洗干净的一双水灵灵的眸看他，他却有点儿想笑。

秦见月眼皮的褶都被肿没了，眼皮是淡淡粉色。

程榆礼用指关节蹭了一下她热热的眼睑。

"等着。"他说着便去冰箱里翻东西。

秦见月悄悄跟过去，看到在冰箱里还塞了不少饮料，她诧异道："你平时在这里住吗？"

"不在。"程榆礼从冷冻柜里取出一只冰袋，应道，"这不是想着你哪天回来，我得时刻准备迎接。"

秦见月："……"

她嘟囔一句："你真的是诡计多端呀，我可没有说过我要回来。"

程榆礼把冰袋放在她的眼皮上，说道："你不回是你的事，我候着是我的事。"

秦见月不吭声，接过他手里的冰袋，自己捂在肿胀的眼皮上。

"吃了没？"程榆礼问她。

"吃过了，还是和你妈妈一起吃的。"说到这个，秦见月问他，"想问你呢，那个衣服是你叫爷爷给我买的吗？"

程榆礼纳闷地问："爷爷？他给你买了什么衣服？"

"就是……一件戏服。蛮贵的。金色的。"

"你收了？"

"对啊，你妈妈送过来的，特别热情，我都不好意思不收。她还鼓励我说以后会有机会穿的。"

程榆礼曲起手指刮一下她的鼻头："你也是傻，真不怕黄鼠狼给鸡拜年。"

秦见月鼓了鼓嘴巴："我现在是光脚的，才不怕穿鞋的。你家里人又威胁不到我什么了。"

程榆礼看着她，笑得清淡，不说话。

秦见月看他这么笑，心里毛毛的："怎么了啊，你想说什么？"

"没有，"他轻轻摇头，"戏服喜不喜欢？"

"还挺喜欢的。我在想我要上门去感谢吗？"

程榆礼说："不用。"

秦见月问："不过我还蛮惊讶，他为什么突然变了态度呢？"

程榆礼显得无奈："你是不知道我私底下做了多少思想工作，铁杵都磨成针了。再者也是你自己优秀，让人刮目相看，没有人能随意诋毁揣测一个优秀的人。是不是？"

她重重点头："对，对。"

他拉起她的手："以后心里有什么不舒服，就跟我说。我会想办法解决。"

秦见月说："你要是解决不了呢？"

他说："那我们以后就再也不回程家了。"

她愣一下，忙说："不需要你这样，我会很愧疚的。"

"不必愧疚。"程榆礼揉着她的手心，"以后的家是我们两个人的。不管别人怎么看怎么说，既然他们看不惯，那就不来往。我们的婚事、感情轮不到任何人指点。他们要是愿意和和气气，我们也就做个表面功夫。"

秦见月听得动容，说："其实我今天收到那套戏服还挺感动的，我觉得爷爷肯定还是希望我们好的，不然也不会让你妈妈主动上门。他可能就是有点儿好面子吧。"

程榆礼不由得笑了笑："你真是心软。"

"我觉得你也很心软呢。"

"我可不是对谁都这样。"他说着，揭开她眼皮上的冰袋，见她双眼皮回来了，便将冰袋撤走。

秦见月迈步继续跟过去："而且，而且，你要说清楚，怎么就两个人的家了？你可什么都没交代呢。"她嘟囔着，又别别扭扭侧过身去。

程榆礼关上冰箱门，去冲洗一下手，从口袋里摸出她那枚戒指，柔声问她："想好了吗？月月。"

秦见月的手被他捉起来。

"想好什么？"她明知故问，脸颊红红。

他似笑非笑地问："要不要再嫁我一次？"

秦见月说："嫁你啊？那我得好好想想！"

"嗯，"程榆礼又放下她的手，点头认同说，"好好考虑，决定了以后就不可以中途逃跑。"

她问："我要是跑了怎么办？"

他笑着："每天都去强吻你。"

秦见月也扑哧一声笑了："你还挺幽默的。"

程榆礼威胁说："说到做到，动真格的。"

想了最后一分钟，秦见月把手放在他的手心，小声道："好吧，勉为其难。"

程榆礼却没急着给她戴上戒指，开口说了句："说你爱我。"

秦见月出乎意料地一愣："……嗯？"

他一字一顿重复："说、你、爱、我。"

"太肉麻了，我才不说！"

程榆礼道："可是我想听，你今天一直都没有回应我。"

这语气，怎么莫名还有点儿委屈呢……

拿他没辙。她近乎嘀咕，嘴里蹦出这三个字："我爱你。"

程榆礼微笑着，俯身凑近："听不见。"

"我、爱、你！"

戒指被推到底，她被一把搂进他的怀里，他在她的唇上烙下一个重重的吻："我也爱你，老婆。"

先结婚，再圆房。

秦见月穿上去年常穿的睡裙。睡裙被他清洗得很干净，有淡淡的香剂气味。她的头发长到蝴蝶骨，洗过后干燥蓬松，自然坠着。

床也被他整理好了，说不出这是细心妥善之举，还是早就有所图谋。

程榆礼看她光滑的四肢，一抹洁净的白让他忍不住心颤，喉结重重滚一圈，手下是风度尽失的力道，将人重重拉入怀里。

绿油油的秦见月，像一片荷叶翩跹落进池塘，浮在水面。热吻袭来，他的指轻轻一勾吊带，薄裙滑落。

结束时已经凌晨了，秦见月没看具体时间。安静的卧室里，程榆礼将她轻拥在身下。秦见月突然想起一回事，她瞬间坐起来，将手按在他的胸口，有一下没一下摸着他的肌肉："你之前说要带我去看萤火虫，说话算话吗？"

程榆礼宠溺地说："明天就去。"

秦见月满意地笑了，很快，嘴角又压下去："还有个事。"

"什么？"

"我还没有跟我妈妈和哥哥商量，会不会太草率啊？"她举起手，给他看看戒指示意。

程榆礼神色凉凉看着她，声音沉了些："他们不同意，你就不嫁了？"

这个问题他第一次求婚的时候也问过，但语气全然没有此刻凝重。

秦见月故作为难说："当然啊，妈妈的意见多重要啊，她看男人眼光可比我——"

"秦见月，"程榆礼掐一把她的腰威胁，"你还真这么想是吧？"

被捏到痒痒肉，秦见月笑着缩成一团。等他手拿开，她才开口道："不是，不是。我怕我哥那个暴躁的脾气，说不定听到消息还会从外地赶回来揍你。说不准的。"

闻言，程榆礼慢悠悠俯下身，贴着她耳质问："居然知道那回事？"

秦见月心虚说："有听说。"

他声音更低了一些："怎么也没见你来慰问一下？"

秦见月失语，怎么还计较这个啊？

程榆礼催着她答："嗯？"

她嘀咕说："挨两下揍怎么了呀，男孩子不要这么娇气。"

"……秦见月。"程榆礼眼角微微压着，委屈巴巴，最后一寸骄傲的火都在她眼前被扑灭，"心都被你伤透了。"

她轻轻啄一下他的嘴唇："好了，不伤心。哄你。"

他不满，闭上眼说："没用。"

男人真是矫情。秦见月问："怎么才有用？"

程榆礼给她一个眼神，让她自己领会。

她又凑过去，干巴巴亲了他两下："好了吗？"

程榆礼倏地扣住她的后脑，将她抵在身下，鼻尖相擦，他哑着声音问："舌吻不会？"

"……"

"会不会？"

"……"

"你主动，吻到我叫停。"

"……"

他们亲吻，几乎都是他占主导，她性格内敛，吻技也如此，刚开始的时候还总是收着，是亲多了才学会自如地迎合。

重逢夜里的春宵时刻，两人都有兴致，不觉间竟就天亮了。

夏至前后白昼很长，秦见月赤足下床，掀开一小片窗帘，抬头看看天上。

在一片晴朗深邃的青空之中，遥远的天际缀着一颗亮星，人们叫它启明星。

原来启明星是这个意思。

她爬回床上，对程榆礼说："你说你那个时候要是去跟我说话了，我们说不定……就可以……"

心有灵犀地想起是哪一件事。记忆一起回到高中时期的京剧社团。程榆礼显得困倦，闭眼接话："可以什么？"

她说："可以在一起啊。"

程榆礼轻轻弯了弯唇角，没有吱声。

秦见月钻进被窝里，气馁语气："好吧，有人不愿意，我就知道。"

他从后面抱住她："谁不愿意？"

有一点儿幸福。秦见月轻轻扣住他的指，小声道："学长，我喜欢你。"

他笑着答："学长也喜欢学妹。"

二人醒来已经过了午后。

秦见月揉揉还有几分发胀的眼，和他商量："我们今天有几件事要做，一个是接狗狗回来，我顺便回去整理一些东西。"

程榆礼坐在她对面剥鸡蛋。不管起床多晚，他坚持建议她补充蛋白质。

"嗯，然后？"

"二是，我们要去见一下我妈妈，我还没想好怎么跟她交代，结婚的时候骂了我一顿，离婚的时候骂了我一顿，复婚不会又挨一顿骂吧？苍天啊！"秦见月说着说着，眼神绝望。

程榆礼轻笑着抬眸："挨骂也不能反悔。"

……这是有多怕她悔婚啊？

他又问："还有什么事？"

秦见月说："还有就是要去看萤火虫啊，你答应我的。"

程榆礼淡淡地"嗯"一声："自然会去。还有吗？"

"没了，还有什么？"

他眸色微微凉："仔细想想。"

"还有什么啊？"秦见月纳闷地想。

程榆礼又忍不住失落，用手指敲她的额头："当务之急，是领证。"

秦见月恍然："这有什么好急的，你还怕我跑了？"

程榆礼一本正经，患得患失："怕你反悔，怕你变心，怕你身边又冒出几个男人来折磨我。"

"折磨我"这几个字让她笑出声："你是认真的吗？"

程榆礼不答，只道："吃完就去民政局。"

他伸手戳一下她被鸡蛋填满的腮帮子："嚼快点儿。"

秦见月："……"

还有没有王法了？

3

去领证，程榆礼还突发奇想特地找来阿宾开车，理由充分："让你来见证见证，不能只我们两个高兴。"

阿宾："……老板说得都对。"

秦见月感谢他没有把整个公司的人都喊过来"见证"。

天气大好，新鲜的证到手，程榆礼端详一番，接下来步伐就没再那么着急了。

秦见月把证揣口袋里，跟他说："去见妈妈。"

"嗯。"

秦漪在家，咕噜也在。

听闻外面的动静，恹恹趴在地上的狗子倏地起身冲出来迎接它的"爸妈"。

"你激动啥呢咕噜。"秦漪跟着走出来。

尾巴都快摇到天上去了，咕噜兴奋地往两人身上扑。程榆礼残忍地把它拎到一边，喊了声来人："妈。"

秦见月被他扣着手，想抽都没抽出来。

程榆礼一句话让她准备了多时的腹稿都没用上。

他淡声说："我们复婚了。"

秦见月倒吸一口凉气，没有缓冲的机会就看到秦漪同样错愕的神情。

而秦漪很快就平息了心绪，缓缓牵起了唇角："真的吗？"

程榆礼举起结婚证示意。

秦漪接过去看，竟有些感动地吸了吸鼻子，一个劲地说："猜到了，猜到了，猜到了……"

秦见月问："你是怎么知道的呀？"

"妈也喜欢过人，妈妈知道，感情不断，总会旧情复燃的。"秦漪说着竟然眼眶有些湿热。

从没见过妈妈这样感性，秦见月上前去拍拍她的肩轻哄。秦漪捉着女儿的手说："既然如此，以后要好好过。"

"嗯嗯。"秦见月点头，眼睛也有点儿湿湿的，"我知道。"

"小程，那往后月月就拜托你照顾了。"

"嗯。"程榆礼从容地应，"我说过，月月对我来说是很重要的人。不会再让她吃一点儿亏了。"

几人站在院子里说话，咕噜就疯狂地在两人之间旋转、跳跃，喜气洋洋。

陡然见秦漪手里握了沓东西，秦见月一惊，程榆礼也随之瞥过去，同样微微诧异。

"妈，你怎么把我的家——情书翻出来了！"秦见月吓得脸都变红，赶紧从秦漪手里夺过去，有三四封，"你不会都看过了吧！"

"啊？这是你的情书啊，我帮你拖地看见摆桌上，我还当是什么获奖的信，里头太暗，正要看一眼。"

"别！"秦见月把几张信封揣在怀里，满脸惊慌，"别看！"

秦漪哈哈一笑："还不好意思呢。"她偏头看向程榆礼，打趣，"小程啊，你看我们月月多抢手，得有点儿危机意识。"

程榆礼看着秦见月仓皇的侧脸，又看看她手上的东西，在淡淡笑着："是。"

信封最终被她整整齐齐摆回去。

两人留下来吃了顿秦漪烧的晚饭。

坐上桌，秦漪突发奇想又提议道："女儿红还有些剩的，干脆今天一块儿喝了吧。不留着下次了。"

程榆礼认同说："没有下次。"这样应着，他去取酒，回来后将剩余那些酒给每个人都斟满。

最后的最后，程榆礼捧着坛子在院子中央倾倒，酒水凌空洒下，淌在地面。

"爸，你看到了吧，我们圆满了。"

酒被倒干净后，酒罐摔在地上，砰地碎裂。惊动天上云，它缓缓流走，天空显出余晖尚在的太阳。

阳光普照之下，酒水很快挥发。

4

跟咕噜一起回家的还有程乾送给秦见月的那套蟒袍。

秦见月将其搁在腿上，仍心怀忐忑。想必哪天要是真在台上穿了它，她唱戏都要变得束手束脚。

程榆礼倒是显得浑不在意，毕竟是荣华富贵养出来的人，从容许多。只掀起衣服一角，用手指摩挲一番质地，价值便了然。他指了指衣服，对见月说："穿给我看看。"

她捧起来，打算往衣帽间里塞："才不，我怕你把它弄脏。"

"弄脏？"程榆礼揪住她的脸，片刻才反应过来，觉得好笑，声音压低说，"秦见月，你脑子里都装了些什么？"

"还好意思说呢，你又不是没干过这种事。"

程榆礼挑一下眉，细细回想是哪一件事。

隐隐记起，是某一回，那件她珍爱的裙子被他弄毁，她好生气。

程榆礼轻笑，敛眸说："真记仇。"

他又重新揉了揉蟒袍上面的金线："说实话，这衣服我要弄脏了，赔起来还真有些伤筋动骨。"便给她一个承诺，"穿吧，就看一眼，我忍得住。"

秦见月应了声，打算去里间更衣，又被他捏着胳膊拉回来。程榆礼悠悠道："哪儿去，这里不能换？"

秦见月不能忍，骂他一句"阴险"，而后脚步匆匆逃离，把门关得哐哐响。

他在外面乐不可支。

换好戏袍的女人出来，程榆礼说是简单看一眼，却直勾勾盯着她愣住很久，一身精美的袍晃他的眼，那张被衣服衬得姣好清澈的容颜又让他心神大乱。好半天，程榆礼终于开口评价一句："长这么大，老爷子都没送过我这样的大礼。"

秦见月认同道："是不是？你也觉得这礼太大了。"

但他说："你受得起。"

话音刚落。外面传来聒噪的狗叫声："汪汪！汪汪！"

程榆礼看下去，可怜巴巴的咕噜在冲他摇尾巴。

他说："把它给忘了。"

最后一件事，他们约定好的，要去看一看萤火虫。热夏傍晚，地面被蒸得没有一丝水分。两人牵着手走在修建过的平坦山路上。

同样牵着狗狗，牵着老伴在往山上走的，是一对老夫妻。

对方的狗是泰迪。

泰迪一看见咕噜就猛扑过来，嗷嗷喊个没完，两只狗扯在一起便一发不可收拾。

程榆礼赶紧把咕噜拽回来。

秦见月见状，向他提议："要不我们把咕噜送去配个种吧。"

程榆礼想了想，真诚道："我的建议是，可以给它找一个固定伴侣。'配种'这个词听起来比较迷乱。"

秦见月恍然："对，这是个好主意。"她点着头，喃喃道，"狗狗不自爱，就像烂白菜。"

"嗯。"程榆礼认同。

于是就这样达成共识。

好不容易按捺住躁动的狗，两个人继续往山上去，步履轻缓。还未至山顶，秦见月的余光里看到灌木丛中一飞一落的萤火虫，她惊喜道："程榆礼，你快看！"

等他同时望去，稀稀落落的几只萤火虫一道升起。再往前，萤火虫越来越多，夜也越来越深。

满目的流萤铺陈在他们的前路，宛如被这大自然的美好生灵拥着往前。

秦见月贴在程榆礼的胳膊上，听见他轻轻一笑："果然有。"

她看着走在前面的老夫妻背影，有朝一日无所顾虑，在他身边安然无恙地停靠。

花好月圆的夜，流萤引路，白发映着青丝。很多的理解与感悟或许就在一瞬发生，秦见月在此刻体会到了一种此生无憾的圆满。

复婚这件事，秦沣是最后一个知道的。

在此之前，秦见月是真的有点儿怕程榆礼挨揍，给他出了一个好主意："我哥哥喜欢吃肉和海鲜，你可以锻炼一下你的厨艺，做点儿好吃的，这样就能收买他了。"

早晨的被窝里，程榆礼半信半疑："当真？"

"真的，他就是头脑简单四肢发达嘛，把他胃口养好了，干活就起劲了！"

他轻轻笑着，不置可否。

"怎么，你不愿意为了你的'不挨揍'而努力吗？"

程榆礼悠悠道："这事很简单，还用得着这么大费周章。"

"哪里简单？"

他理直气壮吐出四个字："你保护我。"

秦见月不敢置信："……那你岂不是就成了缩头乌龟。"

程榆礼不以为意地点头："是，我只想当乌龟。你不保护我，我挨了揍会哭，我哭了还是得你来哄。算来算去都是你的损失。"

秦见月被他这个逻辑绕糊涂了，只觉得："我发现你好像越来越狡猾了。"

她背过身去，程榆礼从后面抱住她，难得一见的黏人，脸颊贴在她的肩膀："媳妇儿，你就不能疼爱我一次？"

秦见月脖子都涨红了：我也不想被钓啊，可是男神在跟我撒娇哎……

她没出息地心软下来，摸摸他的脸："好吧小乌龟，我叫我哥哥手下留情。"

"手下留情"这个词彻底把他逗笑了。

程榆礼掐着她的脸："秦见月，你怎么这么可爱？"

于是乎，程榆礼按照秦见月出的好主意，在家苦修厨艺。

这其中缘由，也不全是为秦沣。程榆礼仍然把生活质量作为第一要义，希望他们携手共建的美好家庭可以蒸蒸日上。媳妇儿吃饱了，才有力气唱曲。把媳妇儿哄高兴了，他才有动力干活。

侧舟山的青葱树叶缓缓凋敝，每日从厨房窗口都能看到满山盛大的秋日，而那些火红的枫同样也见到这样悠闲散漫、不疾不徐，洗手作羹汤的身影。

秦见月看完了一部电影，来厨房里给他帮衬。

程榆礼问她："看了什么？"

秦见月说："《永恒和一日》。"

"讲了什么？"

"一个濒死之人，在生命只剩下最后一天的时候回溯一生。"

其中有一句台词，令她印象深刻：明天会持续多久？比永恒多一天。

她看看窗外，又看看身边人："我想到你给我写的那封信，有时我也会思考一天和永恒。"

程榆礼微笑看她："有结果吗？"

她垂着头，给他一样的回答，羞涩说道："和你一起等着明天到来的，每一分每一秒。"

程榆礼笑意变深。

"再加一个定语。

"是无怨无悔地爱着你的，每一分每一秒。"

他低下头亲吻她。阳光铺陈在漫山的叶上，秋风送来最清爽的气流，肆意的亲昵像是温暖潮汐。

秦沣回来时已经是九月底了，秋风扫落叶，冷空气来袭，燕城又快要在这一阵一阵的寒风里缓慢迎来祥和的冬。

因为先前秦漪就向秦沣透露过消息，秦沣早在微信上演过一出发疯文学，等到他真正落地燕城，气都消去了大半。那天中秋，程榆礼又给他做了一桌好菜。

秦漪、秦见月、程榆礼坐在一起吃饭。

秦沣倔着脾气，不吃，跷着腿，坐一旁看电视。

他确实是看程榆礼不爽。

瞄一眼丰盛的餐桌，他吞一下口水，说不吃就不吃。

程榆礼说："哥，你来吃点儿吧。"

秦沣脸一撇，冷哼道："我不跟姓程的吃。"

程榆礼没再劝他，转而温和地问见月："这个牛肉味道怎么样？"

秦见月说："太香了，我在燕城就没吃过这么好吃的牛肉！"

他又给她一筷子虾仁："虾的口感呢？"

"一级棒，鲜嫩多汁。"

他温柔地笑："那多吃点儿。"

"好呀，反正四个人的份，有人不吃，我吃两份！"

秦漪听出他俩一唱一和意有所指，有话想劝，但憋着笑也没说出口。

程榆礼说："你吃三份，我的也让给你。"

秦见月高兴坏了，甜滋滋地一笑："我要蘸一蘸那个醋！"

"好。"程榆礼顺从地替她接过桌沿的醋，转而对秦漪说，"妈，你也吃点儿。"

秦漪说："不不，我不吃虾。"

程榆礼说："吃点儿吧，煮多了。不吃也是浪费。"

浓郁的家常菜的香气是最诱人的，秦沣的口水已经在喉咙里滚了十几圈了。

程榆礼问秦见月："下次做小龙虾好不好？"

"好啊好啊，我超级爱！"

"喜欢什么口味，蒜蓉，还是——"

终于，角落里的某人抵不住诱惑，噌地站起来，动静略大，多双眼睛望去。

但，真男人不会低头。

秦沣瞪着程榆礼，竖起拳头，用眼神给他警告：小样，再敢欺负我妹，老子揍你！

程榆礼看着他，只淡淡地笑着，点一点头。

表示了然于胸。

中秋过后，再有团圆佳节便是春节。

秦见月没理由不回一趟程家。

这一年年关，程家传来一个好消息。程序宁因为那则纪录片获得了一个新人奖项，成功地收到某所国外电影院校的录取通知书。秦见月听见这个消息，在祝福之后想的却是，第一次见到这个女孩她还在念高一，一眨眼，她也毕业了。

三年时光，对忙碌的成年人来说不过弹指一挥。

而对象牙塔里的人来说，那复杂漫长、幽暗深邃的青春，却是多么难渡。是苦海，也是乐园。

秦见月难免会想到自己。

"你就让让我不行吗！气死我了！"

还是在一家人的餐桌上，嚷嚷的人是程序宁，嚷嚷的对象是程榆礼，嚷嚷的原因是程榆礼抢走那只裹着硬币的饺子。

程乾凉凉一吼："大过年说什么死不死的？！"

程序宁眸子一敛，不敢吱声了。

程榆礼夹起的饺子千回百转落在他侄女的碗里，安慰的话是小声对秦见月说的："谦让是一种美德，我们不跟小孩抢。我一会儿去多塞一个硬币，标个记号，明天煮给你。"

秦见月哭笑不得："不要啦。"

他很重注仪式感，认真说："要的。"

程家的餐桌比秦家的果然沉冷不少。

原来程乾这人大过年都不带笑的。

秦见月在踌躇一件事。

在来时的路上，和程榆礼商量，她想将她的艺术家奖杯送给爷爷，理由是："他给我那套戏服，我也不知道回馈什么，想来想去，好像这个是最合适的。虽然不能变卖成钱，但价值斐然啊。对不对？"

程榆礼彼时犹豫一下说："你想清楚。不要想着对爷爷的亏欠，多想一想奖杯对你的重要性。"

秦见月深思熟虑了一番，最终得出：奖杯虽然重要，但也没那么重要。得不到的时候很想要，得到了就成了身外之物。

抹不掉的是荣誉，那是拓在她的身上的。

于是就这么下定决心了，饭后，秦见月鼓起勇气去敲了程乾书房的门，和他讲了心里想法。

程乾背着身坐，都没看她一眼，凉凉说一句："谁稀罕。"

秦见月："……"

习惯被刺，没多余指责她已经是不幸中的万幸了。他说的是"谁稀罕"，不是"拿回去"，她便也听不出这是到底接纳还是拒绝的意思。

最终，脸谱奖杯被放在桌上，秦见月礼貌说再见。

第二天动身回家时，沈净繁在门口坐着听曲儿，刚上供完还一身檀香味，老太太正跟程序宁的母亲在一起聊天，提到什么程乾不知道从哪里弄来个脸谱的装饰品，爱不释手玩得起劲，看来改天得拉着他一道听一听戏，把这老古董带入他们戏迷行列。

秦见月闻言，微微一怔，而后温淡地笑起来，听见站在车前的程榆礼喊她一声："走吧。"

她快步过去。

5

四季更迭，又到冬日。雪落满城，悄无声息。最严寒那一段时日，工作日的起床变得无比艰难。

秦见月迷糊地醒来，望着头顶装饰精美的天花板，忽然有种不知今夕何夕的错觉。再一看身边人，程榆礼刚将她唤醒，而后妥帖地整理外穿的衣物。

秦见月揉揉眼。

"做梦了？"他敏锐地有所察觉。

"对。"

"梦到什么？"

"高中。"秦见月也痛苦地从床上爬了起来。

"好巧，我也是。"

"嗯？"她一听，来了精神，"你梦到什么了？"

程榆礼莞尔微笑，眼神看起来不像在撒谎。他说："你。"

"……"

秦见月瞪大眼睛，猛拍着脸。

太神奇了太古怪了太可怕了！

一张床睡久了，连梦都是可以互通的吗？！

秦见月挤挤眼睛，让自己清醒过来。

——小夫妻的一天生活怎么过呢？

从早晨的白煮蛋开始。

秦见月一边进食，一边不知道从哪里掏出他的情书，并开始声情并茂地朗诵："我的白月光，我的朱砂痣。我的见月，我的此生挚爱……"

程榆礼神情微微一顿，轻咳一声，而后起身离开。

秦见月便放下情书，专心吃蛋，准备等他回来再继续"攻击"。

很快，程榆礼坐回餐桌，手里拿着一个她无比眼熟的本子。

秦见月有种不祥的预感……

摊开她的日记本，他悠悠读了起来："程榆礼，你真的好帅。我今天实在不知道写什么，看到你我脑子里只有一句话——你真的太帅了。"

秦见月有以下六点要说："……"

"程榆礼，你的腿怎么可以那么长？我每一次跟在你后面都觉得好吃力。"

秦见月："……"

他翻一页，无关紧要的内容掠过，挑中满意的部分，继续朗读道："程榆礼，你的眼睛真好看。我今天终于近距离看到你的眼睛了，好像大明星哦。不对，明星也没有你好看，明星都是包装过的。"

秦见月："……"

"程——"

"你有完没完？！"

他抬起眼看她，淡淡笑："是谁挑衅在先？"

秦见月扑过去咬他的肩膀："坏蛋！"

他抱住她，视线越过她的肩，读到一句略显奇怪的："cyl，我打扰到你了吗？我甚至不明白该不该道歉，为冒失地闯进你的地盘，还是为我孤零零的偷偷喜欢，为我没有资格接近你的陌生人身份。对不起。"

程榆礼放下日记本，好奇看她："这是什么意思？你闯入我什么地盘。"

"就是……"秦见月说着，莫名又难受起来，"你的……空间。"

程榆礼一脸不理解："闯入我的空间，然后？"

"然后，然后你就把我屏蔽了！"秦见月见他这么若无其事，更为气愤道，"你居然不记得，好伤人。"

程榆礼摇头说："绝无可能。"

"是真的。我当时难过了一个晚上都没睡好，记忆犹新。"

他静静打量她一会儿，摸出手机，花了五分钟时间才翻找到自己险些失传的社交账号。

手机被丢过去，他说："年代久远，没什么印象了，你自己看看怎么回事吧。"

秦见月接过去，点进他的空间，看到五位数字的留言板，惊讶点开。

原来是因为那天被人刷爆了留言板，兴许是不堪忍受，程榆礼才将空间关闭了。

并不是将她一个人屏蔽，"没有访问权限"的是所有人。

且由此看来，他这一关不复返。除了校园群聊，几乎也不怎么用的账号已经荒废了好多年。

"好吧，错怪你了。"秦见月摇着头，自己都觉得好笑。她是怎么用一晚上时间脑补出那样一出大戏的。

唉，少女啊……

程榆礼没听见她略带歉意的声音，他给咕噜买了件新衣，正细心地替它穿上。衣裳红得扎眼，上面还写着一个大大的"福"。

令人费解的土。

秦见月不解地问："你为什么买这么红的衣服？"

程榆礼一本正经地解释："按人正常寿终正寝的情况来说，一个人一生要过六七个本命年，狗生也不能少，寿命对折下来计算，狗每两年就要过一次本命年。"

她哭笑不得："你这都是什么清奇的脑回路啊……"

秦见月蹲下去，帮他一起将咕噜的新衣穿好。

家里的事忙完，随后一起往外面走，各自奔赴工作。秦见月想到什么："对了，今天妈妈叫我一起回去吃饭。你有没有时间？"

程榆礼说："可以，很充裕。"

他开车将她送到戏馆，再折返回公司。

忙碌一天过完，车子再悠闲地开回到沉云会馆时，已经暮色四合。

程榆礼下了车，往里面走。步伐不快，身上一股风雪气息。

对面走来几个新来的小演员，正跟他们说话的是孟贞。孟贞抬眼一瞧，话匣止住，笑着迎道："程公子又来听曲儿啦？"

程榆礼点一下头作招呼，淡笑说："等我爱人回家。"

他穿一身黑色大衣，薄薄的深灰色围巾垂在领口，微微低头，礼貌地目送孟贞走远。不笑时神色偏冷，浅浅地笑起来时，像冰川起裂，雪水消融。

程榆礼还是那个程榆礼，永远是风云人物，在热议的风口浪尖。

迫不及待的讨论声几乎传到他的耳朵里。

"哇哇哇，那个是不是程榆礼啊？"

"我只听说过名字，听说他很帅，这哪里是很帅，这是超级帅好吗！"

"她老婆是我们剧团的吗？我已经开始酸了。"

被孟贞的厉声训斥打断："行了一个个的，适可而止啊。"

程榆礼推门，进入戏馆的大厅，打烊时分，灯光暗沉。就在这一片幽昧中，视线敏锐地捕捉到他要等的人。恰好迎面走来的是准备下班的见月。

同样看见他来，女孩脚步飞快，一路狂奔，重重地扑进他怀里，埋首进男人的大衣，在他胸口蹭了个够。

程榆礼笑得无奈，捏她后颈："好了，我身上冷呢，去车上暖和。"

她点着头："好。"

她悉数道来今日收获，程榆礼耐心地倾听。

今天的晚餐在兰楼街，有秦漪做好现成的，两人谁也不用劳碌。

程榆礼牵着秦见月往家里走，十指紧扣，她的手被连同塞在他的大衣口袋里。两人一起往胡同深处走，月光落在他们的身上，雪花碎在他们的脚下。

一边走一边聊。

"程榆礼，你是不是觉得我妈妈做菜不好吃啊？我看你每次都只吃一点点。"

"不好吃倒不至于，确实没有叫人胃口大开。"

"你要是这么勉强那我下次跟她说，别老叫我们去吃饭了。"

他笑着："哪里听出来勉强了？"

秦见月很计较："你说话很留余地的，你这么说肯定就是难吃了。"

程榆礼认真说："我要是真觉得难吃，会给出实质性的建议。"

"嗯……好吧，姑且相信你一次——咦？那个邮筒不见了欸，什么时候拆掉了？"

他顺着她的视线也一并望去："拆了也好，它的使命完成了。免得看见它总想起许多不愉快，今后只往后看。"

秦见月脖子一梗："好啊，那你要再给我写情书。每天都要。以前那些就不作数了。"

被噎住的男人无奈地笑着。

"写……还是不写呢？"

"写！"

他满眼蕴含着宠溺的笑，又在摇着头，表示为难。

风雪未灭，脚印成双。

一排赤色的灯笼底下，两人牵着手，慢慢悠悠在走。

许是不忍破了这和谐安宁，连今夜的北风都变温柔。

在这样的寒冷之中，人的惰性变强，不再那么精心地掐指去计算时日与年岁，任它缓慢流淌。

于是，这是属于他们的生命里再平凡不过的一天。

平凡的一天里，心头还有那么一点儿对明日的期许与爱。同样，便也成为他们的永恒。

不知不觉间，变大的雪落了满身满头，越发厚重，至两鬓斑白，如同相伴的眷属，正在垂垂老矣。

好似这一晃，人间已经过去几十年。

番外一／美满日常

1

程榆礼的生日在夏末，三十岁这一年生日，秦见月赏了他一个蛋糕，稍稍"炸"了一下厨房，但好歹也算成功把蛋糕给弄出来了。程榆礼坐在餐桌前，将叉子戳进蛋糕里，浅浅一翻，看到一块黑乎乎的不明物体。

他微皱起眉，而一抬眼就看到秦见月满脸期待看着他，等待夸赞的星星眼。

他说："看起来很美味。"

秦见月说："那你吃一吃，肯定比看起来更美味。"

程榆礼点头，他换了个面，叉子插进去。

又一团漆黑，甚至，再往里面戳一戳，怎么还硬邦邦的。

秦见月眨巴眨巴眼："怎么了？"

程榆礼显得感动："舍不得吃。"

秦见月说："那我们把它供起来吧！就不要吃了，珍藏起来。老婆给老公做的第一个蛋糕，怎么样？"

程榆礼如释重负地放下刀具："好主意。"

秦见月哈哈一笑："你真的假的啊，我逗你呢。放明天就坏啦，快点儿吃！"

程榆礼："……"

他想了想："回来还没有洗手，我先去洗个手。"

秦见月点头："好呀，等你。"

淡定地进入厨房，扑面而来的烟味将他裹住。程榆礼喊她一声："见月。"

"啊？"秦见月跟了进去。

他说："这个烤箱的时间有一点儿问题，你烤蛋糕时有没有注意？"

"怎么会？"秦见月蒙蒙的，脑袋凑过去看。今天是她第一次用这个东西，她不明所以地挠挠脸蛋："有什么问题啊？"

程榆礼说："比如说你定时十分钟，它实际会烘烤二十分钟。需要时刻盯梢。"

秦见月大惊失色："真的假的啊？"

程榆礼点头："是真的。"

她说："那我的蛋糕岂不是？"

秦见月又警觉地嗖一下跑回去，用刀叉戳开她的蛋糕，底部居然都是煳的。

"天啊，还好你没吃！"她惭愧地红了脸。

程榆礼表示同意："嗯。"

秦见月自责："哎，我是不是很失败啊？"

"不知者无罪，"程榆礼好脾气道，"不是你的错，机器要更换。"

秦见月想了想："是哦，都怪这个烤箱。要不我再做一个吧。"她委屈看着程榆礼，难受地说，"我今天琢磨了一下午呢。"

程榆礼笑着，抱住她："不必，心意我领了。"

秦见月说："不行啊，哪有过生日不吃蛋糕的。"

"比起蛋糕，我有更想吃的东西。"

一个长了张清净寡欲的脸的人说着这话，实在是……秦见月脸红了红，她执着于蛋糕："要不我去订一个吧，这样快一点儿，你觉得怎么样？"

程榆礼将她打横抱起，没有接茬，便往房间走，试图用行动表明自己究竟对什么有胃口。

一切蓄势待发，山洪欲倾，热吻交缠。程榆礼伸手去床头柜里摸索什么，他一边吻着秦见月，一边单手拆卸小盒。

却意外地，摸了个空。

亲吻止住，他诧异地磕了磕盒子，咚咚两声，果然是空的。

秦见月也注意到了，说道："好像还有，在柜子里。"

程榆礼起身去她指示的地方找一找，三分钟后，他确信是没有了。

秦见月抱住他，脑袋搭在程榆礼的肩膀上："如果真的没有了，我们就要个孩子呗。"

他想了想，说："我出去买吧。"

唉，他到底能不能听懂人的弦外之音？怎么突然就变木头了？

秦见月抱着程榆礼的胳膊，扭扭捏捏一时没让他走。她心中腹诽，实在是佩服这个人的定力。

她嘟囔了句什么，程榆礼捏着她的脸问说了什么。

她指一指说："不先处理呀。"

他笑了笑，抓住她的手："真体贴。"

解决之后，秦见月陪同程榆礼一起去超市。他们的合院在山脚，这一地带离商场有些距离。为节省时间，二人开车过去。

在车上，秦见月少见的寡言，是有心事的征兆。程榆礼瞥过去一眼，戳破她的小沉默："想说什么？"

秦见月的想法迂回一圈，又说："没有啦，也没什么。"

还没有到商场，车被刹住在道路一侧。程榆礼仔细打量她的神色："怎么回事？等不及？"

秦见月被他这么一说，羞臊难当，脖子都涨红了："才不是！"

激将法是有效的。程榆礼笑问："那是什么？"

"就是，"秦见月不是不想跟他说，只是觉得这事有些不知从何提起，"我觉得我们如果，就是在不小心的时候，那个那个了，也不是不能接受吧。"

"那个是哪个？"

秦见月都不知道他是真的不懂还是在装傻充愣。

她说："就是怀孕啊。"

夜里开车，他戴了副眼镜。程榆礼把镜框稍稍往鼻梁上推了推，是在踌躇。

秦见月又道："这件事不能顺其自然吗？"她说出不满，"你这样真的让我觉得很死板！"

死板吗？程榆礼又想了想。

说都说了，秦见月干脆一股脑就发泄出来："我们是夫妻欸，又不是男女朋友，不用这么严防死守吧。如果真的有了，也是生活的一个惊喜呢。你这样就显得，好无趣啊……"

她说着，委屈地鼓了鼓嘴巴。有的时候，他那种理性严谨的思维真的还挺让人头疼的。

程榆礼说出自己的想法："我们好像之前并没有商量过这回事。"

秦见月说："就是因为没有商量，所以才说是惊喜啊。"

他没有回答，将车发动，不急着给出看法，说："先去逛逛吧。"

这个点，超市里人还是很多的。牵手走在人群之中，程榆礼注目于四周。他换了个姿势，用手臂揽着秦见月的腰，唇凑到她耳畔："你看旁边的小孩在哭。"

"哇哇"的声音震耳欲聋，着实刺人，秦见月大老远就听见了。她看过去，大概了解了一下情况。

孩子没买到心仪的衣服，赖在店门口不肯走，妈妈在跟他苦口婆心讲道理：那衣服好看虽好看，但不值这个价。爸爸在一旁抽烟，有点儿烦躁地拧着眉，不掺和，甚至觉得有点儿丢人地躲开。

孩子不听妈妈的劝阻，仍然一个劲在哭在闹。许多的过路人都以看热闹的心态注视这一家人。最终妈妈实在被闹得没辙，也没给孩子买下那件衣服，直接抽了两下他的屁股，说："你再哭！"

两巴掌下去，那孩子哭得更大声了……

秦见月扶着额，觉得闹心，掠过这一家人，再往前走。

程榆礼指一指旁边的店："肯德基。"

隔着玻璃，秦见月看到人满为患的快餐店里，一个小男孩手里举着汉堡在跟一个小女孩追逐嬉戏。二人纠缠中，哐一下撞翻一位顾客手里的餐盘，可乐洒了一地。那个青年人怒吼一声："谁家的熊孩子啊！"

母亲赶紧过来赔礼道歉，熊孩子不认错，仍旧梗着脖子冲人吐舌头，做出一副"你奈我何"的样子。

代入感太强，秦见月觉得脑壳都胀痛。

二人继续往前走，到了商场中间的空地。这里摆着一个搭建得很高的攀岩平台，是孩子的天堂。一对兄妹正在比赛往上爬的速度，然而阴险的哥哥趁着父母不注意，一屁股就把妹妹撞下去，还露出坏笑。

寡言的妹妹委屈地拍拍手，不再往上登。爸爸走过来，指责她为什么不融入大家的团体游戏。妹妹更委屈了，坐在旁边地上，抱着膝盖开始耸着肩哭。

爸爸又过去指责。

最终，程榆礼和秦见月的视线同时落在那个孩子的身上。她听见程榆礼发人深省的叩问："看到这一些，你还会觉得是惊喜吗？"

秦见月看着那个受委屈又不敢说的女孩，仿佛看到儿时的自己。

她甚至有要过去跟小女孩父亲讲理的冲动。恰好一个年轻女孩也撞见这一幕，站出来替小女孩说了句话："我看见了，是你儿子把她撞下来的。"

程榆礼轻轻掰过秦见月的肩，令她回身，看着她认真说："其实有时我看到这一些场面也会想，假设我们有了一个孩子，又遇到无法正确教导他的情况，我们会不会后悔当初生下他。如果只有我们两个人，生活已经足够美满融洽了。是不是？

"我的看法是，有些事情可以搞惊喜，有一些不能。如果没有十足的准备就要了这个孩子，不管是对我们自己，还是对孩子，都是不负责的表现。

"你觉得我这个观点有没有道理？"

秦见月不住地叹息，投降道："好吧我承认，我看得很心烦。我们还是继续严防死守吧。"

程榆礼温和地笑着，不置可否，拉她进旁边的便利店。

选好物件，他们去付钱。

他问秦见月："现在你可以好好和我说说看，为什么会想要一个孩子？是从什么时候开始的？"

秦见月想到许多的原因。

当年结婚早，她没有任何生育的想法，甚至为母亲对她的催促感到厌烦。但现在不一样了，她也快三十岁了，在他们平静温暖的二人生活之余，也想要为生命增添一点儿别样的喜色。

前几个月，程榆礼带秦见月去参加了老同学的孩子的满月酒。她抱着那个甜甜糯糯的小姑娘，发觉自己其实没有那么抵触小孩。

另外一点，秦漪成天拉着隔壁家的小孩玩，抱着人家让人喊"婆婆"，她看着那样的场面，心中略感不快。

于是就在这样无波无澜的生活境况里，似乎是时候该有一个新生命出现了。他的出现应该是水到渠成的，令所有人觉得温暖欢欣，填补一些孤独的时刻，承载一些新的希望。

程榆礼一手抓着小盒子，一手握着秦见月，两人慢吞吞地往前走。

她说完这一些，同样也问他："那你怎么想呢？如果现在我告诉你了，我想要一个孩子，你有什么看法？"

程榆礼说："我的看法一向不变，听从你的决定。"

"你没有丝毫不同意见吗？"

他说："从前我不喜欢孩子，现在不排斥。或许我们的某一些想法是互通的。"

秦见月点一点头。

回到家里，洗了个澡。程榆礼裹了件浴袍，秦见月坐在地上练瑜伽。他打了个响指示意："开个小会。"

秦见月起身跟过去。

书房，两人面对面坐着。

程榆礼的浴袍领口略大，他没仔细整理，披得随意。他执笔写字时，肌肉和骨骼就这么映在秦见月的眼中。

终于忍不住，她提出困惑："我们就这样开会吗？"

他眼都没抬："有何不妥？"

一句话写完，程榆礼的笔端停在纸面。他看一眼秦见月，她正捂着脸不想说话。

他不动声色勾一下唇角，将浴袍整一整，完整裹住身躯。

程榆礼开口说道："首先，一个简单的小问题，对于生孩子，你的观点是什么？可以接受，或是仍然排斥？"

秦见月说："接受。"

"嗯。"他一边应，一边在纸上勾画、写字，做着记录，"其次，我们应该考虑到生孩子的目的。"

秦见月道："刚才说过。"

综合了一些感性的、客观的原因。他写下来。

"再者，抚养孩子的经济问题，教育问题。"程榆礼说完，补充道，"经济上面，我会努力。"

秦见月说："我也要贡献。"

他说："互相鞭策。"

"但是不能过度纵容。"秦见月想了想，"我们需要在花费上面详细做一份表格。哪里要花，哪里要省。"

"好。"

秦见月说："教育上面重点在于培养他健全健康的人格，在方式上要张弛有度。不能苛责，不要求他完美，更不要把自己的想法强加在孩子身上。他有掌控自己人生的权利，我们只需要在未成年时期负责一部分指引。"

程榆礼补充说："童年很重要。"

秦见月认同道："对，童年决定了一个人的人生底色。我们参考不了别人，就吸取各自的教训，我希望我的宝宝不要像我一样敏感脆弱。所以我们要在教育问题上时刻进行自我反省。指点他的恶行，赞扬他的长处。最重要的是，一定要让他成为一个善良的人，也不要像你爸妈一样给他压力。哦对了，为了保证我们在教育时候的想法和判断不是主观偏颇的，如果和宝宝发生争执，可以请第三个人出面调解，给出客观冷静的建议，如果三个人不行，还可以请外援，总之不可以一味地指着鼻子骂人，就算宝宝有不对的地方，不能跟他发火，好好讲……"

密集地说了许多，想到哪里说到哪里，程榆礼的写字速度跟上，一页纸都不够，翻了页，秦见月暂时打住了。

接着，程榆礼说："一个假设，如果我们活到九十岁，那么我们会与孩子共生六十年，我们需要确保，在这六十年里，给他无条件的爱与包容。你认为呢？"

秦见月说："一定是无条件的。很难保证我会是一个合格的母亲，但是我想试一试。我希望我们的孩子能够一生顺利，但倘若他遇到坎坷，只要我们在世，这里的家就永远是他的避风港。不让他后悔来到人世，因为最开始做出决定的是我和你，保护好他，给他足够的爱是我们的责任。"

程榆礼点一点头，问她："还有什么要补充的吗？"

她想了想："我们吵架的时候，不可以在他面前吵。亲热的时候，也不能被孩子看到……"

程榆礼笔尖一顿，微微抬眉，饶有兴趣之色。

秦见月问："你有异议啊？"

他轻笑："无。"

程榆礼签下名字，说："达成共识。"

纸张和水笔被推到秦见月面前。他说："最后，秦见月女士，你是否做好准备，迎接一个新的生命来到我们的家庭？"

秦见月倒抽一口气："准备好了。"

"来，签个字。"

她唰唰写下自己的名字。

有关生孩子的会议纪要暂时保留到这里，剩下的内容他们决定想到再补充，毕竟在实操的时候又会有许多不可控因素。秦见月看着这份显得"庄严"的报告："我感觉我们好像做了一个非常伟大的决定欸。"

程榆礼说："孕育生命确实是一件伟大的事。"

她掸了掸纸张，微微畅想一番三人家庭的甜蜜生活，然后在一片诡异的安静之中发现了氛围的微妙转变。放下手里东西，秦见月提出一个疑问："那今天……"

"今天什么？"程榆礼明知故问。

"今天就……"

"就什么？"

秦见月被他真正的装傻充愣样给气到了："没什么。睡觉！"

她越过程榆礼往外面走，被他绊倒，摔进他怀里。秦见月啊啊啊尖叫着要把他推开，他笑着抱她："我替你说，今天就不防了。"

2

尝到了甜头之后，程榆礼变得不大安分守己起来。第二天清晨，秦见月醒来，程榆礼正在身后拥住她，看着她复杂的神色，轻轻笑着说："早安。"

安什么安，一点儿也不安！秦见月都要开口骂人了，下一秒声音就被变成碎屑，吐不出一个完整的字。

"最近又多梦了吗？"程榆礼一边替秦见月扣着衬衣的扣子，一边关切地问。

秦见月揉一揉惺忪双目："为什么这么说啊，我又说梦话了？"

他点一点头："嗯。"

"说了什么？"

"说不要、不要。"

秦见月跟他说："哦，我想起来了，我是梦到我生了三个孩子，他们都围着我转，闹得我好心烦，我就说：不要碰我，走开。"

洗漱完，回忆起这个闹哄哄的梦境，还在止不住冒冷汗，她去厨房找正在点火煮粥的程榆礼，继续说道："你不知道哦，那个画面真的很可怕，管都管不住，一个在哭，两个在闹，都急死我了。然后我喊你，你还不知道去哪儿了，可恶！"

程榆礼微微一笑，他盖上锅盖："所以现在是反悔了？"

秦见月说："反悔倒也不至于，不过我现在觉得生孩子这事确实是得深思熟虑一下。"

程榆礼说："你需要在对孩子的喜爱与憎恶的情绪之间找到一个平衡点。如果憎恶打败了喜爱，意志不那么坚定，我建议还是算了。"

秦见月说："算了吗？那我这样左右摇摆你会不会觉得失望啊？明明都商量好了。"

程榆礼将手掌按在她的头顶，拍拍她的脑袋："无论有没有孩子，我们都有舒适的活法。不要的话就不要，也别想得太过严肃。"

秦见月说："好。"

金秋九月，程榆礼忙碌在工作上。十月国庆假期，两个人约好一同去度假。选的地点在凉城，是一座以温泉著名的南方城市。提前订好了民宿，他们乘高铁过去。

因为提前沟通过生孩子的话题，秦见月就有了这么个心事。倘若不商量，真如她所愿有了意外之喜，那她便不用考虑这个考虑那个，只欢欣地接纳就行。现在程榆礼的一系列与责任有关的问题抛过来，秦见月在这事上就表现得有些优柔寡断、寝食难安了。

她学着和程榆礼一起观察身边的三口之家，代入自己做母亲的感觉，哺乳、教育，这一切都离她遥远。她还是难以想象自己身为人母的样子。

曾经在书中读到过一个词叫成年初显期，大意是说，当代年轻人在脱离童稚化和正式接纳自己的成年人身份之间，有一个较为尴尬的过渡期。

秦见月现在大概就处在这个过渡期内，一边想着是时候生宝宝了，一边又觉得自己还是个宝宝，怎么就要当妈了？

意外的怀孕或许会成为这个人生阶段一道生硬的转折，但是当沉浸下来仔细考量的时候，她在观察之中发觉出许多微妙细小的问题，是不容忽视的。

因而成年初显期，心态的转变还是应当柔和自洽。要主动接纳，而非被动承受。这是对孩子，也是对自己的责任体现。

"哇！哇！"

孩子的哭声响彻整个高铁车厢，外面的青山在疾速地倒退。秦见月揉一揉眉心，在包包里翻找东西。又因为东西太乱，她翻了半天都有些烦躁。

一个蓝牙耳机盒被搁置在她前方的小桌板上，程榆礼体贴地奉上她要的东西，她如蒙大赦，戴上耳机，隔绝噪声。

程榆礼劝了一句："不要开太大声，对耳朵不好。"

秦见月放了首歌，抱着程榆礼的胳膊。

他抽出手臂，将她整个人拥在怀里。

"泄气了？"

秦见月没说话，看着程榆礼在读的一本历史书。她凑到他耳边说："我有点儿怕，我们万一生出个熊孩子怎么办？"

程榆礼失笑："杞人忧天。"

秦见月说："才不是。"

程榆礼淡定地说："那就不生。"

秦见月："可是——"说着说着，她自己的声音又弱下去。

程榆礼揉一揉她的脸，像是安抚。他忽而想起什么，看着秦见月欲言又止。她用眼神询问怎么了。程榆礼最终没有开口，而是掏出手机，给她发了一条消息：选了哪一套泳衣？

秦见月看着这行字，浑身滚烫着从他怀里撤出去。

她打字：黄色的。

出发前，他们讨论泡温泉穿哪套衣服比较合适。

秦见月挑了一身比较保守的短袖短裤。程榆礼表示反对，他从衣柜里找出她的一套黄色比基尼，还是绑带的。

秦见月誓死不从。

程榆礼说："买了不穿，不是浪费钱吗？"

买的时候没想过这么暴露，心理这关难过。

程榆礼又劝她说："况且这一套也方便。"

秦见月看着那几根细细的绑带，想入非非，又联想到程榆礼这个人狡诈的德性，便烧红了脸问他："你想说，方便什么啊？"

程榆礼淡淡开口："轻盈，方便穿，方便下水。"

"……"她露出一个如释重负的表情。

他问："不然你以为？方便什么？"

秦见月推开他："没什么，你出去，我自己收拾！"

程榆礼笑着，默默退出。

于是到现在，程榆礼也没能知道她的行李箱里装的是哪一套。此刻，看见手机上满意的答案，程榆礼心情不错，给她回了一个"红色爱心"的表情。

历经四个小时的车程，终于到了凉城。

这是一座人流稀少的小县城，民宿在城郊、温泉开发区的范围之内。民宿是别墅格局，三层楼，同住的是一对年轻女孩。秦见月跟她们打招呼之时，程榆礼将行李搬运进房间。

年轻的闺蜜叫彤彤和菲菲。两人在下着五子棋，余光不约而同注意到从身后飘过的高大英俊的男人，交换了一个眼神。恰好被秦见月撞见。

秦见月很明白这眼神的意思，她在上学时期见得太多了。她顿住脚步，饶有兴趣看过去。

彤彤也喊了她一声："小姐姐，那个是你男朋友啊？太绝了吧！"

秦见月笑笑说："是老公啦。"

彤彤拱一下旁边的菲菲："哎，像不像那个谁？"

菲菲过去捂她的嘴巴："别乱说啦！人家老公！"

秦见月察觉到微妙："像谁啊？"

"像……她暗恋的人！"彤彤是个嘴巴快的。

菲菲用手撑着颊，脸上一团红晕。

秦见月愣了下，然后笑开，八卦地问："是同学吗？"

"不是啦，是学长。"

"哦。"秦见月若有所思，意味深长说，"学长其实是很好拿捏的。你别看他们成天端着架子，其实闷骚得很。"

菲菲眼睛放光："真的吗？"

"是。"秦见月想了想，"我老公就是属于这一类人。其实他早就对我心有所属，但就是憋着不开口，默默暗恋了我十几年，终于某一天我被他打动了，唉，太坚持不懈了，我就这么答应了他的求婚。"

她一边说，一边摇着头，惋惜神色，又添油加醋地说："后来我才知道，他当年给我写了很多的情书。非常执着、长情。然而他表现得就像是一个很高冷的男神，见了我还假装没看到，从我旁边走过去，等我离开了他再回头看我，默默地神伤，觉得离我的距离好远哦。还有，我在学校表演节目的时候，他也专门翘课来看，哦对了，他还是我们学校广播台的台长，每天都给我放我喜欢的情歌，还借机在广播里给我念情诗，然而我全然感受不出来。"

两个女孩不可置信道："天啊，念情诗是什么神操作，这也太浪漫了吧！原来男神也会暗恋吗？居然还坚持了这么多年！"

秦见月点头如捣蒜，进一步酝酿着如何继续编下去是好。而她尚未开口，面前两个人忽然抬头看去，眼色闪躲。

秦见月也诧异转身。

程榆礼迈着长腿，款步走了过来，很快，柔软的影子便压在她身上。

秦见月：吹牛被撞破。

程榆礼却没戳穿她，温柔地笑着，摸摸见月的脑袋："当然了，因为对象是她啊。"

旁边两人的表情，像在路边被踹了一脚的狗。

3

下午去温泉池，地点距民宿有一段距离，走过去略显漫长，于是几个人决定拼个车。天气不大好，往外面看，小县城的江面上雾蒙蒙的一片。程榆礼和秦见月坐在最后一排，两个小姐妹坐在前面。程榆礼的书还没看完，他叠起腿，将书放在膝盖上悠悠地看。

没有太阳的日子，气温骤降。程榆礼穿件黑色毛衣，他肩臂舒展，身形姿态很好，即便坐着也能看出隐隐矜贵。戴眼镜阅读，又徒添一道温暾的书卷气。

两种气质加成，在他身上体现出相得益彰的美好。

前面的人在聊天，窗外满是呼啸风声，司机还放了首韩国女团的歌，氛围显得十分嘈杂。

秦见月问他："你怎么看得进去的？"

程榆礼简单道："沉浸。"

"怎么沉浸？"

"日常锻炼，集中注意力。"

秦见月露出羡慕的神色，羡慕这无时无刻不令人钦佩的定力。她从包里取出什么，刺啦撕开包装。从里面拿了块牛肉干，在程榆礼眼前晃了晃。

下一秒，秦见月便被他敏捷地捏住手指，程榆礼将牛肉干送到自己口中。

为了帮助秦见月受孕顺利，程榆礼最近在戒烟，想抽烟的时候就吃零食，这是最有效的方式。于是，遭到了秦见月的嘲讽："咦，你不是集中注意力。看来这锻炼得也没什么用呢。"

程榆礼说："蓄意勾引，该当何罪？"

秦见月不服气地冷哼一声："关我什么事？"

他忽然合上书本，悠悠说了一句："还没说清楚，我给你念了什么情诗？"

秦见月："……"

"嗯？"

本是要揶揄她两句，没成想，前面的耳朵很灵的两个小朋友也不客气地凑过来听。

程榆礼抬一眼眸，看一看眼巴巴的二人。

被为难到的是秦见月，她支支吾吾继续开口乱编："就是，就是那个，那个顾城的啊。”

程榆礼不依不饶：“顾城？哪一首？”

"那什么，黑夜给了我黑色的眼睛，我却用它寻找光明，对，这一首。”

彤彤怒赞道："哇，我也好喜欢这首诗。大帅哥，你太有情调了！”

程榆礼挑一下眉，对于不切实的赞美不置可否。

"歌呢？"他又问，"我给你放了什么歌？”

"哪首？"秦见月煞有介事地想了想，"嗯……《七里香》吧！还是《七里香》印象最深刻。"有人当观众，她难为情地扯谎道，"那不是你表白的时候放的吗？”

程榆礼想了想，说："是吗？我记得表白的歌是……《可爱女人》？”

"哦，是的。"秦见月相当配合，"是《可爱女人》。”

"哇！"彤彤十指交叉，露出星星眼，"这首我也超爱，太甜了吧！”

"嗯。"程榆礼推一下眼镜，淡淡接话道，"为博红颜一笑，可惜失败了。”

秦见月憋着一股笑意，编着编着就成真的了似的，她打蛇随棍上道："没错，这是我第一次拒绝他。”

程榆礼接着说："我十分伤心，回家哭了两宿。”

菲菲说："居然还为爱落泪！看不出来！这是真的吗？”

"确有此事。"程榆礼眼神真挚，一本正经地说，"毕竟她的追求者太多，我排不上号。”

秦见月被噎了下，在众人期待目光下，又慎重地点头："对，对，是这样。”

"后来呢？后来是你怎么追到小姐姐的？”

程榆礼说："死缠烂打。”

看着程榆礼淡定的神色，秦见月惊得脸红脖子粗，表情困惑皱成一团，属实有些跟不上他的套路了。

"再然后呢？”

程榆礼指指自己的脸蛋："靠美貌征服。”

秦见月："……”

"成功了吗？”

程榆礼自信地扬了扬眉梢："那是自然。"

什么叫王婆卖瓜，自卖自夸？真是……恬不知耻！

程榆礼瞄了一眼秦见月快翻上天的白眼，忍不住牵起了唇角。

不知道是谁感叹了这么一句："真是个看脸的社会啊。"

程榆礼打断道："不尽然。优秀的人也同样是耀眼的。"

菲菲鼓了鼓嘴巴："对，对，我要好好学习，让他看到我发光！"

程榆礼捏出几块牛肉干，喂到秦见月口中。

在温泉山庄的前台，秦见月跟程榆礼在两个小妹妹后面排着队，静静侯着。忽然前面女孩口中传来一声"哎呀"，秦见月抬眼望去，是菲菲意外摔倒在旁边队伍里的一个男孩子身上——像是被推过去的。男孩瘦高挺拔，在诧异之余伸手挽了一下摔过来的女孩，菲菲羞上了脸，赶忙弹开，磕磕巴巴说了句："不好意思哦。"

男孩声音沉沉淡淡的："没事。"

从秦见月的角度看过去，只看到男生偏头过来的浅淡眸色，那高挺的眉骨与鼻梁，简直就是翻版程榆礼。

她紧张地掐了一把程榆礼，示意他一起去看。

程榆礼不明所以地看她："怎么？"

"江清源，等会儿一起玩啊！"彤彤突然这么喊了一声。

那个男孩子即刻回过头看她们一眼。

菲菲捶了一下彤彤的肩，紧张到肩膀僵硬地绷紧。

秦见月：唉，失望就在一瞬间……其实不是很像。

秦见月无奈跟程榆礼说："好吧老公，我对你的颜还是有信心的。"

毕竟程榆礼当年可是三中蝉联好几届的校草候选人。

"只对脸有信心吗？"某些人开始给点颜色开染坊了，他看向秦见月，眼神不无期待。

秦见月想一想："还有身高、气质。"

程榆礼的期待未消，继续盯她。

"嗯，还有……技术。"

他微微扬唇，轻轻搂住见月，手指触在她穿在里面的泳衣绑带上，轻轻柔柔地用指腹旋着。秦见月瑟缩一下，起一身鸡皮疙瘩，不由得挺直了腰脊，听见他说了一句："感谢好评，继续精进。"

"……"秦见月见队伍到头，咻一下窜到前排去取号，脱离了某人的魔爪。

更衣后出来，今天游客不算多，幸好幸好。在半山腰的山庄里嵌着大大小小的温泉池，冒着滚滚热气，看着都舒适。秦见月在外面裹了个毯子，跟在菲菲后面。女孩眼睛长在那个江清源的男孩子身上，秦见月都看在眼里，感慨万千，似乎是看到了当年的自己。

走着走着，就丢失了自己的方向，秦见月直接无视掉在廊间等了她十分钟的程榆礼，步子飞速地越过。

程榆礼微微拧眉："喀。"

"噢！老公你在这儿呢，找你半天。"秦见月讪讪过来牵他的手。

找、你、半、天？

程榆礼狐疑地打量她。

秦见月忙岔开话题，指一指前面，带点八卦心想看一看小孩们的进展："我们去跟他们一起玩吧，那里看起来很热闹。"

"……"程榆礼周围气压略低。

"怎么了？你不乐意？"

"秦见月。"

"嗯？"

奇奇怪怪的醋意攀升上来。程榆礼动了动喉结，眯眼看向前面十几岁的男孩子的背影。都说男人都喜欢二十岁的女孩。女人，兴许也不例外。

他警觉地挑眉。

"我不乐意。"

秦见月觉得氛围怪怪的，她选择遵从程榆礼的意思。因为他极少表现出不满，秦见月便说："好吧，那你挑一个吧。"

秦见月的手被他牵着，程榆礼就近挑了一个清净无人的温泉池。

"就这儿。"

是非常小只的一个圆形小池，只能容纳下两三个人。

秦见月正要说太小了吧，抬眼便看见程榆礼解开了浴袍。她吞一吞口水，十分庆幸这里黑灯瞎火。

入水后，秦见月趴在池面上。视线直直地穿过层层阻碍，跃到"年轻貌美"的男人身上，还露出一脸姨母笑。

程榆礼："……"这是在干什么？

看就罢了，她还时不时发出"哇"的声音。

程榆礼不齿地睨过去一眼。

他忽而握着秦见月的手腕，将她的手拉到水下。秦见月一惊："你干什么呀？"

她蜷着的指被他根根剥开，她的手掌被动地贴在程榆礼的腹部。绷紧的腰腹线条清晰，块状肌肉层次分明，在她掌下。

他一字一顿地质问："这不比那排骨好看？"

秦见月："……"

"嗯？"

"什么排骨？哪个排骨？"

程榆礼用手指敲了敲她的脑门，教训口吻，淡道："明知故问。"

秦见月纳了闷，想半天，豁然反应过来，他不会是在说那小男生吧？！她想着如何跟他解释她其实是看那两个女孩，但是又觉得不管说什么都苍白。

"哎呀，你不要吃小孩子的醋嘛。我只是感觉他有一点点像你，但也没有特别像。"秦见月拉着他的手哄，"你最好看。"

程榆礼将信将疑睨她："真的？"

"当然啊。就算是情人眼里出西施，你也好看。以前的我觉得你好看，现在的我觉得现在的你好看，就算你老了，也是全世界最好看的老头！"

算她嘴甜，程榆礼稍稍消了消气。

他并没有全然放心，挪了挪位置，悄然挡住秦见月看远处的视线。他拧住她的肩膀，将她掰了个朝向，背对自己。

秦见月受到了惊吓，以为他又要使什么坏，忙说："这里是公共场所呢。"

程榆礼却道："哪儿不舒服？"

"什么？"

"在车上，不是说坐得腰酸背痛？"

"嗯嗯，"因为今天的高铁车程太久了，秦见月按了按自己的腰两侧，"这边，还有这边。"她又敲一敲肩膀。

他抬手，逐一给她按摩。

"疼就说。"

"好好好，太舒服啦！谢谢老公。"

程榆礼心花烂漫，满足一笑。

程榆礼手法到位，加上水流温暖，秦见月享受得很。她忽然想起一回事，哪壶不开提哪壶地说："程榆礼，我突然想起来你说我有很多人追，其实我大学的时候真的还挺多人追的。"

程榆礼警觉地看她一眼，确信她不是在编故事，而是在回味，甚至还有些满足的愉悦。真行，刚解决一个，又冒出来挺多。他语气略冷道："说来听听。"

"我记得有个追我追得最厉害的是隔壁班的学委，但我这个人很看重第一感觉，我对他真的不来电，反倒是他旁边的兄弟，我感觉长得还挺——"

说到这儿，程榆礼的手顿住了，尽显不悦。

秦见月意识到他这坛醋缸子打翻了一地，不能再翻了，忙住了口。

程榆礼追问："他旁边的兄弟，挺什么？"

"没没没，没什么。"

"说一说，我又不会把你怎么样。"

"好吧，那我说了哦，你别折腾我。"

程榆礼不语，用眼神表示取决于她的表现。

秦见月继续开口，轻声地说道："挺像你的。"

搁在她腰肌上的指紧紧一收，过了许久，才又开始规律地按压起来。

她再次开口，喃喃自语的样子："有的时候我很气馁地想，干脆喜欢别人好了，喜欢一个和你很像的人也好，总之这样就能把你忘掉。然而我尝试了，却发现我根本做不到。别人和你再像，那也不是你。我喜欢你，最浓烈的那段时光，你留在我心底的那团影子，是任何人无法取代的。

"我喜欢的人，只能是程榆礼，永远只能是你。

"我打听过你的学校，我也想去找你，我找我的同班同学带我进去玩，我走过你们的实验室，但是我见不到你。我绝望的时候想，我大概再也见不到你了。"

释怀地讲出曾经坎坎坷坷的过往，竟然变成这样简单的一件事。

秦见月都觉得神奇，那些年她孤独地陷入单相思、痛苦煎熬的时候，铁定想不到日后有一天会和他在一起讨论生孩子的话题吧。

她也不会想到。程榆礼，她的少年，有朝一日会亲口答应她，和她一起相爱到老。

轻轻拥住她，程榆礼的吻落在她的肩膀上。

他说："辛苦了。"

某种程度上来说，那一些年的程榆礼，这个再普通不过的名字，这个再平凡不过的人，也因为这一些深刻的爱意而被赋予了不一样的意义。

4

泡完温泉，回到家里，秦见月又冲了个澡。程榆礼还在看他那本历史书，他在床上等候她。秦见月过去时，被他擒住手，他看着她，意有所指道："今天跟你打配合到不到位？"

秦见月蒙蒙的："打什么配合？"

"你说呢？"

如果说的是帮她编故事满足玛丽苏的虚荣心的话，好吧。秦见月表示满意道："表现确实不错。"

程榆礼轻轻揉她的手心，笑问："怎么犒劳？"

"……"

秦见月不以为意说："什么呀，这就来邀功了。多大点儿事。"

秦见月站在床头，擦着还有点儿泛潮的头发，被他一把扯进怀里。程榆礼身上滚烫，烫得她脸都变色，他说："今天你主动。"

秦见月忍无可忍："我的天，你真的好会见缝插针啊。"

"毕竟是千载难逢的机会。"程榆礼笑了笑，将她压在身下，倾身往下，耳朵凑到秦见月的腹部，煞有介事地听了一听。备孕一个月有余，竟然——"还没动静？"

秦见月不是很懂，她说："这是不是正常的呀？一次就成功毕竟也是少数吧？"

程榆礼也没有这方面的经验，只能若有所思地应一声："大概是。"

"心急吃不了热豆腐，不能急在这一时半会儿。"秦见月推开他，又想起什么，"对了，我刚刚搜了一下，据说倒立有点儿用。"

程榆礼都怀疑自己的耳朵："倒立？是我理解的那个倒立？"

"呃……"秦见月也觉得有些离谱，提议说，"算了，我们还是不要挑战这种高难度，听起来危险系数比较高。"

程榆礼实属无奈地笑着，过了会儿，他说："试一试别的方法。"

说着，他想到什么便从秦见月枕下取过一个枕头，垫在她的腰下。

"等等！"秦见月突然打住。

程榆礼停下动作："什么？"

她本半身躺下，倏然坐起，推他胸口，将他推倒在身下。秦见月的心脏突突跳着："不是说好了，我主动的吗……"

程榆礼闻言，认为她说得有理，而后便顺从地闭眼，一脸还挺憧憬的样子。

秦见月轻轻笑着，俯身亲了亲程榆礼的嘴唇，又慢慢往下，吻住他的喉结。像是浅浅热流没过身体，二人被缱绻而温暧的感知吞噬。无声的夜，似有什么东西在暗中迸溅、萌芽。这是温和的，带着潮气的，也是初生的夜。

之后几天，秦见月腰肌的不适在程榆礼持之以恒的按摩之下有所缓解。温泉也没天天去泡，她跟着程榆礼在凉城四下里逛了逛。除了温泉文化，并没有太多特色，但江岸景观不错，二人去江边拍了拍照片。

不知是不是那天江风吹久了，快离开时，秦见月意外感冒了，前一天开始喉咙痛，她绝望地和程榆礼说："好像躲不过旅行必生病这个魔咒。"

程榆礼鞍前马后为她买来药物，劝说道："不要迷信，这是换季常有的事。"

秦见月吃了点儿药，病情没见好转。为了不拖延下去，第二天两人在附近医院去挂了几个小时的水。

在医院大厅里，秦见月打着点滴，程榆礼坐在一旁静候。

有不少带孩子的家长在，怀里抱着的，板凳上坐着的，各种各样的小小的脸蛋映入秦见月的眼中。

习惯性地去捕捉他们的形态，似乎在寻求某种答案，能够让她心悦诚服地接受一个孩子到来的答案。

其中一个小女孩，四五岁大小。她是陪妈妈来挂点滴的，她妈妈就坐在秦见月旁边，正体态虚弱地挂着水。

小女孩很安静，她时不时趴在窗口看一下，她妈妈喊她一声："小心，别掉下去。"

小女孩就回来，又安安静静坐下，眨巴着大大眼睛，东看西看。过一会儿，她实在无聊，去碰一碰妈妈的手背，问："妈妈疼不疼呀？"

妈妈说："不疼，你不动妈妈就不疼。"

小女孩赶忙怯怯地收回手："对不起呀，妈妈。是我把你弄疼了。"

她妈妈轻笑着揉一揉她的发顶："没事，妈妈不疼。"

又过几分钟，小女孩说："妈妈，我想下去玩一会儿。"

妈妈说："不要走远，不要离开医院。"

她说："嗯，我就去找一个东西，马上就回来。"说着，小女孩往楼下跑。

过了会儿，小女孩回来，手里抓着四朵太阳花。

她说："妈妈，我去采了花。它的颜色好漂亮。这叫什么？"

小女孩将花瓣搁在妈妈的腿上。

妈妈告诉她："这是太阳花。"

小女孩惊喜地说："我喜欢太阳，它和太阳一样让人喜欢。"

四朵花，一朵献给她妈妈。

小女孩又抬眸瞥向旁边的两位大人，她有点儿不大好意思，但还是鼓起勇气过来，将花瓣放在秦见月的手心，她很小声地说："这个给你，希望你的病快点好起来。"

她指一指秦见月的手背："这个看起来太疼了，希望你不要疼了。"

她又走到程榆礼跟前，给他一朵："也给你一个。"

程榆礼接过，温和地笑："谢谢。"

"不客气。"小女孩怯生生的，个性内敛，看样子不是很敢和陌生人打交道。但骨子里天然温暖的善意又让她在经过心理斗争后，最终迈出这一步。这令秦见月很是感动。

她恍然就在这一刻明白了缔造生命的意义。不是为了血脉的延续，不是为了老有所依，而是为了有一个新鲜的生命在他们的引导下，拥有自己的生命经验，用她自由的双眼，亲身看一遍这个花花世界。这也许就是孕育生命的伟大之处。

　　女孩妈妈的点滴瓶空了，她跟女孩说："去喊一下护士姐姐。"

　　女孩看了看前台的护士，有点儿不敢打交道，敛下了睫。

　　秦见月拍了一下程榆礼，他过去帮衬。女孩跟在他身后，分外高兴地说谢谢。

　　凉城之旅结束了，人间正式迎来又一个深秋。

　　回到家中，没过多久，秦见月就测出了怀孕的喜讯。彼时两人同时盯着验孕棒上面两条杠，陷入沉默。

　　最终是程榆礼开口道，"这是不是——"

　　秦见月："有了？"

　　看来那个枕头的功劳很大。

　　她又高兴又忐忑地把好消息第一个告诉妈妈，秦漪连忙放下手里的事情赶到侧舟山来。怀孕初期的肚子还没显出形状，有什么需要做的，程榆礼也在身边，不需要秦漪帮忙打点什么，但她就是乐得第一时间过来恭喜恭喜女儿。

　　秦漪抱着女儿，乐着乐着就擦起眼泪来了。

　　"妈，你哭什么呀？"

　　秦漪说："妈就是觉得不容易呀。"

　　妈妈这么一哭，秦见月都有点儿难为情了，她瞅一瞅在旁边杵着的程榆礼，小声和妈妈说："怀个孕而已嘛，这有什么不容易的。本来就有在好好准备了。"

　　"倒不是说怀孕，就是妈突然想起以前的很多事情，"说着说着，秦漪哭得更厉害了。

　　程榆礼懂事地递过来一沓纸巾，秦漪接过去擦擦泪，继续说："妈妈还清楚地记得你小的时候的样子，小小一团抱在我怀里，嘴里咬着奶嘴，还不会说话——哎哟，真是的，今天怎么这么伤感——不应该哭的，今天是个好日子啊。"

　　秦见月也发觉自从她嫁了人，秦漪变得感性许多。她帮妈妈擦一擦泪，说："你是觉得好像昨天我还很小，今天就嫁人生子了。时间变幻很快，有些措手不及，是不是？"

秦漪连连点头："太快了，太快了。"

秦见月被母亲这样一感染，也有几分伤感。

她说："这样一来，我既当女儿又要当妈妈，从此以后，我要用我女儿的身份去体会我的宝宝的不易，也要用我母亲的身份，来点醒自己妈妈的难处。对我来说是个挺打开格局的事情呢。对吧？"

秦漪说："是，都不容易。我女儿也要当妈，也要吃苦了。"

秦见月想了想，说："妈，你不要这样说，我们决定生孩子也是经过深思熟虑的。我现在已经想明白了，我应该以什么样的姿态迎接我的孩子。我不能去想是谁在吃谁的苦，我要多想一想，我们亲子之间的联结和感情。我希望我们的相处简单自由一点儿，想着吃苦受累的话，每个人都会被连累，都会不快乐。"

秦漪闻言，叹了一声，拉着女儿的手说："月月，妈妈这一些年回想了许多事，你小的时候我对你实在是不好，给了你很多恶性的影响，想着给你道歉，但又不知道从何说起。"

秦见月打断妈妈的话，说："当我不再跟你横眉冷对，执着于翻旧账的时候，我就已经释怀了。妈，其实我后来发现，人和感情是一样的，都一同在成长。即便在你这个年纪，也是第一次活到你这个年纪，在四五十岁该做的事，该应对的状况，也都是第一次遇到。女儿毕业工作，走上社会，女儿出嫁，女儿离婚，你也是第一次经历这些，也会觉得心累。有的时候有矛盾了，换位思考真的是一个很有用的方式。能帮我们释怀许多事。我想说的是，人生就只有一遍，大家都是不停地在试错、反思和纠正。没有谁能活得完美无瑕。我不怪你，我能做的就是把我自己的成长经历拎出来反省。从而给我的后代更为完整的补偿。"

"哪怕这份补偿也是缺东少西的，是有我的盲区的缺陷存在。我也得在我力所能及的范围里，给孩子最大化的爱。其余的部分，我们就在生活中，慢慢地摸索。不管是我，还是阿礼，我们会尽心尽责地成为父亲母亲。你不要担心，不要哭，也不要觉得谁是在受苦。这不是苦难，这是生命的馈赠。"

秦见月说到这儿，顿了一顿，看向一旁的程榆礼说："我们已经做好准备了。"

秦漪最后抹了一把泪，说："说实话，妈到现在也没有感觉你真正长大，还是会习惯性地插手你的很多事情，但既然你这样说，那妈妈以后就不担心你了。"

秦见月说："你早就不用担心了。"

秦漪说："今后有什么需要妈妈帮忙的就开口提，孩子耽误工作了妈妈给你带。"

秦见月说："好啊。我们最近还在愁这个呢。他说想请个阿姨，我还是有点儿担心。"

秦漪说："请阿姨？不要请别人，我不就是现成的阿姨吗！"

秦见月笑起来。

是夜，程榆礼抱着秦见月在床上，他现在会习惯性摸一摸秦见月的肚子。从前一段时间就开始摸了，秦见月甚至产生了一种错觉，好像这孩子是让他给摸出来的似的。

程榆礼的手掌贴在秦见月的腹部。

她闭着眼微笑，打趣他："等不及了？这才几天。形状都没有呢。"

他说："得和他提前打好关系。"

秦见月将手覆在程榆礼的手背上，莫名地，她有些鼻酸。

她扬起的嘴角抑下去，被程榆礼看见了，他问："怎么了？"

秦见月显得委屈，说道："今天和我妈说的那些话你都听见了，其实我真的没那么有底气。"

程榆礼问她："哪一方面没有底气？"

"我真的很害怕我们的宝宝会像我一样。"

他不理解地垂眸看她："像你一样怎么不好？"

"我的意思是，遗传了我的许多毛病。"

程榆礼轻轻掀开她额前的发，看她晶莹的眼。他笑道："说了你是杞人忧天了。谁没有毛病？两边十全十美的基因都未必能生出一个十全十美的人。"

秦见月喃喃道："我只是觉得，他起码应该是自信的。"

她的过往经历，实在是代价惨痛。程榆礼也领会到了秦见月的意思，他倾身将她裹在怀里。

"不会的。"他笃定地说，"他有一个很好的妈妈，不会自卑。"

"嗯。"她不解看他，"爸爸呢？"

程榆礼微笑说："还有一个全力以赴，努力做好的爸爸。"

秦见月因他的宽慰而放下心来，她侧身靠在他身上，问了他一个很低级的问题："你喜欢男孩还是女孩？"

程榆礼给了一个很官方的回答："都喜欢。"

秦见月不满地敲敲他的胸口："拜托，你真诚一点儿好不好？"

"非要说的话，"他略微迟疑，"我喜欢女儿。"

"理由呢？"

"没有理由。"

秦见月觉得他不解风情，说："难道不应该说'生个像你的女儿'？或者说，想看看你的小时候之类的。"

程榆礼觉得有些好笑："不至于。有一个秦见月就够了，爱你是爱老婆，爱她是爱女儿。是不一样的爱。"

秦见月叹了一声，拉着他的手放在自己肚子上，说："那你开始施法吧！女儿，女儿，要生女儿。"

程榆礼失笑："别这么傻。"他又想起一件事，"对了，改天把房子重新装修一下好不好？"

这是很久之前秦见月就跟他提过的小建议，那时刚刚复婚，家中一切于她而言熟悉又疏离。程榆礼尽然常常回来侧舟山清整，但也不能面面俱到，许多不常用的家具零件，看不到的边边角角都有所损坏。最重要的是，秦见月看多了这些旧日面貌，会想起太多伤心事，但因为二人工作一直忙碌，没有将装修提上日程。正好借此机会，秦见月欣然同意。

他们搬回兰楼街住了一阵子，正好也陪秦漪解解闷。

秦见月的小房间也在去年被翻新了一下。她的小床被换成双人床，不管做什么都不会吱吱呀呀地响了。当然，除了摸摸肚子，现在也做不了什么了。

秦见月叫妈妈为她保留了天窗，这样晴朗的日子把帘子掀开，还能抬头看一看月色。看那轮高悬的月亮在蒙蒙雾气之中逐渐变得清晰敞亮，心底就会生出无限感慨。

程榆礼跟秦漪轮流主厨，秦见月喜欢程榆礼做的菜，因为他口味淡一些，秦漪总是喜欢放很多盐。不知道真的是受到怀孕的影响，还是心理作用，秦见月觉得自己嘴巴变刁了。

于是秦漪的厨艺被嫌弃后，她索性换了个方式献殷勤。秦漪闲来无事就给小宝贝织毛衣。一件又一件，挂了满衣橱。

秦见月有时看着她挑的那些大红大绿，神色为难、欲言又止，但最终没有忍心打压母亲的好意。

程榆礼为了照顾孕期的秦见月，推掉了手头的许多项目，他想尽可能抽时间陪陪家里人。秦见月觉得挺没必要的，因为她不太缺人照顾。但程榆礼既然这样做，自然是有他的权衡。他不是个会因为小差池误了大事的人。她不干涉他的工作。

这是一个暖冬。

孕肚显出来之后，秦见月就不再登台了。她没有放弃写戏，有时深夜来了灵感也在伏案，然后她看到因为被室内的光亮惊扰到一同醒来的程榆礼，她就愧疚地躺回去。

程榆礼倒是很大度："想写就写吧，灵感来之不易。"

"写完了。"秦见月窝在他怀里，平静地说，"程榆礼，你还记不记得，你第一次亲我就是在这间房间。"

他说："当然。"

渐渐地，他们之间已经有了很多可供回忆的往事。

她又想到："还有一次，我们在这里看月亮。我记得那天你第一次在这儿过夜，我因为我妈妈的事情不开心，你还开导我。"

程榆礼说："还因为床太吵，亲热失败。"

秦见月失笑："你就会对这些事情耿耿于怀！"她佯装生气打他一下，又仰头看着窗外。

程榆礼撩开她的碎发，低头在她的唇角亲了一口。

"月月。"

"嗯？"

"我爱你。"

"啊？"秦见月警觉地看一眼程榆礼，"怎么这么突然？你干坏事了？是不是背着我存私房钱了？"

程榆礼笑得无奈："没有私房钱，也没有干坏事。想说就说了，多说几遍也无妨。"

秦见月将脸埋进程榆礼的胸口，他揉一揉她发烫的脸颊，问："怎么了？"

"别说了，难为情。"

程榆礼抱着她："秦女士，请你速速放弃抵抗，尽快习惯我的肉麻。"

秦见月捂住脸在笑，忽而她想起什么，手戳一戳："要忍几个月，会不会出事？"

程榆礼握住她的手："你不要捣乱，我可以忍住。"

"那你好好忍耐吧。"秦见月笑着，轻啄一下他的薄唇，"我睡了。"

秦见月干完坏事，就速速钻进被窝。程榆礼替她掖好被子，将人轻拥入怀。

5

没过多久，家中又变得热闹起来，喜添新人。

秦沣那边传来喜讯，他的太太也怀上宝宝了。

说到秦沣，他结婚是去年的事，对象是他的中学同学，令人觉得不可思议，世界有时候真小，很多的缘分兜兜转转又会连在一起。

秦见月还很纳闷地和程榆礼分享了她的一个观察心得："好像身边很多人都会和以前的同学在一起，是吧？你有没有发现？"

程榆礼给出了一个理性客观的分析："因为交友圈的封闭。"

秦见月："……你能不能有一些浪漫的观点？"

程榆礼见风使舵："因为年少时的情谊最为珍贵。总有一个人，惊艳了时光，温柔了岁月。"

秦见月被他的老套说辞逗笑。

秦沣的对象是一个大大咧咧的女孩，叫宁舟。秦沣在宁舟的"管教"之下整个人变得温柔稳重了很多，可见爱情的影响力之大之深远。

就连对程榆礼的意见，秦沣都会尽量克制，保留一些，因为要尽可能在老婆面前表现出体己温顺的模样，装也得装得像个乖男人，那种动不动就动拳头的日子已经一去不复返了。

宁舟比秦见月晚了一个多月怀上宝宝，她听说秦见月在老家休憩，也搬来和她同住。秦漪正好最近在办退休手续，得此消息，乐此不疲地忙碌。

虽然没有登台演戏，秦见月还是隔三岔五就去戏馆。听戏的习惯不能中断，同时也为了培养一下宝宝的情操。她头一回以观众身份长期坐在台下，对戏曲又有了新的感悟。

宁舟也跟秦见月一起去戏馆，她说："我从前没听过京剧，没发现还挺有意思的。"

秦见月难得成功地卖出一回"安利"，甚是欣慰。

宁舟问她："今后你会让你孩子学戏吗？"

秦见月说："我以前有这么考虑过，因为我们这个行业很缺人。我想着一定要让我宝宝利用好我和我妈的资源，给她最好最便捷的戏曲教育。但是后来我逐渐又转变想法，尽管我们的行业日薄西山，我很着急，但我也不能为此赌上我的孩子的人生。我现在的想法是，她如果有自己的爱好，就任由她去追逐梦想，如果她的理想恰好是戏曲，那是我作为一名戏曲演员的荣幸。

"但在此之前，我是一个妈妈。给孩子尊重和空间才是最重要的。"

宁舟深以为然，对秦见月表示钦佩："受教了，说得很好。"

秦见月说："以后一起摸索吧，关于怎么和孩子相处。"

"一定一定。"

坐在院里太阳底下一道晒太阳，家里没有男人在，就会显得特别宁静，录音机里放着小曲儿，秦见月忽而提议说："嫂子，我们什么时候抽空一起去庙里拜拜吧。"

宁舟说："行啊，我正想给宝宝求个啥呢。"

约定在一个工作日去青隐寺，不赶周末，清净得很。秦见月进了大雄宝殿，宁舟等不及挨去跪拜，秦见月在禅乐声中一眼望见正在手掌合十拜着十八罗汉的沈净繁。

"奶奶！"秦见月快步过去，拉住她的手，"好久不见，想死您啦。"

"哎哟，你这肚子。"沈净繁摸一摸秦见月的孕肚，"几天不见就这么大了。最近怎么样了？有没有哪儿不舒服？"

"没有，我妈妈照顾我。吃嘛嘛香。"

沈净繁说："你要是住着有不方便的，你来咱家也成。我跟老爷子都闲得没事儿，或者你在家里住腻了，换个地方图个新鲜，也可以来。程乾今天早上还跟我说要不要给娃买点儿什么。"

秦见月说："真不用。我妈最近退休了，除了照顾我和我嫂子都没别的事干。我要是想你们了我就去看看你们，东西别买，真太多了。我妈成年买衣服，织毛衣，宝宝都能穿个十年了。其他的一些生活用品，我们也都准备得很齐全。您放一万个心。"

沈净繁闻言，又说："我听说你们房子重新装修了是吧？"

秦见月答："嗯，对的。之前是婚房，现在多安排了一些孩子的生活空间。"

沈净繁还是很热心："改天我去看看，差点儿什么给备齐了。"

秦见月失笑："好好好，谢您。"

这会儿，宁舟拜了一圈回来了。

秦见月给她介绍："奶奶，这是我嫂子，宝宝比我小一个月。"

沈净繁连连叫好："双喜临门，双喜临门。真不错。"

她想到什么，又叹道："这么一来，今后秦家的牌位又要多几个名了。"

秦见月没听明白："什么牌位？"

沈净繁说："在庙里放着的，阿礼没跟你说？"

秦见月纳闷道："没啊。"

说到这里，沈净繁便带秦见月去看了看他们秦家的牌位。这是程榆礼早年给摆上的，牌位摆上去的时间是他们分开那一年秋天。秦家三个人都有署名，是为他们祈求安康。宁舟凑过去瞅一瞅，乐了下："还有我们家那位呢。"

秦见月看得眼睛热热的，她感性地说："他都没跟我说过，完全不知道。"

沈净繁在秦见月怀孕期间去庙里去得勤快一点儿。她说着要给添置些什么，果然送了不少东西上门，也不乏很多贵重的补品。

秦见月觉得老人家对自己这么关切有点儿身份颠倒了，程榆礼还是那个意思："给你你就拿着，我奶奶我爷爷那性子，送礼绝不是为了做面子。"

秦见月一想，他的话也是有点儿道理，于是欣然悦纳了。

孕期的后半程，秦见月基本都是在吃喝睡了。她被养得白白胖胖。在京剧曲调声中醒来，在程榆礼念情诗的声音里睡去。他陪同她蜗居在这个填满她少女时期梦境的小小阁楼里，日复一日地相伴。

程榆礼最近确实表现得懈怠公务了，秦见月还是没忍住，关心地问了句："你公司真的不是倒闭了吗？怎么成天待在家里。"

程榆礼说："这不是为了陪陪你？"

秦见月说："我妈时刻盯着我呢，我不缺人陪。"

程榆礼问她："真的不需要我吗？见月。"

秦见月被再一问，便没再吭声了。

程榆礼是敏锐的，他知道她需要的不仅仅是有人喂养，有人照料，在这样的时刻更缺乏的是心灵上的相守。程榆礼说："你就当是我需要你吧。我需要你的陪伴，我需要在你的陪伴下，看着孩子长大。"

"我不希望你有任何一点儿空虚的时刻。一点儿都不要有，如果我让你感到寂寞，我会觉得自己枉为丈夫。"

秦见月闻言，吸了吸鼻子，埋首于他的胸前："我知道。"

程榆礼轻轻地替她顺着头发。

冬去春来，春归夏至。秦见月即将迎来预产期。前一周在家里，程榆礼握着秦见月的手问她："怕不怕？"

秦见月诚实地，点了点头。

程榆礼亲亲她的额头："宝宝，别怕，我陪着你。"

她失笑说："我快不是宝宝了。"

程榆礼道："有了小宝宝，你也是宝宝。"

秦见月已经对他浓稠的情话免疫，不会面红耳赤叫他住嘴了。只是听到的时候，代替羞怯的是深厚的幸福感。

终于到了分娩当日，医院走廊显得格外热闹。除了秦家人，程家一大帮人也来了。程榆礼父母不必说，程乾跟沈净繁也互相搀着来产房门口等着孩子降生。

沈净繁戴了一串珠子，在那儿拨着念"阿弥陀佛"。

程榆礼站在窗前，忐忑不安。他沉默看着晴朗夜空里，月影在轻晃，慢慢挪移。

直到晚间十一点，生产结束，医生出来宣告母女平安。众人悬着的心终于放下。

程榆礼坐在病床前问秦见月想吃什么，或是想喝什么。她虚弱地摇摇头，躺在旁边的小宝贝皱巴巴地伸出手，被她爸爸勾住指头。

女儿叫秦小满。程榆礼亲自取的名。他不是很善于做这一类事，绞尽脑汁，最终在雅与俗之间，捡了简单淡泊的小满二字。是秦见月向阳的"满"。美满的满，圆满的满。寓意很好，她很喜欢。

秦小满小朋友完美结合了她的爹妈的长相，遗传了见月的一对水汪汪的杏眼，程榆礼的鼻梁和薄唇。秦见月瞅着她看的时候都觉得神奇，神奇之余又觉得美好感动。这是他们可爱又漂亮的结晶。

有几次午睡醒来，躺在旁边的宝宝就睁着一双葡萄般的眼看着秦见月，她的脾气很好，很少哭闹。秦见月伸手过来掐一掐她的脸，宝宝就嘿嘿嘿笑了起来。

秦见月用手指戳她肉肉的颊："叫妈妈。"

宝宝："嘿嘿嘿咯咯咯嘿嘿嘿……"

秦见月："叫妈妈呀。"

一旁的程榆礼实在看不下去："理智一点儿，她才出生三天。"

"……"

晚上，秦见月洗完澡出来，看见程榆礼正掐着宝宝的脸："叫爸爸。"

"……"

番外二 / 岁月悠悠

1

迎接小公主"回宫"那天，侧舟山很热闹。秦漪做了一桌好菜，秦沣买了一堆鞭炮恭迎他的外甥女，宁舟也挺着大肚子来沾喜气。

程榆礼一手搂着宝贝，一手搀着见月。秦沣在合院大门上挂了一串炮仗，在那儿划火柴。程榆礼抓住他的胳膊："不要放，吓到孩子。"

宁舟也拉了下秦沣："对对对，一块儿进来吃饭吧，别放炮了。怪土的。"

秦沣不乐意了，腰板一挺，感觉他被针对了。

秦见月也冲他翻了个白眼："你省点儿力气吧。"

秦沣气得跺脚，等一帮人进去了，他自己在门口把炮仗点了，噼里啪啦震天响。

脑袋靠在爸爸怀里的小满回过头去，看向不远处的大门口，下巴搭在程榆礼的肩上，用很稀奇的眼神看着外面砰砰啪啪的声音，秦沣捂着耳朵从外面跑进来，跟前面的小满对视上。小满乐呵呵地笑起来，大眼睛都眯成一条缝。

秦沣就这么逗她，给她做鬼脸。

小满越笑越大声，还在程榆礼怀里蹦跶了起来。

秦沣过去捏捏她的手："哎哟这小宝贝儿，太萌了，来叫声舅舅我

.539.

听听。"

他还冲宝宝吹口哨。

初生的宝宝怀着对新世界的好奇，愣愣地打量观察着眼前的男人，又止不住在他的逗弄之下咯咯大笑，笑一阵，停下来看一阵，又笑起来。

程榆礼奇怪地看了她一眼，又看向捏着小满的手的秦沣。

他欲言又止，而后便听见秦见月唤他的声音："宝宝给我，你去帮妈妈端一下菜。"

程榆礼应了一声，去厨房里忙碌。

秦漪做了一桌滋补大餐给秦见月，宁舟给她舀了一碗鸽子汤："生孩子什么感觉啊？是不是特疼。"

"疼死了。"秦见月闷着头喝汤，"生完之后感觉身子很轻，好像走两步都快飞起来了。"

秦漪说："过两天我搬过来住吧，替你们照看孩子，顺便也照顾月月坐月子。"

提到这个，秦见月问她："妈妈，你退休之后有没有想过干别的？"

秦漪说："本来是想着找点儿乐子，这不是你生了孩子，先把小满拉扯大了再说，正好省得你们另找阿姨。"

一旁的秦沣表现得对小朋友格外喜欢，不住地逗弄在婴儿床里躺着的小满。小满在他嘴巴发出的怪声中笑得没停。

"格叽格叽，格叽格叽。"秦沣在挠她痒痒。

程榆礼眼神警惕地看过去，秦见月喊了他两声，他都没听见。她拍一下他的肩："程榆礼。"

他回过神来："嗯？"

"我妈跟你说话呢。"

程榆礼又看向秦漪。

秦漪说："什么时候叫你们家老两口一起过来聚一聚？"

程榆礼心不在焉说："好。"

秦沣用指骨刮一刮小满的脸蛋："宝贝儿，叫舅舅。"

"……"

秦见月看了眼秦沣，说："哥，你别玩了，让她睡一下。"

秦沣说："睡什么睡，这不是精神着呢。"

程榆礼起身过去，把小满抱起来，他说："这儿太吵了，我送她去房里睡会儿。"

秦沣"欸"了声，没能叫住程榆礼。程榆礼匆匆迈步往卧室走了。

和孩子独处时，程榆礼才稍稍安心一些。他把宝宝哄睡着，就一直待在房间里没出来。他盯着小满的睡脸欣赏了很久，什么感觉呢？就是……这辈子没见过这么可爱的玩意儿……

他戳一戳小满的脸。

宝贝裹了裹嘴唇，手脚蜷了蜷，脑袋歪向另一边接着睡。

程榆礼又伸出指，碰一碰她的鼻子，软乎乎的。

又揉一揉她软乎乎的手臂。

太可爱了，这是他的宝宝！

如此可爱的幼崽，恐怕是谁见了都想要据为己有吧？幸好，这本来就是他的宝宝！

午后无瑕的日光落在小满清透的鼻尖，宝贝在酣睡。程榆礼坐在婴儿床边，像被封印了一般，就瞅着小满睡觉，乃至忘记了时间，忘记了家中还有饭局。

直到外面传来送客的声音，秦沣在嚷嚷着要看一眼他外甥女。宁舟推他走："行了行了，娃都睡了。"

程榆礼也跟过去送客，等这几人离开，秦见月才跟他关上门讲话："你今天不高兴啊？"

"不高兴？"程榆礼也有点儿好奇，"我不高兴什么？"

秦见月说："你好像一直很紧张的样子。"

程榆礼滞了一下，三缄其口："没有。"

见他不肯说，秦见月便没有再问下去，还在月子期，她有些嗜睡。

夜里，程榆礼给她洗澡。秦见月早就没有当年那么束手束脚、容易害羞了，她现在觉得被人伺候的感觉还挺好。

他说："渴不渴？"

"想喝柠檬水。"

程榆礼"嗯"了声："稍等。"他往外面走。

秦见月的声音从身后响起："快点儿哦，一会儿水都冷了。"

脚步声变急，秦见月满足地牵起了嘴角。

两分钟后，秦见月喝上了柠檬水，美滋滋。

她说："好喝，就是有点儿烫嘴。"

程榆礼端着杯再次起来："我去添一些凉的。"

秦见月笑着，揪住他的衣摆："好啦，开玩笑的。鞍前马后的，累不累？"

程榆礼说："不重要，想要什么就说。"

"好，我知道。"秦见月弯着眼笑，"如果我说，我以后都要你给我洗澡，你会不会同意啊。"

程榆礼道："好说。"

"真的吗？"她星星眼看他。

程榆礼轻轻一笑，捏她的颊："你现在是一点儿也不害臊了是吧？"

秦见月说："一回生二回熟嘛，都是自家人不要见外！"

他笑着看她，无奈摇头。

程榆礼继续握住她的小腿，轻轻替她按压腿肚："疼不疼？"

秦见月摇着头，并赞许道："手法不错呀小礼子。"

程榆礼意味深长地看她一眼，得意忘形了这是？他纵容着，继续平心静气地按摩，又问："生小满的时候真的很疼吗？"

秦见月说："你试试？"

他的手劲轻柔下来许多。隔着薄薄雾气看秦见月湿漉漉的脸，他伸手替她勾下贴在颊上的几缕发丝。

从前听人说，交换许愿是很灵验的。通俗来说就是，用我的×××换对方的×××。

那天在产房外，他默默在心中祈祷，他的一生还很长，可以吃很多的苦，希望能减轻几分见月分娩时的痛。

然而见她从产房出来时憔悴苍白的模样，还是令人伤感心碎。

程榆礼握着她的手，虔诚地吻了吻她的手腕。

他问："明天想吃什么？"

秦见月想了想："牛肉！"

"好。"

又洗了一会儿，程榆礼想起什么，他看了眼手表，问秦见月："好了吗？"

秦见月点点头："快好了。"见他这样着急，她说，"你忙工作吗？快去吧。"

程榆礼说："不是。"

只是……已经二十分钟没有见到小宝贝了！

他抄了条浴巾将秦见月裹起来，把她抱回卧室。秦见月反抗无果，被他惯得连路都不用亲自走了。

小满白天睡饱了，此刻正眨巴着眼睛望着她爹妈进门。秦见月被放在床上，她觉得屋里凉飕飕的，便缩了一下肩膀，程榆礼见状，调了下空调的温度："这样好些吗？要不要关了？"

"别关，热死了，就这样。"

"嗯。"

小满躺在婴儿床上。

程榆礼手臂捞了她一下，将她放在他们二人中间。今天是他们一家人独处的第一个晚上。

秦见月亲了一下小满的脸，感慨万千和程榆礼说："忽然想到，我小的时候就幻想过这样的场景，有一个宝宝躺在我们中间，我们一家三口睡在一张床上。"

程榆礼稍稍思索："略知一二。"

她惊讶："你怎么会知道的？"

他说："日记里有写。"

天呐，秦见月不可思议地想，她怎么什么都往里面写？也不知道那日记里记了多少陈年累月的糗事。她自己都好多年没再翻过了，没想到程榆礼记得比她还清楚。

她问："我还写了什么？"

程榆礼想了想："你幻想我们躺在一张床上，然后我强吻了你。"

秦见月狐疑地看他："你确定这是我写的不是你编的？"

程榆礼听了这话就要起身："我翻出来给你念。"

秦见月即刻打断："停！"

他莞尔一笑，看着她险些要发作的神色，而后喉结微动，视线下挪，盯住她粉色的唇。

然而，余光里，小朋友正眼巴巴地看着他们，左瞟一眼，右瞟一眼，满是好奇。

程榆礼自我宽慰道："不急。"

秦见月偷偷笑着，又低头亲一下小满的额头。

他问："她和你小时候像不像？"

"我哪知道我小时候长什么样呀？不过我妈妈说还挺像的。我刚生下来也很乖，不过我一直都很乖。"

程榆礼说："我有一种预感，她会是一个和你一样有着充沛生命力的人。"

秦见月欣喜道："你好会夸人哦。借你吉言，我们的女儿一定会有很明亮的人生。"

程榆礼轻轻地应："嗯。"

这时他接到一通电话，是钟杨打来的。这位大少爷最近在国外到处玩，"浪"得没边，声调一贯的轻浮："快，让我看看我侄女长什么样。"

程榆礼：什么？

他友情提示："谁是你的侄女？不要到处攀亲戚。"

钟杨笑说："行啊程榆礼，结了婚的男人是一点儿兄弟情分也不讲。"

程榆礼手机举了起来，照片还没拍下去，他又谨慎地退出相机。

不要发。太可爱了，这么可爱的小孩是非常危险的，会被觊觎！他跟钟杨严肃地说："改天你来我这里看，照片不外传。"

钟杨愣了下："谁传你闺女照片啊，你有迫害妄想症？"

程榆礼："勿扰，再会。"

钟杨：啊？

秦见月见挂了电话的程榆礼神色这样紧绷，问了句是谁啊。程榆礼如实告诉她，她"哦"了一声，迷迷糊糊地想了想："他在国外？是不是和恬恬在一起啊？"

她拿出手机，刷了下好久没有进入的朋友圈。齐羽恬和钟杨两人果然一前一后发了两张照片，是在同一个地方拍的云朵。秦见月心满意足地笑起来。

"哎，"秦见月在程榆礼的怀里感叹，"有情人终成眷属真美好。"

程榆礼不对她的感慨发表意见，只微拧着眉，愁云满面的模样。

秦见月见他这般，又认真地问："你到底怎么了？"

程榆礼想了想，如实说道："你说沣哥那么喜欢小满，他会不会把孩子偷走？"

"……"

"有没有这种可能？"

都说一孕傻三年，秦见月觉得自己还挺机灵的，原来傻到这位身上来了。她用关怀的眼神看着程榆礼，探了探他额头的温度。是正常的，但看他表情，是真的有点儿焦虑这件事。

她反问："你会偷别人孩子吗？"

"当然不会。"程榆礼一本正经地说，"但小满这么可爱，我们要提高警惕。"

秦见月被无语到失笑。可以，提高警惕也是应该的。她点点头。

程榆礼摇着头，面露"男人的忧愁你不懂"的遗憾神情。

秦见月没再管他的杞人忧天，躺下发了张宝宝的照片。

2

程榆礼觉得秦见月一点儿也不胖，但她成天嚷嚷着要减肥，于是闲来无事便带她去山上跑一跑步，顺便带咕噜见一见它的"小伙伴"——一位老太太的爱宠。咕噜已经狗到中年，唯一的生活动力就是每周一次的约会。

跑了一段时间，见月才开始有减重的迹象，瘦得慢瘦得久这说法是有道理的。到了那年冬天，她的身体变得结实健康了很多。

秦沣的儿子出生了之后，程榆礼就略微放下戒备。但不全然不提防，因为秦沣的儿子没有小满生得美丽，他的小满还是危险的。

小满脱去了颊上的肉肉，越长越灵巧。

让程榆礼产生带她出去示一示人的契机是，一个业内的晚宴上，公司的一位副总带上了他一岁半的女儿，众人围着小朋友纷纷在夸漂亮。

甚至在工作期间，会议室里，也不时听见各种议论："×总的女儿真好看啊。"

"我要是生出那么漂亮的娃娃我也天天抱出来晒。太好看了。"

"我们程总怎么不晒他女儿啊？"

程榆礼眸色一顿。

"程总女儿肯定也好看啊，他跟他太太都超级精致，生出来的娃肯定是绝色。"

程榆礼眉目稍稍舒展。

"我怎么觉得不一定，我听说父母长得好看的生得孩子都一般，×总跟他老婆看起来都挺平平无奇的，结合起来倒是很惊艳。"

程榆礼眉头一下皱成了"川"字，他用钢笔在会议桌上点了两下："安静。"

这事不能就这么算了。

造什么谣都行，说小满不好看，能忍吗？

抽了一个工作日。秦见月彼时已经回到戏台上有一个多月了，那天秦漪也不在家，程榆礼问了句妈去哪儿了，秦见月说妈这两天有些受凉，因为白天要带宝宝，现在在嫂子陪同下在医院挂水。程榆礼想了想说："既然这样，让妈妈休息两天吧，她也挺累的。"

秦见月道："我也是这么想的，她每天带宝宝好辛苦，我们请个阿姨先照应一下。"

"不用。"程榆礼从容地说，"孩子我来带。"

秦见月不敢置信地看向他："你怎么带？你不上班了？"

他不以为意："有什么困难？"

西装领带上身，程榆礼一丝不苟地整了整衣襟，从镜子里看到在婴儿车里的小满，她正伸长脑袋，在好奇地看着爸爸。

程榆礼将她抱起来，往外面走。

阿宾在开车，程榆礼把电脑拿出来做表，小满坐在一旁的安全座椅上，扭着身子想看电脑，看了会儿，觉得无趣，便抬起头，眼巴巴看一眼程榆礼。

这小眼神，可爱又可怜。

于是在高架上疾驰的迈巴赫车厢里，传来一阵喜悦的歌声："葫芦娃，葫芦娃，一根藤上七朵花……"

阿宾都忍不住："嘶……"

程榆礼睨阿宾一眼，阿宾赶紧识趣地住了口。

电脑里传来尖锐的台词声音："爷爷，还我爷爷！"

小满端坐在程榆礼的腿上，聚精会神地盯着电脑屏幕。

看到精彩处，她伸手戳了一下屏幕，又看一眼程榆礼。

程榆礼看向阿宾："会喷水的是哪一只？"

阿宾战战兢兢："可能、可能是那只蓝的。"

程榆礼淡淡地"嗯"了声，指着电脑问小满："好不好玩？"

小满："嘿嘿嘿咯咯咯嘿嘿嘿……"

程榆礼替她拨一拨额前的发，也温和地笑了笑。

程榆礼带着小公主出现在公司这件事，引发诸多口舌。程榆礼本人倒是不以为意，他抱着小满四下晃荡一圈，给她看看，这是爸爸办公的地方，这是爸爸开会的地方，这是爸爸喝茶的地方，这是爸爸看风景的地方。

办公室里窗帘微微敞着，小满趴在沙发上，抬头仰望一下辽阔的晴空，又瞧一瞧她的老父亲。

室内暖和，程榆礼将她的小外套脱去，小满在外套里面穿了一件针织衫，上面的扣子是敞开的。

程榆礼以为是见月早晨疏忽了，没有扣好，于是下意识便给她系上。

刚刚系好，扣子不听话的，啵一下崩开了。

程榆礼耐着性子，又给她系上，没过两秒，又一下崩开。

他这才意识到，是衣服小了，孩子大了。

小满低头也想看一看她的扣子，又抬头看一看程榆礼的扣子。他的衬衣衣扣也没有系到顶端，宝宝伸出肉呼呼的小手碰了碰。

领会了她的意思，程榆礼自行把扣子系上。

小满笑逐颜开，手舞足蹈起来。

程榆礼也看着她笑。

粉粉嫩嫩的针织开衫，被撑开的小扣子坠在两端肩上，孩子的成长速度是肉眼可见的。

程榆礼亲了亲她的手。为了回报给他一个吻，小满也伸出手抓住程榆礼的指，将他的指端放在唇边碰了碰。

她这么小，还不明白吻是什么意思，却并不吝啬自己的情感。

阿宾来给"不务正业"的老板送咖啡，并友情提醒道："程总，一会儿有客户要来。"

"嗯，"程榆礼淡声应，"我记得。"

程榆礼临走时委托阿宾照料一下孩子，阿宾哪干过这个，棘手得很，但不敢说，硬着头皮答应了。程榆礼看他忐忑的神色，不禁笑了下，语重心长地说："帮你早点儿适应一下当爸的生活，好好干。"

阿宾端坐在小满的旁边，动也不敢动，连连点头。

程榆礼交代完，起身要离开，过了会儿又折返回来，忘了东西似的，阿宾问要拿什么，他俯身凑到小满的眼前，戳戳自己的颊："吻别。"

阿宾："……"

小满日常训练有素，听得懂这句话，立刻乖乖地凑上前去，在程榆礼的脸上印下一个甜蜜的亲亲。

程榆礼满意地微笑，摸了摸她的脑袋："乖。"

又一次起身要走，小满用指头勾住了他的袖子。程榆礼问她要什么，小朋友戳了戳电脑的方向。

程榆礼看了眼手表，吩咐阿宾说："去陪她看会儿动画片。"

阿宾："……明白。"

见完客户，半个小时之后，程榆礼匆匆回来，阿宾正和小满正襟危坐看着《葫芦娃》。

小满吮着手指，聚精会神，一看到程榆礼回来，就伸开手臂要抱抱。

他加快步子走到孩子跟前，将她抱起在怀里。纵然阿宾还在，程榆礼没忍住思念，亲了亲宝宝的额头。

带小满去对面酒店吃饭，一路上有不少人跟他打招呼。

"程总家的千金真漂亮！"

"太可爱了，完美地遗传了程总和您太太的优势。"

程榆礼已经眉飞色舞了，语气却还是淡淡的，很谦虚："还不错。"

炫完了宝贝的美颜，程榆礼心情很好。一整个下午，他陪着小满在办公室里玩，握着小朋友肉乎乎的手臂，心道要是能每天带她上班就好了。

"晚上去接妈妈下班好不好？"

小满不会讲话，但是是能听得懂"爸爸妈妈"这两个词的，她看一眼程榆礼，又伸出一根指头，碰一碰他的电脑桌面。

桌面的壁纸是秦见月的照片。

程榆礼点头说："想不想妈妈？"

小满愣愣地看他，几秒钟后也跟着点头。

到了沉云会馆时，戏已唱罢，秦见月从戏馆出来，未施粉黛，隔着一条街就看见在对面抱着孩子的程榆礼。

小满穿了一身黄澄澄的衣服，还带了一只黄黄的帽子，像一个小球球倚靠在程榆礼的怀里，整个人小小的、肿肿的，一条手臂艰难地攀在爸爸的肩膀上。程榆礼没注意到秦见月时，神色还有几分不苟言笑的严肃，很是板正，跟臂弯里的小宝宝全然不是一种画风。

疲累了一天的秦见月看到小满的瞬间便来了精神，立刻飞奔过去把孩子抢过来："宝贝想妈妈没有？"

程榆礼被突然出现的人惊到一下，而后笑着捏了捏她的耳："来晚了些，没让宝宝见识到妈妈的魅力。"

秦见月说："妈妈又不是只在唱戏的时候有魅力。"

程榆礼意识到失言，连道："是，是。"

秦见月问他："你这样明目张胆的，你公司的人都没有议论吗？"

"议论我什么？"

秦见月想了想："不务正业之类的？"

程榆礼说："他们只会议论我的女儿怎么这么精致。"

秦见月将信将疑地看看他，又看看小满，晃晃她的手："你有没有影响爸爸工作呀？"

程榆礼替她答道："自然没有，她这么乖。"

小满听见爸爸夸她，咧着嘴巴笑。

坐到车上。

"对了。"秦见月想起什么，从兜里掏出一个小核桃，"今天奶奶来听戏了，给我这个，说要我给宝宝戴上，挡挡灾。"

她抽出小满的手腕，给她系上红绳。程榆礼看着后视镜，想起什么，说道："去给她买几件衣服吧，最近长身体有些快。"

秦见月想了想说："好。不过妈妈叫我今天回去吃饭，我们最好抓紧时间。"

"嗯。"程榆礼闻言便加快了车速。

车子开到高级商场，购物。精致大眼的小满吸引来了许多叔叔阿姨的视线，甚至有个小姐姐过来说："好漂亮的宝宝，都可以去当明星了！"

程榆礼将小满脑袋上的帽子往下拉了拉，遮住她的大眼睛，淡道："志不在此。"

说到这个，在前面挑选衣物的秦见月回头看向程榆礼。她提议说："我们给小满抓个阄吧？我还挺好奇她以后会走什么路的。"

程榆礼不解："抓周？"

"就是百天抓周周岁抓周之类的呀，你小时候没有抓过吗？"

他仔细想了想："似乎没有这类环节。"

秦见月失笑："是哦，反正抓不抓都不影响你要回去继承家业，你们程家真的好无趣哦。"

程榆礼不置可否地笑，反问她："你抓了什么？"

秦见月拎着一件公主裙，给小满比了比。她思索着说："我呀，我抓了我妈妈的头面。"

程榆礼微讶："这么灵？"

"信则有，不信则无。试试嘛。"秦见月说着，又打包了两件羽绒服。

回去的路上她整理今天为小满买的一堆衣服，不由得感慨说："我记得我小的时候，妈妈说小孩子不要买新衣服，因为长得很快，穿别人剩下的就好，所以我在八岁之前几乎都没有过自己的衣服，都是穿姐姐穿过的。这一件事也影响到我，在后来一度对买衣服产生执念，上了大学我报复性消费，买了很多衣服。"

程榆礼想了想，说："妈的想法其实也有道理。只不过你们的立场不同，在你看来穿别人的衣服是伤害到了自尊，但在她的角度看，这种做法确实省钱省事不少。况且婴孩时期还没有很强的审美意识，不必过分追求着装。"

"咦？"秦见月颇有微词，"你的意思是我的不对咯？"

程榆礼道："不是。只是想说父母也有父母的难处，消费方式自然选择量力而行。"

秦见月故意跟他叫板："那我觉得我们其实也可以给小满捡别人剩下的穿。"

"当然不行。"程榆礼声音都拔高了些，甩出一句阔气的，"我有钱，365天不重样的穿我都供得起。"

秦见月被他的气派逗得笑起来。小满躺在妈妈的怀里，闭着眼在睡着，听见笑声也跟着咯咯笑。秦见月戳着她的脸说道："听见了吗宝宝，你爸是钻石王老五，以后就逮着他薅，知不知道？"

程榆礼笑着，回头看一看母女二人，大方说道："尽管薅。"

一家三口的车最终停在兰楼街，秦沣一家人也在。

秦沣家的宝宝叫宁帆，长得很像秦沣，这是一个有些悲伤的故事。彼时从产房里出来，看着小宁帆永远像没睡醒似的小眼睛，秦家一家人都陷入了沉默。

最终，还是程榆礼打了个圆场："小眼睛聚光。"

秦见月也认同道："男大十八变，这才几天呀。不要着这个急。"她看着秦沣说，"哥哥你小时候眼睛也很小了，现在长大了，嗯……人变大了，眼睛也会等比例放大。"

听秦见月这么一说，秦沣脑子一时间也拐不过弯来，竟然觉得有些道理，夫妻俩才安下心来一些。小帆躺在院里的婴儿车里晒着月光浴，他的妈妈在旁边晃着摇篮，秦沣坐在小凳上拎着一本书，居然在给他儿子念故事。秦见月抱着小满过去跟他打了个招呼。

姐弟俩大眼瞪小眼，面面相觑了几秒钟。

"唔……哇！"小满扯着嗓子就开始哭了。

秦见月赶紧抱着她不停地哄。

"哇！"在摇篮里不明所以的小帆，听见这哭声，也加入进来。

整个巷子里萦绕着两个小孩此起彼伏的哭声。

这天吃完饭，给两个小朋友安排了抓周游戏，桌上有笔、口红、零食，最终，在一众文具首饰里，小满一把相中秦见月头冠上的小珠子。宁舟见状，在旁边高兴喊着："好啊好啊咱们家里又要出一个戏曲家了！"

秦见月拨开小满的手掌，取走她手里的珠子，在惊喜之余又显得伤感，她搂着程榆礼，一时没吭声。

紧接着换小帆抓，小帆这个孩子有几分敏捷，小眼聚光这话还是有些道理的，他在秦小满抓的时候就迅速地扫完桌面，轮到他后，小帆手

.551.

一伸，很快就夺走桌上一把玩具枪。

秦沣"哦吼"了一声："看样子我儿子要替我完成我的雄图大业了！"

秦见月一头雾水，经解释，她才知道，原来秦沣小时候的梦想是做警察。

晚上回到住处，秦见月从兜里掏出小满抓到的那颗珠子，没精打采的模样，她躺上床。程榆礼过来时没穿上衣，秦见月竟也没有意识到他此刻如此轻浮模样，只呆呆望着天花板出神。

他刚洗浴完，俯下身时身上一股清淡的柠香，秦见月不禁嗅了嗅鼻子。这股香气令她回神，她这才看一眼程榆礼，率先映入眼帘的是他挺括的肩膀和精壮的胸肌，程榆礼侧身躺，垂眸看她。她稍稍抬眼就看到他还沾着一点儿湿气的长睫。

她不动声色地咽了咽口水，余光里男人的胸膛因呼吸而微微起伏。

"怎么不把衣服穿上，不冷吗？"

他扬唇轻笑："还挺关心人。"

嘴上这么说着，他也没去添衣，看来是挺燥热的。

程榆礼问她："哪儿不高兴，那珠子怎么了？"

他已经敏锐地察觉到秦见月情绪有变。

她没吭声。

程榆礼动手替她整一整衣襟，温和道："和我说一说。"

秦见月憋了会儿，才跟他说心里话："我以前还想，如果小满愿意跟我一起唱戏那真是再好不过了，可是今天看到她抓周的时候，我瞬间就觉得很难受。你明白吗？我不想她和我一起吃苦，我忍受了这么多年的东西，我舍不得她再去经历一遍。我现在觉得还是希望她轻轻松松的就好。"

程榆礼听完，竟还不以为意地笑着问："就这个？"

秦见月语气不满："什么叫就这个呀，这是人生大事好不好？"

他取走躺在见月手心的珠子，捻了捻："首先，人生大事不是因为这个东西就能决定的。你担心得有点儿过于早了。"

秦见月眼巴巴看着他，静听发言。然而说到这儿，程榆礼又欲言又止地停下来片刻，她开口催促道："其次呢？"

"其次，不是只有唱戏这一行才会吃苦。各行各业都不容易，军工也有军工的苦，过程是不一样的。我知道你想保护小满让她永远一帆风顺，但显然是不实际的，酸甜苦辣才是人生，只有甜也没有什么意思，对不对？"

秦见月抿了抿唇，转而看向在床中间爬来爬去的小满。

"最后，"程榆礼又补充了一句，"学戏是一件很值得骄傲的事，这是光荣的。以后等小满也成为艺术家了，她一定也像你一样，不后悔走上这条路。"

秦见月吸了吸鼻子："好吧，你的安慰还是这么有用。"

程榆礼问："所以，还担心吗？"

秦见月说："有一点点吧，全然不担心是不可能的。"

"放宽心，让她去历练历练也是好的。你不必这么紧绷。"程榆礼轻轻拍她的肩。

秦见月道："你还说我呢，我的担心才是正常的好不好？谁像你杞人忧天，担心孩子会被偷走。"她说，"你才不要这么紧绷。"

提到这个程榆礼可就不得不紧绷了，他严肃地说："世道险恶，人心不古。你不懂。"

秦见月被他这一本正经的样子逗笑了。

程榆礼看着见月的笑脸，她在注视之中感受到肌肤的轻微触碰，他身上的水珠带来微妙的触电感，她微微仰头，迎合这个湿润的吻。

然而，亲了不到两分钟。

一个圆滚滚的小脑袋探在他们两个之间。

秦见月赶紧把程榆礼推开，两人面色尴尬看着还全然不懂事的小满。

她仔细端详了一会儿爸爸妈妈，然后推推程榆礼的肩，在秦见月的身上趴下，低头温柔地亲亲她的妈妈。

秦见月笑着，搂住小满："程榆礼，想不到吧，宝宝跟我更亲。"

程榆礼无可奈何地叹了一声。

小满湿漉漉的嘴唇在见月的脸上碰了好几下，趴在妈妈的怀里很舒服，没一会儿就靠着睡着了。

程榆礼喉口干涩，实属难耐，他指了指浴室的方向，给秦见月示意。

秦见月把小满塞进被窝里，犹豫不决地看了眼时间。

余光里，他身上的浴巾又往下掉了掉。秦见月瞥过去，就看见正在淌过水珠的身体线条。

秦见月面色绯红，艰难地撑起眼皮看一眼程榆礼。

他带着一副势在必得将她拿捏的笑意。论男人的心机，舍他其谁！

等不及的男人不再给她思虑的时间，将秦见月从床上捞起，扛着她就往浴室走去。

在一个漫长的吻里结束，秦见月没什么力气勾着程榆礼的肩膀，喘息轻轻。程榆礼托着她的腰，笑说："宝贝，怎么战斗力变弱了？"

秦见月怎么能示弱，梗着脖子说："我弱？我也不见你好到哪里去。"

程榆礼：什么？

必不能屈服于这明目张胆的挑衅。程榆礼稍稍用力固住她的腰，将见月推到浴缸前面的平台上。

秦见月嚷嚷着不要，然而什么都尚未来得及发生，卧室里猛然发出"砰"的一声，响动较为剧烈。

二人皆是一惊，动作停下。

赶忙穿衣，出门一看。小满咬着奶嘴，站在一个倒地的置物架前，不难看出她就是将东西推翻的"罪魁祸首"。

程榆礼赶紧过去把孩子抱起来，看她有没有受伤。

秦见月拧着眉说："幸好没摔她身上。"

不过……胆战心惊过后，二人都反应过来什么。

宝宝会站了！

每天成长一点点的细枝末节，拼凑出秦见月正在引导新生命的自豪和成就感。

不过，小满学会走路的进展并没有让秦见月喜悦太久，她的成就感似乎就卡在了这一步，迟迟没有往前挪动。

3

次年春天，秦沣家的小帆已经会开口喊爸爸妈妈了，秦沣还喜气洋洋地到处炫耀。而秦小满小朋友还是迟迟不愿开金口，这事又让秦见月着急一番，愁眉不展，她问程榆礼："小帆比我们家小一个多月都会说话了，小满会不会……"说到这里，欲言又止，不敢细想。

程榆礼表现得要多淡定有多淡定："这世上除了哑巴有人不会开口说话吗？"

秦见月："……"无言以对。

程榆礼："所以有什么可着急的。"

秦见月："……"有点儿道理，但不多。

她将信将疑地接受了这个观点，果然等她不心急这桩事，放下顾虑后，没过几天，就心想事成了。

那日一大清早，她还在睡梦中，小满凑过来，将下巴垫在秦见月的手臂上，糯糯地喊了一声："妈妈。"

秦见月闻声，倏地醒过来："你喊我什么？"

"妈妈。"小宝宝的嘴巴一张一合，发音还很生涩。

"妈妈，妈妈。"

她看着见月，练习着，熟悉着，用语言去传递亲昵和爱。

温暖的早晨，宝宝一声一声甜丝丝的轻唤，喊得秦见月骨头都酥了。她喉咙口微微哽着，神色里还有几分不敢置信的恍惚。

然而，在秦见月动容之际，程榆礼迫不及待地捏了捏小满的脸："叫爸爸。"

小满："妈妈。"

程榆礼："爸爸。"

小满："妈妈。"

"……"程榆礼这时候才有点儿急了。

宝宝会说话之后，程榆礼每天都会抽时间给小满读一些小诗，或者讲一讲寓言故事。小满很乖巧，听得全神贯注。

他问："今天想听什么故事？"

小满昂着头，看她的爸爸，一字一顿地说道："《白雪公主和七个小矮人》。"

她的声音和秦见月有些像，但比秦见月要清甜稚嫩许多。小满扶着程榆礼的膝盖，麻利地爬到他的腿上，而后安安静静坐下，看着程榆礼给她翻着童话故事书。

程榆礼略微狡诈，指指自己的脸："你先亲一下爸爸，我再给你读。"

小满嘴巴凑过去，"吧唧"一口亲在他脸上，喃喃重复："小满要亲一下爸爸。"

甜得人心都要化了。

她亲完后，又坐直了身子，看着图画书上的公主。程榆礼给她念了几页，小满一边听一边不时发出"哇"的惊叹，天生自带互动感。

小满和小帆是同一年入学幼儿园的，两个人被安排在同一个班级，也好互相有个照应。秦见月本来还觉得小满上学年纪有些太小了，但是看到小帆作为弟弟，适应能力那么强，这导致她实在没办法为小满的迟钝懵懂而开脱。

秦见月为这事又去找程榆礼，因为小满一直算不清 1+1 等于几，说了就忘，说了就忘。秦见月快愁死了："怎么办啊程榆礼，我怎么觉得小满好像不太聪明的样子。"

程榆礼想了想，淡定地说："不聪明也没关系，慧极必伤，笨笨的也很可爱。"

"……"秦见月被他盲目的乐观打败了。

小满笑嘻嘻地，又娴熟地爬到爸爸的腿上，温声重复一遍他的话："笨笨的也很可爱。"

秦见月："……"算了，事已至此，只能跟他们一起破罐破摔了。

程榆礼也不是完全不关心他闺女，自然也担心过小满的事，但他和秦见月的担心总不在一个维度上。

某一天小满放学回到家里，在捧着碗喝粥的时候，秦见月眼尖发现她手腕上变得空荡，于是问了句："宝贝，太奶奶给你挂的小核桃呢？"

小满捂着嘴巴，倒抽一口气。小朋友是掩饰不住心虚的，她左瞟一眼爸爸，右瞟一眼妈妈，面露一副"我要说谎了"的惊慌神色。

程榆礼和秦见月的视线同时警觉地落在她的身上。

小满放下碗筷，弱弱地说："小核桃，那个，小核桃……"

她局促地指一指自己的手腕，发现东西不在，又慌慌张张地扯着衣袖遮一遮："小核桃，被小满不小心丢在外面了。"

程榆礼："丢在哪个外面？"

她低下头，奶声奶气地说："丢在幼儿园的外面。"

程榆礼继续追问："幼儿园有很多的外面，是哪个外面？"

小满说："是在那个，"她挠挠额头，灵光一现说道，"噢，是小店的门口！"

程榆礼狐疑地问："小店的门口？"

小满点点头，煞有介事："对、对呀。"

"那你怎么不捡回来？"

她又垂下小脑袋："因为小满没有看见，是别的小朋友看见，他们告诉小满的。"

秦见月给程榆礼递过去一个眼神，他没对上，只是忧心忡忡地看着女儿。

小满的脑袋都快埋进碗里了，秦见月摸了摸她发烫的耳郭："你实话和妈妈说，到底怎么回事？"

"……"小满扁了扁嘴巴，要哭的样子。

"别哭，好好说。"

"我、我……"她声音颤颤的，怕被责骂一般摇晃着视线，"我给了浩浩。"

这事严重吗？当然。

不过，秦见月觉得最不能忍的问题是孩子这么小就学着说谎了。

而程榆礼在想，浩浩？昊昊？皓皓？哪个听起来都不像是女孩名，到底是哪个"hao hao"？

事情不简单。

秦见月拉着小满讲道理的时候，程榆礼出去冷静了一下。

第二天一早，程榆礼例行公事为小满编着公主辫，小满用小勺子挖着燕麦粥。程榆礼不讲话的时候挺冷的，很难说小满不怵他，浩浩的谜底还没揭开，小满有点儿忑忑的。

"爸爸。"她决心主动求和，开口和他说话。

程榆礼声线淡淡的："怎么？"

"你的力气有点儿大，小满的头发很疼。"她指了指自己的小脑袋。

程榆礼即便知道她在卖惨，还是刻意松了松手劲，关切地问道："还疼吗？"

小满摇摇头，又窃窃瞄他一眼："爸爸。"

"又怎么了？"

"你今天好凶呀，我被你吓到了。"

程榆礼不由得失笑："凶吗？"他只是在想事情。

小满转过头来，再打量他一眼，下一秒竟扁了扁嘴巴，说话声音都有些打战："我……我想哭。"

程榆礼："……"有这么夸张吗？

"好了吗？"秦见月拎着小书包，过来喊了一声小满。

小朋友如蒙大赦，立马扑到妈妈的怀里，正准备跟着妈妈出门，然而事与愿违，程榆礼跟了过来。

小满紧张兮兮地揪着见月的衣角，心里祈祷着不要爸爸送，然而下一秒就听见程榆礼说了句："今天我送。"

手腕被爸爸捏过去，小满视死如归地跟着程榆礼，她冲妈妈挥挥手："妈妈再见。"又冲狗狗挥挥手，悲伤地说，"咕噜再见。"

坐在程榆礼的车上，小满一脸悲壮，露出一脸"我再也不会快乐了"的表情。

程榆礼瞥一眼她，不明所以："爸爸很凶？"

她不敢说得太过分，只能小心翼翼的："一点点。"

"那谁不凶？"

"……"

"浩浩？"

小满愣了下，然后绞着手指，紧张地说："不是浩浩。"

"谁是浩浩？"

"没有浩浩。"

"你的小核桃呢？"

"掉在了学校的外面。"

"……"白沟通了。

这天放学也是程榆礼去接的人。他对着外面墙上的名单瞅了半天，没见到哪个叫浩浩的，估摸着是小名，于是想了个馊主意，在教室门口一个一个喊"浩浩"，终于有一个小男孩应了他一声，问他："我是浩浩，你是谁啊？"

程榆礼眼尾一扬，仔细打量这浩浩……胖胖的像个球球，还是个鼻涕虫。

紧接着，程榆礼就觉得不妙地皱起了眉头。这怎么行？这小东西怎么配得上小满？

男人在小孩面前还是要维持风度，于是程榆礼忍了忍，问他："小满给了你小核桃？"

浩浩恍然大悟说："你是秦小满的爸爸？"

程榆礼不跟他废话："东西呢？"

浩浩嘴一噘："我们做了交换！"

"什么交换？"程榆礼的眉头越皱越深。

"我给她带牛奶，她给我小核桃。"

是吗？

程榆礼闻言，心情才稍稍舒展："什么牛奶？"

浩浩说："就是我家门口的牛奶，只有我们那儿才能买到，可贵了！"

男人居高临下看着小孩，摆出一副"谅你也不敢说谎"的眼神，虚惊一场，很快放他离开。

而后，接到小满。她对程榆礼还是怕怕的。今天开车的人是阿宾，小满上了车，乖巧地喊了声："阿宾叔叔好。"随后端坐在程榆礼旁边。

程榆礼气场实在是很强，小满瞅他一眼都要打个寒噤，过了很久，她觉得不能这样僵持下去，开口求和："爸爸不要生气。"

她往程榆礼身边挪了挪，抓住他的手："小满给爸爸唱歌。

"葫芦娃，葫芦娃，一根藤上七朵花。啦啦啦啦……"

阿宾十分捧场，直呼："天籁。"

小满骄傲不已，得意忘形地笑着："天籁！"

不难听出，小朋友年纪轻轻就显现出唱歌的天赋。

小满瞅了一眼合上眼休憩的程榆礼，她的笑容僵硬下来。

程榆礼握着她的手轻轻揉着，眼睛掀开一道缝瞧着她："亲爸爸一下，爸爸就不生气了。"

小满爬到他的腿上，亲了亲他的脸颊："小满亲亲爸爸。"

程榆礼语重心长地说："想喝什么牛奶？爸爸妈妈都能给你买到，以后直接说，别跟那些奇怪的小男孩密切来往。知不知道？"

"奇怪的小男孩？"小满好奇地重复，"浩浩不是奇怪的小男孩，他是小满的好朋友。"

"……"程榆礼深深地吐出一口气。

唉，孩子大了留不住。他扶着额，伤心欲绝。

虽然秦沣的儿子是弟弟，但作为男孩子，保护姐姐是应尽的责任，于是盯梢对姐姐有威胁的男孩子是他的责任。程榆礼借此机会让小帆留心一下这个浩浩。

不过他采取的策略不是让他提防着浩浩，而是打入他们，混进内部。

比如浩浩和小满在一起玩耍的时候，小帆也要凑过去和他们一起玩。既然是好朋友，当然要打成一片啦！程榆礼用了几辆玩具飞机贿赂他，小帆挺着胸："没问题！包在我身上！"

小帆还是仗义的，这让程榆礼松下一口气。

小核桃送了人，也没有再要回来的理，沈净繁又去重新给小满弄了一串小核桃给她戴上。有小帆这个"大护法"在小满的身边，程榆礼便安心了许多。

很好，小满顺利地幼儿园毕业了。

即将步入小学之际，小满七岁的这一年，程榆礼做了一个不大不小的决定，他打算带着见月和小满去环游世界。

他们的旅途的第一站在浮西岛，这个遥远而又令人亲切的地方。

在那冰天雪地世界里的回忆，点点滴滴都留存于秦见月的脑海之中，带着对往日的怀念与对未来的期许，重新踏上这片土地。

小满对一切充满新奇。不管飞驰的列车，盛大的极光，或是飞腾出海面的鲸鱼，都从他们两个人共守的回忆，延伸成为一个孩子没有杂质的美梦里的一环。

秦见月偷偷告诉小满："这是爸爸妈妈爱情萌芽的地方。"

小满好奇地问妈妈："爸爸妈妈是怎么结婚的呢？"

返程的飞机上，秦见月煞有介事地开始杜撰他们的爱情故事："这件事要从十几年前的一个夏天说起，那个时候呢，妈妈才十六岁，正在准备念高中，那一天是开学下了一场很大的雨，妈妈好端端走在雨里，突然！一辆自行车冲了出来——差点儿妈妈就被撞倒在地了。"

听到这里，程榆礼微不可察笑了下，他也数不清，这是第几个版本了。

"然后啊，爸爸就赶紧下车，把受伤的妈妈抱去医务室，爸爸带着愧疚的心理照顾着妈妈，但妈妈那个时候很讨厌他呀，毕竟他害得我受伤，连军训都没有去参加……"

程榆礼闭上眼，静静地听着故事，笑意渐深。

"不要笑哦程榆礼，真是可恨。"

他配合地压了压嘴角。

小满对此表现得十分感兴趣，她说想要去爸爸撞倒妈妈的地方看一看。

于是回到燕城，一家三口又去了一趟三中。

"好久没有来了，感觉真的是隔世经年。"踩在三中操场上的雪地里，秦见月有感而发。两个人牵着小满，漫无目的地走在飘雪的夜空之下。

小满求知欲很强，问见月："妈妈，隔世经年是什么意思啊？"

"就是一段回忆过去了很久很久，久到你都快要忘记了，突然有某个东西牵引着你回到那段时光里，你能想起来当时经历的一点一滴，却回不到当初的心情了。"

小满继续问："是什么样的心情呢？"

秦见月说："大概是……酸酸的，苦苦的，偶尔也会有点儿甜甜的。"

小满一知半解地点点头。她又突发奇想说："小满以后也要在这里上学。"

"好啊，"秦见月鼓励地摸一摸她的脑袋，"那妈妈就祝愿你成绩名列前茅，也希望你能够……得偿所愿，美梦成真。"

程榆礼看了她许久，笑意淡淡。少顷，他说："不早了，我们回家吧。"

小满高兴地在两人之间蹦蹦跳跳："回家咯！"

三个人坐上车，一同往家的方向去。秦见月继续给小满讲故事，程榆礼专心致志地开着车，时不时接受一两句调侃，斑驳的霓虹倒影落在车上，他们途经着万家灯火，也融入其中。

从此以后，活在生死与共的信念里，也活进柴米油盐的平凡中。执子之手，与子偕老。不紧不慢地走完这漫长的悠悠岁月，完成你我的约定。

这就是世间最浪漫的事。

番外三 / 见月日记

　　从前一直觉得，写日记是少女的专长，有许多的情感不需要绞尽脑汁的修辞，自然而然就从心底跃然纸上。因为沉默的时光里，心声太过于专注同一，即便曲曲折折、弯弯绕绕，终点无非都是他，而那些沉默又浓烈的喜欢，多到连日记本都盛不下。

　　对比太明显，现在的我，感情得到及时有效的抒发，提笔反而脑袋空空。

　　或许的确到了不太需要日记陪伴的年纪。

　　复婚一周年，前些天在家中大扫除，看到了他替我保管至今的这本日记，时不时翻阅，他让我念给他听，因为第二人称的叙述，让他有很强的代入感。他乐此不疲地戏弄我——你喜欢他的时候，会想到有这样一天吗？

　　我跟他的交流不需要再用文字搭建桥梁。所以，这一篇是写给你的，十年前的见月。

　　最近，多梦的毛病得到了改善。夫妻相处和睦，事业蒸蒸日上。

　　妈妈被岁月催老，晚年将至，她随同奶奶出入寺庙，闲来无事便礼佛、做义工、吃斋饭，怨怼都在神佛的慈悲中化解，我们之间那些心浮气躁、口不择言的过失，又在她漫长的祈念之中得到宽宥。

　　我能明显感觉到，妈妈在为我们的关系做着一些补救。

你吃过那么多的苦，等她姗姗来迟地觉察到，说后悔、遗憾，无济于事。能做的，不过是为你今后的路求得一点儿光明。

许是她足够心诚，我这一年过得前所未有的平和安宁。

只不过最近雨水天气，半夜总被水声惊醒，睡眠质量堪忧，我又开始常常陷进梦里。

昨天的梦，场景是你和他的初见，在那场秋雨里，他站在公告栏前为你撑伞，你笨拙地说谢谢，然后埋头逃掉。场景过于真实，导致我以为我和他的婚姻才是梦，真假混淆，醒来很久都没有搞清楚哪一边是梦境，哪一边是现实。

直到我走出卧室，看到他在餐桌前等我。

程榆礼穿衬衣总是好看，衣服上没有一点儿褶皱与线条，熨帖、整齐又干净。他长大了，比你眼里的他多了不少成熟男人的气质，他微笑着喊我一声："醒了，懒虫。"

我走过去，大概脸色不太好，他问我："怎么了？"

我说："做了一个梦，回到了十六岁，我们还没有认识的时候。"

他问："怎么一脸心有余悸？"

我说："太真实了，我还以为我们真的素不相识。"

他抱着我，亲了我的眉心，告诉我："这才是真实，感受到了？"

我穿太少，薄薄一件睡衣，他用指腹揉搓我的袖口，提醒我添衣。我"嗯"了一声将要走，程榆礼又把我按在凳子上，叫我吃饭，随后他去卧室替我取来风衣。

衣服被盖在我的肩头，我吃着他给我买来的蟹黄包，他用手指轻轻替我暖了暖发凉的耳垂。

他说："要是再梦见，在梦里你就告诉自己，你现在过得多好，风风雨雨都经历过了，我们情比金坚。"

他带着玩笑的口吻说这话，我咬着包子也禁不住笑了下。

今天是三中校庆，又是下雨天，又是开学，这个跟往事挂钩的梦发生得那么凑巧。

程榆礼作为杰出校友，受邀去校庆启动仪式做演讲。同样，我在杰出校友的页面看到被罗列出来的我的名字，就在他的旁边。我们的姓名终于正大光明地出现在一起，你应该不敢想象这一天吧？而我也可以自如地告诉他，这是我梦寐以求的场面。

在他的爱里，我变得无限坦然。

不过严肃的开幕仪式，学校没有请我上去唱两句的想法，于是这一次返校，我仅做陪同。

程榆礼的公司规模在壮大，他现在已经是燕城赫赫有名的优秀青年企业家。有一件事，如果他不向我坦白，或许我至今也被蒙在鼓里，原来他曾经受到过你的深远影响。某种程度上来说，是你将他推到这个位置。

——秦见月，不得不说，你是真的很厉害。

校长亲自接待我们，在校长室。

他给我们恭敬沏茶，而后从抽屉里取出程榆礼从前的画作，说要"物归原主"。

程榆礼微讶，我也感觉困惑。

校长解释说："因为当年在橱窗展示，很多女孩要争夺你的作品，以防骚乱，我暂为保管。后来一直忘了还，你也没来要，就搁在资料柜里，好多年了。"

东西被递过来时，校长添油加醋地说："当年迷恋你的女孩子真的很多，我还记得你高一入学，那会儿应该还在军训，好多小女生啊，不知道从哪听到风声，都跑到十班去看你，挤在阳台上。我去巡逻晚自习，路都被堵死了。"

程榆礼但笑不语。

我跟他挤眉弄眼，用口型问：真有这回事？

他笑笑说："夸张。"

校长又问："那你俩是怎么认识的？我记得你们不是同一届吧？"

程榆礼瞎扯："我追的她。"

校长问："是你先动心？"

他继续瞎扯："自然。"

我没忍住，低头笑起来。

校长又夸我："见月同学虽然腼腆，但歌喉很好。"

现在被人夸，我还是忍不住会脸红。程榆礼握着那一沓画纸，漫不经心地翻阅，上面都是他当年画的山水和静物——曾经在橱窗里，也是你求而不得之物。他看着画，并不走心，眉眼里藏着笑。

那一些画最终被他送给我，我替你悦纳。

下午雨停了，空中有几团浅薄的阴翳。校庆的启动仪式在露天体育馆展开，我们走在去操场的路上，远远看见有学生和老师在做布置工作，我是无意间在场馆门口的黑板上看到这一期的社团活动内容。

"京剧社"三个字引起我的注意，我很吃惊地问校长："社团重开了吗？"

"你不知道嘛，这几年京剧社办得很不错，当然是得益于程先生……"

程榆礼做作又突兀地咳了一声，打断他的吹嘘。

我惊掉下巴。

好啊，程先生居然瞒着我给京剧社赞助！

"干吗不说？"等校长走到前面，我扯着他的衣袖，质问他。

"没必要特地提，况且，"他轻描淡写地告诉我，"在不少学校都开办了，怕你又觉得我是在为你劳神伤财。本来呢，做这些也不是为了讨好你。既然是诚心事，就不用拿出来显摆了。"

我抬起眼睛久久看他，程榆礼轻笑着，扶着我的肩走进场地，折下身小心地问我："怎么了，不禀报是不是也犯了错？"

我说："没有啦，就……"

算了，我也不想总说感谢。我告诉他："好人有好报，你这样行善积德，一定会长命百岁的。"

程榆礼笑开："借你吉言。"

启动仪式还未正式开始，我打算去观众席落座，程榆礼叫住我，让我替他调整衣襟。在我凑过去时，他悄悄告诉我，这么多学弟学妹在，他生怕露怯，叫我给他些安全感。

我觉得好笑，问他还记得不记得当年在主席台睡着这件事。他说现在是有头有脸的大人物，身份都不一样了。

程榆礼默读了一会儿稿子，转而看向旁边的校长，问他："有没有笔？"

校长凑过来看，问："哪里不对？"

程榆礼指着纸说："一点儿语法错误。"

有个学生递过来一支笔，于是程榆礼欠身在桌上给稿件做修改，我看着他移动的笔端，揶揄他："我保证他们不会听你在讲什么。"

他瞥我一眼："为什么？"

我说："你是不是真的不知道自己长得有多招摇？"

程榆礼浅浅地笑起来，他写完字，用笔敲了敲我的脑袋。他用那双弯弯的眼注视着我，却好像在指责我心术不正。

今天我坐在台下，听他发言。

当年他穿校服，如今他穿西服。还是沉稳淡定的样子，骨相精致不减，丝毫未变。只不过比起那个游戏人间的少年，身为"大人物"的他，的确多了些严谨与诚心。

程榆礼讲他的创业经过。被校领导改良过的稿子，文字略显枯燥死板，但在场人却都听得聚精会神，不知道他们是在听演讲，还是在窃窃研究这个学长的来历。偶尔我的耳边还会穿插着两句对他外貌的赞誉声，她们说：生晚了，没遇上这么极品的学长，也太适合暗恋了。

听得我笑起来。

结束后，外面飘细雨，程榆礼站在出口处抬头找我。我穿梭在人潮中，很快到他跟前，他大概是打算赶紧带我离开，但我握了一下他的腕，提议说："陪我去一个地方看看好不好？"

他稍稍顿了下："想去哪儿？"

我说："我想去我第一次见你的地方。"

没有亲口和他讲述过我们的初见，程榆礼只是在日记里了解过，他想了一想，而后温和地回应我："好。"

我领他去了你对他一见钟情的地方。

就在那个公告栏前面，同样的季节，同样的雨水，如今我摘下了牙套，留长了头发，学会了化妆。但我面向公告栏的橱窗时，在玻璃里面，我却看到了你的样子。

你的样子，残留在我灵魂的深处。

程榆礼煞有介事地问我："秦见月同学，愿意认识一下吗？"

我替你回答："好啊。"

随后他找来路人拍照。

他牵着我，在这个并不美观的环境里，在这个阴沉苍凉的早秋，我们在教学楼前合影。

——你呢？

你在时光的那一边，还好吗？

是不是还在熬着一个又一个漫长的午后，是不是在草稿纸的角落里偷偷拆解他名字的偏旁，是不是在蓄谋着下一次的邂逅，还是在颠簸的公交车上，在一个盹儿里跌进自己编织的美梦？

成片很好，雨水为生硬的背景增添了一点儿氛围。

我把照片嵌在这一页，你会看到。

别难过了，秦见月，做个好梦吧。

在梦里，你会挨过漫长潮湿的路，用十年去置换一颗真心。有朝一日，浓雾散尽，你抬头看见月光，苍茫的夜里，孤月为你高悬，也为你温柔了人间。

不要失望，好好爱自己。有人在美梦的尽头等你，他会告诉你，你有多值得。